九丹 著

烏鴉

我的另類留學生活

《烏鴉》下西洋

九丹

《烏鴉》出版以來，短短幾個月內，對於《烏鴉》的評論像潮水一樣從世界各地湧過來。在此，我對於喜歡《烏鴉》的人表示感激，你們隨著我共同地走了一段路程，這段路程有心靈的反思，有良心的懺悔，有對於所有那些中國女人在海外的生活或者某一類生活表示出的關注和溫情。同時我也對那些在各種各樣的報紙上充滿仇恨的罵《烏鴉》以及罵我本人的人表示感激，因爲你們和喜歡《烏鴉》的人一樣共同經歷了一段時間。儘管有些文章裏面充斥著這樣一些字眼，這些字眼使我覺得有點莫名其妙的辛酸，使我覺得人間的的確確充滿著非常豐富的色彩，使我覺得漢語或華文的辭彙眞是太豐富了：濫、骯髒、沾汙、汙糟、妓女、壞、偷竊、訛詐……。

我沒有更多的理由奢望臺灣讀者，讀罷《烏鴉》後，會對我的評價要好一些。因爲《烏鴉》實在是有點醜惡。我後悔沒有以一種唯美的方式去寫一部關於中國女人在海外的生活。我應該寫到在所有中國女人所嚮往的國度裏，陽光終日照著溫暖的海面，在海面上飛著的是海鷗，而不是烏鴉；傍晚來臨，我們中國女人在海邊漫步，暢談自己的理想，我們說在國外有許許多多美麗的衣服，我們隨隨便便地就可以到商店買一件，我買它，是因爲它美麗，我們之所以穿它，是因爲我們美麗；我們給自己的家人的電話中說，希望他們對中國政府發出一個呼籲：取締所有的夜總會，以及那些不太好的場所，國外多好啊，甚至於連夜總會都沒有，我們在這裏生活著，像是回到了浪漫的法國，回到了三四十年代的美國，又像是回到了上個世紀末在梅勒美——瓦爾德筆下所描寫的歐洲……。

可惜《烏鴉》不是一部這樣的作品。許多人指責我把海外城市寫成了僞善之城、罪惡之城並把中國女人寫成了以肉體爲工具的妓女。我不知道這樣的指責是不是有道理。我無法確定。然而一旦把中國女人和那些發達國家聯到了一起，那爲《烏鴉》裏所描寫的那些所有的女人，就突然從冬眠狀態中開始活動起來，而她們所面對的城市，就像一個沉沉的夜幕下的背景，也突然間像有無數目光如燈光一樣照亮了它，就像《烏鴉》裏所描寫的一樣。因此，從這個意義上講，只要是把發達國家和中國女人聯繫到了一起，《烏鴉》就是永恒的作品，只要是兩者並存於一個空間，那麼中國女人就是我筆下的中國女人，海外的那個城市也就是我筆下描寫的那個城市。

不管是今天還是明天，還會有相當多的中國女人們，仍然像是大片的烏鴉飛向一些發達國家和地區，包括像臺灣這樣的城市。如果是落在臺灣的《烏鴉》，根據我的體驗和我對生活的觀察，我有理由相信她們的故事是一樣的，她們的眼淚和罪惡也是一樣的。

在我創作這部《烏鴉》時，我的眼前常浮現出一個男人的形象，這是一個我終生都想嫁給他的人，我很愛他，我因爲愛他而對於許許多多的事情不再感興趣。這個人是誰？在我說出這個秘密之前，我知道我永遠沒有辦法嫁給這個男人。因爲儘管我愛他，但是他不愛我。這個男人的名字叫郁達夫。

郁達夫寫過一篇非常著名的小說叫《沉淪》。在《沉淪》中，他寫了中國留學生在日本。這個留學生在日本快活不下去的時候，他做了許許多多污穢的事情，然而他站在海邊，突然說我多麼希望在我的身後有強大的祖國啊。而那些我筆下的姐姐妹妹們同樣站在海邊上，卻沒有能力像郁達夫那樣希望她們的國家能夠強大。然而我和郁達夫是一樣有這種能力的人，我和郁達夫一樣地離開了自己的國土，他去日本我去新加坡，他寫了《沉淪》我寫了《烏鴉》，儘管我們的年齡幾乎相差了快一個世紀，但是我發現我們心心相通，我們所共同擁有的不僅僅是一種體驗，最重要的我們共同擁有的是一種精神，是一種非常深刻的思想。因此，我懇求我的臺灣讀者，我希望你們把我看作你們的親人，並且像讀《沉淪》一樣地讀《烏鴉》吧。

內容提要

與其他講述中國人在異國他鄉歷盡艱辛而終獲成功的類型化小說不同，王瑤、芬等一批大陸女性為了在異國生存并長期居留，不擇手段，相互傾軋，甚至不惜出賣肉體，但最終除了身心俱疲、傷痕累累之外，仍然是一群漂泊的女人。作家以其敏銳細膩獨特的感覺，新鮮詭奇的文筆，向讀者展示的，是一幅「他人即地獄」的沉重畫卷，是生存環境的嚴酷與骯髒，生存目標的簡單與卑下，人性的扭曲與醜惡，以及人的孤獨無依。

相信讀罷作家為我們揭開的少數留學人員另類生活的面紗，許多讀者都將會掩卷長思，而不是被其表面看似大膽的性描寫所迷惑。

一本關於罪惡的書(代序)

——與友人的對話

烏鴉僅僅指女人?

友人：我聽說王朔對你的這部長篇非常欣賞，還非常喜歡你的另外一部長篇《漂泊女人》。你這兩部作品出手不凡，所以獲得了一些人包括李陀等人對你的比較高的評價。但我們現在首先想聽一聽你自己對自己的作品是怎麼評價的？或者說王朔為什麼會喜歡你的作品？

九丹：王朔他為什麼會喜歡我的作品，我也說不清，但是我可以說一說我為什麼會寫這部作品，為什麼這部作品的名字叫《烏鴉》。有很多人覺得我是把中國女人比作烏鴉。關於這個我想說一兩點。

其實我把這部作品取名叫《烏鴉》，并不是說我把女人比成烏鴉，而是我在新加坡的海灘上面，也是在這樣的一個季節，看到了大片大片的烏鴉，當時它們的飛行，它們的狀態，它們與大海整個連在一起的場景使我非常感動，我深深地記住了這個場面。烏鴉在人們的概念中好像是不太好的，但人們對世界的認識好像是這樣，無論是男人還是女人，他們都有自己的罪惡。如果把烏鴉比喻成人，它絕對不僅僅是女人，它也是包括男人的，它包括全人類，這就是我對烏鴉的看法。關於這部作品為什麼要取名為《烏鴉》，我剛才說了，我是受到烏鴉在海上飛翔的這樣一個細節的感動。

友人：我們都知道李陀是很著名也非常挑剔的一位文學評論家。他看了你這部長篇以後特別感動，他認為這部小說代表了全人類的作為弱勢群體的女性向整個男權社會和金錢社會發出的一聲吶喊，而且他也認為這部小說很有可能作為一部經典而存留於中國的文學史中。你自己也是這樣認為的嗎？

九丹：也可以把這部小說看作是一聲吶喊，但我更傾向於這僅僅是女人們的呻吟。其實，在所有受過傷的女人自己撫摸着自己的傷口的時候，都已感覺不出更多的疼痛。我認為默默地甚至於盡可能平靜地把這樣一段生活表現出來，就足夠了。也有人說它是在批判社會，我認為僅僅用「批判」兩個字來概括這部小說的含義，也還是不太準確。如果說是一種批判的話，那它表達了比「批判」兩個字更為豐富的情感。至於它會不會是一部文學史上的經典，我沒有資格評價。

罪惡

友人：你剛才談到罪惡，你是怎麼理解這兩個字的？

九丹：可以說《烏鴉》就是一本關於罪惡的書。由於有人的存在，就有罪惡的存在。人自己由於天生的弱點，只要他存在，他就要對社會或者對別人構成一種傷害，你承認也好不承認也好，你只要為獲得你自己的利益去掙扎去努力去流淚的時候，就已經對人相應地構成了傷害，這就是你所犯下的罪惡。有罪惡，就需要懺悔。可是我的那些女性同行們她們沒有一個是承認的，她們不願懺悔，她們不願分析自己的內心，她們沒有仔細地去體味去檢查在她們的眼淚裏究竟含的是什麼東西，含的難道說都是純情的委屈？有時候真的是委屈，是別人傷害了你。但裏面也許更多地存在着別的東西，比如說是你傷害了別人，你給這個世界犯下的你永遠一想起來就要後悔和懺悔的這樣一些東西。

中國人缺少一種基督精神，缺少宗教裏面所應有的一種懺悔，尤其是中國的女人更是缺少這種東西。然而中國的女作家們，她們像許多一般化的女人一樣，去寫一些風情，去寫一點所謂小鎮上的歷史，去寫上一些風俗俚語，去寫一點男人和女人的一般的故事，去寫一些她自己所曾受到的一點小小的傷害，等等，唯獨沒有把所有意義上所談到的東西和一種巨大的分析巨大的內在以及對於自己這方面的原因寫出來，我認為我比她們都成功。

我筆下的那些女人，她們是不是最壞的女人？難道說她們會比你的姐妹或者你所熟悉的其他女人更壞嗎？不是的，女人就是女人，她們為了生存，為了能夠生活得好一些，於是有了理想，這個理想又成了她們背上的包袱，漸漸地這個包袱成了她們背上的罪惡，成了她們身上永遠也卸不下去的十字架。

我的經歷？

友人：《烏鴉》這部作品寫的是一群中國女人在新加坡的經歷：一個中國女孩愛上新加坡的男人，後來又經歷了形形色色的夜總會，到最後又把那個新加坡男人殺死在海邊。我也是一個俗人，知道你最近才從新加坡回來，剛才又聽你以那樣的口氣來敘述你的生活，我想問問小說裏的大部分經歷是你的真實經歷嗎？

九丹：回答這樣的問題時，我有一種非常複雜的心情，最主要的原因就是問我這種問題的人為什麼會這麼簡單，這麼幼稚。一個人寫了一部作品，這部作品能夠打動讀者，是不是就是這個人本人的完完全全的經歷呢？回答說肯定不是的。因為如果她是用自己完全的經歷去寫，她就永遠不可能變得有詩意，永遠不可以貫注進去一種非常複雜的情感。可是如果說自己沒有絲毫的體會，沒有絲毫的體驗，沒有絲毫的觀察、分析乃至於記憶，那麼寫出這樣的作品也是不可能的，因此作家在作品裏面所表達的是自己的經驗，而不是自己的經歷。這一點請讀者們永遠都要記住。

但是值得探討的是經驗是如何獲得的，我剛才說過了，經驗的獲得是要靠對於自己曾經經歷過的生活的總體記憶的把握。所謂總體，很有可能是混跡於整個氛圍之中，通過在這個氛圍裏的生活、體驗、觀察、認識，有的時候是替自己哭泣，有的時候是替別人哭泣；有的時候是為自己高興，有的時候是為別人高興。因此，在這時，我覺得不管是我還是別的女人，又都是渾然一體的，我們在想什麼，哭什麼，笑什麼，是什麼東西讓我們去死，又是什麼東西逼得我們去殺人。因此，面對這樣的東西，如果別人要問我說這是你的經驗還是你的經歷，我說這是我的經驗，不是我的經歷。

誰在用身體寫作？

友人：你的這部作品較多地涉及到了性，在性描寫上也是很大膽的，你是不是也像那些標榜用身體寫作的女人那樣用身體寫作？

九丹：什麼叫身體寫作？是指跟男人睡覺之後把跟男人睡覺的事情寫出來，然後又通過跟另外一些叫做編輯的男人睡覺的方式把它發表出來？這是不是叫做用身體寫作？如果你們所說的用身體寫作是指這樣的一種東西的話，那麼，我告訴你們，不是，絕對不是。

但是如果說用身體寫作是指用自己的身體自己的生命去經歷生活，體驗生活，然後把這種最本質最真實的東西用文學的手段表現出來，那麼我是。

不過，現在還有人來這樣問我以及我來回答這個問題，我覺得雙方都顯得有些愚蠢。

至於我在這部作品中的性描寫，我不想多說，讀者看了自有想法。有行家看過我的初稿之後曾勸我把一些性描寫刪掉，他說這樣的作品不是《羅麗塔》，不是《查泰萊夫人的情人》，這是一部嚴肅、意義深刻的作品，不需要靠這個來招攬讀者。我覺得他說得不對，因為我沒有靠性來取悅讀者。性是現實生活中的一部分，我無法迴避。

美女？還是作家？

友人：前階段有美女作家的說法，人們把衛慧、棉棉這樣的都算作是美女作家，你認為你是美女作家嗎？

九丹：美女作家，這四個字提出來，開始就讓很多人覺得有些可笑。我認為這純屬扯淡。你去看這些女人的照片，或者去和這些女人接觸一下，你就會發現她們談不上是美女。那她們究竟是不是作家呢，這個問題也需要你自己去評判。

這些人盡管都是在某一時間比較走紅，盡管她們中的有些人還很流行，但我仍然看到了她們的虛偽，看到了她們不肯老老實實地面對自己的心靈，她們在撒謊，在無限地杜撰自己所根本沒有體會過的生活，她們根本就沒有把人生一些最有價值的東西很好地表現出來，因此像這樣的女作家，不管她們號稱自己是什麼代，也不管她們說她們現在已經把所謂的另類生活表現得有多少了，她們說她們是另類，她們也說是新新人類，她們說她們是完全不同的小說家，不管她們怎麼樣，因為她們是人，而她們沒有很好地表達人身上本身所應有的東西，所以我認為她們是不成功的。

至於一個女人長得好看不好看，除了她自己和她的同性有個基本的評價之外，更多的要靠男人去評價。因此夠不夠美女的標準，就由那些見過她們的和與她們打過交道的甚至於和她們睡過的男人去評價吧，我不去說她們是不是美女，但是有一點，我自己不願意別人說我是美女作家。有一些男人說我很美，我認為他們有時是真誠的，但更多的時候是為了要與我有某種關係所做的一種誇張的攻勢而已。我不想當什麼美女作家，至於我是不是比你所提到的那些人長得漂亮，那也得由跟我有過關係以及見過我的男人去評價。

第一章

1

新加坡沒有冬天，但和許多地方一樣有梅雨季節。雨一點點落着，像無數張小嘴在説話，像那天站在海邊的她。她緩緩地走着，説着，聲音夾在雨絲裏如同一條顫動的飄帶。當她説到這兒時，她就哭了。

「你知道嗎？新加坡把我們這些中國來的女人都叫做小龍女。小龍女是什麼人呢？小龍女就是妓女，就是以龍的精神不屈不撓地向男人索要金錢。不過我想，只要成為有錢人，只要換了身份不回來，被叫做什麼又有什麼關係？

「……唉，只是當一些女人真的實現了她們的夢想，變成了有錢人，或者成了新加坡人的老婆時，別人也就忘了她們曾經是小龍女。久而久之，就連她們自己本人，也真的認為她們不再是了。」

她轉過頭定定地望着我，又說道：

「我就是想成為這樣的女人，你不會笑話我吧？」

我抓住她冰涼的手，告訴她我也和她一樣，即使曾經是小龍女，但無論被叫做什麼，都并不妨礙。

如今梅雨又下起來了，海邊再沒有了她。她去了哪裏無人知曉。有人說她哪兒也去不了，只能回中國。那麼在中國某個城市的角落，她還記得那些丢失在梅雨裏的聲音嗎？還有她的哭泣，還有緊緊握住她的我的手。

有人說，像我們這樣的女人是世界上最糟最壞的女人。是的，確實，還有誰比我們更壞呢？我們與你們不同，與你們所有人都不一樣。我們很壞。有些女人變壞是被社會壓的，被生存逼的，她們本來都是好女人，而我們從一生下來就是壞女人，糟女人，有時我們也想說我們變壞變糟是因為這個社會，但無論如何還是說不出口，我們不好意思這樣說。我們就是天生的壞女人，但是我們這樣的壞女人卻又渴望世界上的花能為自己開放，我們每日每夜地這樣渴望着，哪怕僅僅是一朵，紅色的，黃色的，白色的，藍色的……

實際上，世界上的任何一朵花也都不會為我們而開放的。

那時我們不知道這些。

三年前的一個秋日上午，在北京電報局裏，我握住電話，怯怯地告訴我的經紀人周某我晚上十點到。他問你的票是哪家航空公司的，我說我不知道。不知道又怎麼去接你……他的聲音異常寒冷，如同冬天裏被白霜遮掩的小草。

我什麼也說不出來，想把票翻出來看，不料包是劣質品，拉鏈卡住了。繼而想到這是昂貴的國際長途，我便慌忙放下了電話。走到門外，心裏寒酸得不行。確實，連哪家航空公司都不知道。可他如果不接我，我怎麼辦？在那邊我不僅不認識人，口袋裏也并沒有多少錢，就連夜裏做夢都夢見自己哭泣着徘徊在一個旅店旁。

望着明晃晃的藍天，我拎着紅皮箱只好上路了。

一路上我沒有回頭。我知道我的過去是一盤隔夜的剩菜，再沒什麼可留戀的了，即使是三年後的今天我還是這麼認為。

三年後的今天，對我來說有些不尋常，我望着不斷落下的梅雨，第一次發現這樣的細雨也是發着光的，只是過於微弱，顏色過於淺淡，在四周暗淡的空氣中，似有無數奄奄一息的螢火蟲在悄然彷徨，發出簌簌的嘆息之聲。

這就是我們這些女人的哭聲。這種聲音對於我們這個世界是不是一種災難呢？不得而知。不過可以肯定的是正因為有了這樣的發着螢光的充滿着欲望卻又不無淒慘的哭聲，這個世界才變得如此複雜和美妙。

2

那個秋日的上午，我拎着紅皮箱，來到首都機場某地下候機室裏。塵土般的陰暗的氣流立即拂面而來。雖然屋頂上也懸有一盞黃色的燈泡，但那只是夏夜將要凋謝的玫瑰。裏面有許多人，某一個角落處正放着電視。窗外的汽笛聲和飛機的嗡嗡聲，夾雜在室內的嘈雜聲中，像一團亂麻在空氣中悠然旋蕩。我低着頭向前走着，對一個膽怯的人來説，候機室設在地下，猶如在他的前方設下了陷阱。

我穿過人群，想找一個偏僻的位置。我看見在放置電視機的左側有一個空位，便向那兒走去。挨着那空位的是兩個女人，她們正頭挨着頭竊竊私語，當看見我時便迅速交換了眼神，止住話頭沉默了。我把紅皮箱放在腳旁。紅皮箱裏是些隨身物品，梳子，磁帶，擦臉油，衣服，還有幾本隨時用來消遣的書。

我從箱子裏取出其中一本書，一邊又看了看我的鄰座。我知道年輕女孩總是一些老女人的敵人，而佔着優勢的我，總想看看她們的表情。我悄悄地打量她們，她們都是已四十出頭的女人，穿得都很隨便，也許是旅行的疲憊，兩張臉上都帶着明顯的黃色的倦怠。屋頂上照射出的光射在她們的臉上，投下了淡綠色的病態的影子。在這影子中，她們的眼睛裏充滿了煩躁，那是秋天長了刺的籬笆，我只消看一眼，就有一種被刺的感覺。緊挨着我的這一位，着一件綠色T恤和棕色牛仔褲，偏瘦，一頭短髮緊緊貼在頭皮上，知道我在看她，居然不安地挪動了一下身子，想與我保持着更遠一些的距離。

我無辜地坐着，再次環顧大廳，電視裏發出的光線使我感到前方只是一片混沌。我低下頭看書，書上的字就像屏住氣息的孤獨的動物，猝然使我感到親切，仿佛只有這些動物永遠與我無怨無仇，我隨時可在它們身上尋找慰藉。這是一本有關作曲家普契尼的書，我從沒把它看完過。當看到他一生最大的願望就是每天在子夜時分去看大海這一段時，我不禁微微笑了起來。子夜時分的大海是什麼樣子？

這時兩個女人又開始交頭接耳起來。一個抱怨說這趟旅行不愉快，到處那麼髒，去商店買東西找回的零錢根本不敢要，公共廁所也沒有門。

「但是現在來了很多小龍女，這比戰爭更可怕，她們不是把我們的飯碗砸了，就是把我們的老公搶了。」那個瘦的幽幽地說。說完之後，發現我在聽，便又盯了我一眼。

我打了個寒顫，隨即移動了一下身體，也盡量離她們遠一些。不知為什麼，我對她們有些害怕，剛才莫名地滋生出的優勢又莫名地離去。小龍女是些什麼人呢？我抬起頭來，這時，一陣寒顫又通過了我的全身……就在剛才，我的目光隨意掃向前方時，那兒混沌的一片中，在上百張因為等待而顯得無聊的面孔裏，有一張蒼白的臉，一張上了年紀的臉，帶着不可捉摸的神色正盯住我。我不知道這張臉究竟在人群的什麼方位。我想再看一下，但是很快，我的眼前又是混沌一片，心裏思忖起剛才的印象：那是不是一個幻覺？

瘦女人接着剛才的話題說，「小龍女們像一塊塊糖粘在男人身上，想拿都拿不下來。」

「現在移民廳不是對她們有了許多限制了嗎？現在她們能拿上簽證已經不那麼容易了。」另一個說。

「昨天我先生來電話，說是一個小龍女殺了人，你知不知道？」

「真的？」

猛然間只覺小雨霏霏。殺了人？為什麼要殺人？怎麼會殺人？而誰是小龍女？我咳了一聲，引得兩個女人把吃驚的目光齊刷刷地投向我，我低下頭去，兩頰熱熱的。

我顧不得她們又在說些什麼了。此刻就想像我書中的主人公那樣躲避到一個什麼地方去，偷偷逃出這個陷阱，在子夜時分到達某一海濱⋯⋯那時的海面在月光下悄然發亮，滲透出青銅一樣的色彩。

我的目光直直地盯着前方，在這個候機室裏，當我這樣想着的時候，我的心平靜了下來。我忘了那兩個女人而仿佛真的沐浴在一片冷冷的月色中。

但是一張蒼白的臉，浮出了海面，那臉上有潮濕的霧氣凝固不動，使我看不清楚，而那神秘的眼神似乎又是我所熟悉的，這使我又寒顫了一下，很快，我又看不見它了。

3

當我和人們通過一個管道走上飛機時，我的眼睛像兩只害怕的小鳥叮啄着那張蒼白的面孔，它浮在我的後面，離我很遠。我不時轉過頭去。她穿了件絲的用薄薄料子做成的西裝，大紅顏色裏摻夾着黃和藍這兩種突出的色彩，五官看不清楚，額頭閃着亮，臉部輪廓呈橢圓形。她正側過臉去貼着窗口向外看，那微微上揚的脖子在幾根由寶石鑲嵌的閃閃發光的項鏈的映照下，似乎藏匿着幾絲寒氣。她是誰？是新加坡人嗎？她究竟有什麼使我感到奇怪的地方？她的臉為什麼會出奇地蒼白？

我看到坐在她身邊的是一位年輕的男性旅客。望着她的臉，我突然蘇醒過來，站起身，順着過道走過去。四下裏也突然變得靜悄悄的，大家都默默盯着我，只聽到我的長裙子像樹葉一樣颯颯作響。我恍惚走着，像在密林深處迷失路途時戰戰兢兢的心情，低着頭，手裏還握着那本書，忽而產生一種錯覺，似乎在座無虛席的機艙內，我變成了懸掛着的電影屏幕，我不斷飄動着，像一個曖昧的亡靈。我忍住了幾乎想回頭的欲望，終於來到那個年輕人身邊，對他小聲說了句什麼，他便客氣而大方地和我互換了位置。

婦人依然對着窗外，眼皮耷拉着，像是在睡覺。她全然不知道身邊發生了什麼事。我坐在她身旁，待旅客們驚訝的目光逐漸變得平淡時，我打開手中的書看了起來。

但是看似平靜的我，想着隨之而來的殘酷的任務，內心在一次一次戰慄。我又心懷鬼胎地朝四周看了看，生怕剛才候機室的那兩個女人神秘地藏在離我不遠的某個地方。即使她們不再說什麼，但一接觸到她們的眼神和她們散發出的秋天籬笆的氣息，那種莫名的羞臊感就會傳遍我的全身。我又瞄了瞄身邊的那個人，她依然一動不動，保持着原來的姿態，顯然她有些疲憊。她五十出頭，鼻子不大，嘴唇較薄，窗外的光線在她額頭上印出明亮的斑點。在她微微上揚的角度中，那尖長的下頜似乎在無限地向前伸延着。我低下頭一邊看書，一邊聽着她微微的喘息聲，仿佛從那兒傳來一股霧氣滲透在我與她之間。這種霧氣有一瞬間突然使我不明白自己身處何地，新近的狀態和過去的記憶混雜在一起，我又像是在上午的電報局裏，又像是仍站在講台上講課，也像是在剛才的候機室裏聽着那兩個女人可怕的説話聲……

這時，身邊突然發出聲音：「啊……」

我遽然驚醒，手中的書滑落到地上。我帶着恐懼彎下腰一邊撿書，一邊看到她對着我目光，一副單刀直入的樣子，我甚至覺得那眼神裏有一種近乎嘲弄的神情，好像她剛才根本就沒有睡覺，她似乎還聽到我和那個小伙子請求對換的談話。我局促地說：

「剛才坐錯了位置。」

我的臉熱烘烘的，只感到她仍以剛才的目光仔細看我，從頭到腳地打量、端詳和審視。我穿了一件絲質的淡黃色長裙，長得幾乎蓋住了我的腳面。我還在頭上包裹了一塊同樣顏色的絲巾。

據說那邊的男人非常喜歡這種具有風情的打扮。也許正是這塊絲巾，她問：

「你是中國人嗎？」

我朝她點點頭。瞬間幾絲譏諷的意味像一層煙霧掠過她的眼球。……我的臉更燙了。為了掩蓋我的可笑，我對她說：

「前年我隨我父親去了一趟東歐，我很喜歡沙特阿拉伯人的扮相，以後只要出門，我都包着這塊頭巾。」

我竟然提到了我的父親。他是誰？我心裏驚恐着。

她依然困惑地盯着我。我又說道：

「其實我是不想讓別人看到我的真面目，這樣似乎安全一些。」

「但這樣會讓別人覺得不安全，你看當你全身只剩一雙眼睛時，這眼睛就顯得可怕，裏面似乎還藏着另外一種東西，這我在候機室裏就注意到了。」

我再一次漲紅臉，她的臉也微微紅了起來，又縮了縮肩膀，搖晃着似的笑起來，頸上的珠鏈閃現起無限的光華。

「那裏……藏的是什麼？」我囁嚅着，不禁有些心虛，手心裏也沁出汗。

「確切地說不上來。」她的笑在擴展到某一角度便收住了，也許出於禮貌，她又補充道，「當然你的眼睛很清澈，很美。」

飛機發出沉悶的嗡嗡聲，前方那無聲的電視正放着一個有關警察的喜劇故事，戴着耳機的旅客一邊看一邊笑。

餐車順着過道推來了。她要了一杯咖啡，我把書塞到一旁，要了杯礦泉水，手裏握着，水中偶爾映出的我的臉色是那麼荒蕪與頹敗。我暗暗思忖着她話語的含義。我的眼睛怎麼了？為什麼只有中國女人才會有她所說的那種東西？那究竟是什麼東西？一時，兩人都不說話，或者都在考慮什麼樣的詞語能通往彼此內心的道路。一條陰暗的皺紋橫擱在她的額上。

她注意到了我塞在一旁的書，順手拿了起來，隨即臉上出現驚訝的表情。

「普契尼？你學的是音樂？」

「不，我學的中文，在一家報紙當記者，但喜歡普契尼。」

我喝了一口水。

「這次去新加坡是不是採訪？」她把書放到我的手上。

「我是去讀書，學英文，以前在大學裏不好好學，我爸爸說現在這個時代連大街上的狗都在講英文。」

「那你住在哪？」

她的聲音枯葉一般，但落在我的心上卻有千斤重。我微微低下頭，心中再次感受着我的經紀人從電話裏嚮我侵襲而來的寒意。他會接我嗎？

她詢問似的望着我。我再次聽到了她微微的喘息聲。沉默的幾秒鐘裏，像陷入了無底的沼澤。我放下水杯，突然緋紅了臉，對她說：

「我爸爸這個人不但不管我，還不許我告訴別人我在新加坡。那些人都是他的客戶，他怕他們因為照顧我而又反過去再麻煩他。實際上我也不需要。」

說完，臉上現出不滿的樣子。一會兒又朝她苦笑了一下，以觀察剛才一席話在她身上會發生什麼樣的效果。

「那你爸爸一定是個高幹了？」她問，聲音顯很平淡，她又轉過臉去看窗外。

我也朝那裏看去，透過斑駁的光影和浮動的雲塊，我想我離我的父親是否越來越近了？我親眼看見他的軀體化為一股濃煙，從煙囪裏縷縷飄去，和天空化為一體。那麼他現在看見我了嗎？身邊的婦人又回過頭來，以揣度的目光盯了我一眼，同時又揚起頭將那尖長的下頷無限止地向前伸延過去。

「他也可以算叫高幹吧，」我望着那下頷，也揚起頭，平淡而又沉着地說道，「可正因為這樣，做子女的都倒了大霉，不許這樣，不許那樣，連去新加坡都要偷偷摸摸的。」

「偷偷摸摸的？」

「中國一直在反腐敗。不過，我不用靠他不是也照樣來到了新加坡？即使那邊沒有人接，我就先住一晚酒店，又有什麼不可以的？」

說完，我又不屑地「哼」了一下。

她沒有回答，卻盯着我，彷彿在考慮我每一個字的可靠性。

「那你的爸爸是做什麼的？」

我依然盯着窗外，只聽我的聲音像一根飄帶在空氣中悠悠忽忽的，像蛇在舞蹈。

「他專門管進出口生意，這些年幹得很不錯，中央對他挺滿意的，幹得不錯主要是因為他的廉政。你看廉政這兩個字是不是很可笑？」

她沒說話，只露出兩排潔白的牙齒笑了。

「不過我現在倒真像個孤兒，一切都得靠自己。」

「靠自己沒有什麼不好，你知道嗎，幾十年前我剛去新加坡時也都是靠自己。新加坡和別的國家不一樣，和美國、加拿大、澳大利亞都不一樣，那是個花園城市，開滿了鮮花，有一種花很特別，叫胡姬花。」

「胡姬花？」

「對，是我們的國花，很像中國北方的馬蘭花。我的童年就是在開滿馬蘭花的地方度過的，那時我母親總教我唱一首歌：馬蘭花，馬蘭花，風吹雨打都不怕，善良的人們在講話，請你快開花。她說，只要馬蘭花一開，你要什麼它就會給你什麼。所以到了新加坡，你就唱胡姬花胡姬花，它也會為你開放的，哪怕僅僅是一朵。」

「胡姬花，胡姬花，風吹雨打都不怕，善良的人們在講話，請你快開花。」我說着，不加掩飾地快活地笑起來。

「當然這只是一種美好的願望，現在移民廳對中國去的學生非常嚴厲，能拿上簽證很難。你到了那邊靠什麼來維持生活？」

「可能還得讓我爸爸寄。不過我是想找一份教中文的職業。」

「教中文？現在新加坡人材濟濟，前幾年從中國要了許多人，你好像是來晚了。而且這是一個英文社會，雖然是由華人領導的，不過，」說到這裏她又笑起來，「我想胡姬花是會為你開放的。」

「為什麼？」

「因為你有一個好爸爸。」

面對她做如此解釋，我咬了咬嘴唇，整個胸腔莫名地陰鬱起來，就像有什麼穿過了我的全身，冰涼冰涼的。這時她把手放在我的手上，說道：

「一定會有機會的。」

我握住了她的手，這是一只新加坡人的手，雖然皮膚裏隱約藏着些斑點，但指甲潔淨，光亮，輪廓的曲線非常柔和。在中指和無名指上分別戴着鑽戒和紅寶石戒，使這只手充滿了光彩和支配力量，我悄悄在上面捏了捏，仿佛那兒集中了我所有的渴望與夢想。

4

夜晚降臨了。當我壯着膽子和她隨着旅客走進新加坡機場時，我就像是一個演戲的演員走下舞台來到觀眾中間。我向四下望去，但是機場裏就像有無數個鎂光鏡向我撲撲閃動起耀眼的光。我想起兒時在小禮堂看完電影全場驟然燈亮的情景，猛烈得像雪崩。我膽怯地看着四周，它是美婦的一件由無數珍珠鑽石金子銀子組成的睡袍，而這睡袍仿佛承受不了這許多的光終於燃燒起來。我就在這燃燒的睡袍裏走着，不知道該往哪兒看，只覺雙腿有些虛幻，根本就落不到地上。一個月前，或是幾天前，甚至就在幾分鐘之前，這一切還是些空想，現在好像還是空想，而在這空想的背後，那可怕的特質馬上就會被我揭示了。這時我一抬頭，在四面八方的如鏡的鑽石中，我看到了自己的形象。我又驚又喜。在那閃出的反光中，我發現我的眼睛在睫毛的襯托下，又黑又亮，那神情既不害羞，也不害怕。

「我到了新加坡，到了新加坡。」我的腿不再顫抖了，我到底來到了這塊土地，我本以為我根本不可能。我微微眯起眼睛。過去所有的不快都隱沒在光的背後了，我和它們以及所有的仇人將一刀兩斷，就連經紀人帶給我的寒冷也被這塊耀眼而猛烈的光融化了。

但是當我和我身邊的婦人通過海關繼續向前走時，大老遠我就看見迎機的人群中，有一塊牌子非常明顯，上面寫着某某小姐。舉着牌子的是一個男人，正揮動着長大的胳膊。他身穿一件淡藍色條紋的襯衫，領口敞開着，上面架着一張灰暗的病態的長方臉，一副營養不良的模樣。他豈不就是我的經紀人周某？在這一片光的海洋裏，他似乎是漂浮在水面上的一截乾枯的樹枝，如同他在電話裏傳給我的聲音。

但我沒有在他面前停住，而是擦過他的身體和我的同伴一直嚮前走。我不知道和她在一起，等待我的是什麼。

在機場外面，面對前方燈火閃爍的炎熱的夜晚，面對身邊的婦人，我覺得那麼寒冷。我再次感到了那電影屏幕的飄動，似乎我就是我自己的裸露的亡靈。我感到這亡靈內在的一種東西，從朦朧不安寧的夜晚冒出來。

「您能告訴我這裏哪個酒店比較合適我？」我鼓起勇氣說。

她來回走了兩步，回過頭望着我。那瞳眸裏明顯地照見閃現在我眼裏的光華。

「你還真的打算去住酒店？」

「先住一晚，明天再說吧，我的行李也只是一個小皮箱，這麼拎着很方便。」

她沉吟了一會兒，像在思索什麼，好給我一個她印象中不錯的一旅店名稱。我的心猛地發起抖來。旅客不斷從身邊穿梭，卷起一陣陣蒸發似的熱風。

「去我家吧。」她說。

「去你家？」我驚訝道，臉一下火燒起來。

「我家裏還有一個從中國來的女孩，叫芬，也在這裏讀書。你就叫我麥太太吧。」

「可是，可是，」我嘟噥道，「這不太好吧？」

麥太太笑起來，露出細密的牙，在夜晚燈火的映照下，閃爍出漂白的光。望着她真誠的表情，我臉上的灼熱擴展到全身，像是真的回到了子夜時分的海邊。於是我也沒有顧上朝機場裏接我的經紀人周某看一看，就跟着麥太太上了一輛紅色出租車，飛馳而去。

第二章

1

一路上，麥太太一條腿疊在另一條腿上，蹺起一只閃亮的黃色的尖頭皮鞋，她把頭靠在椅背上，長長舒出一口氣，重又陷入迷離恍惚的狀態。車快速地飛馳着，我像一只沒有殼的裸露的蝸牛，顫然地縮在一旁，這就是新加坡嗎？這是一座怎樣的城市呢？一瞬間只覺所有的摩天大樓恍如活的生物蠕動着，斜斜地傾着身子，好像一根根細高的棍子要往路面打過來。偶爾在大廈與大廈之間的縫隙裏，看到光亮的草坪，那光也一根一根地豎着。我不禁渾身冒出一股汗，被汗水濡濕的絲裙緊緊貼在胸脯上。這樣乾淨的地方恐怕連小偷都不會有一個，我感嘆道。這時不知從哪傳出了響亮的「噹噹」的鐘聲，使正睡着的麥太太立即向前傾過身子，看了看腕上的錶：

「都十二點了。」

鐘聲停了，卻模糊地傳來一陣歌聲，像一塊潔白的紗巾在夜風中顫動。我問麥太太這是什麼聲音。

「那歌聲麼？是馬來人的回教堂裏發出的禱告聲，他們在感謝他們的真主阿拉，你看，只要天上有明月，祈禱聲就不會斷。」

麥太太順手指過去。我看到天邊掛着一輪圓月，像是一只眼睛在懇切地尋找她的另一只眼睛。我把臉貼在窗口上，企圖從一片傾斜的建築物中尋出哪一座是正在祈禱的回教堂。車開得太快太不費力了，而那聲音猶如在空中盤旋的大鳥落下的陰影，把我們密密地罩在其中。

2

不久，麥太太用那雙淡黃色的皮鞋把我引到一座大廈中的門前。她在開門的一剎那，臉色越發蒼白。而一股撲鼻的怪味迎面襲來，這是什麼味道？再看，門裏面有一男一女正坐在客廳的沙發上吃着什麼東西。他們怔住了，顯然沒有料到有人會突然進來。只見那女人約莫三十多歲，有着黝黑的膚色和一雙深陷進去的眼睛。她連忙放下手中的一團白色的東西，一頭長長的黑髮順着遮住了臉。她在用英文跟麥太太講着什麼，表情慌裏慌張。麥太太也用英文嘰嘰咕咕地一長串，隨後那女人掃了身邊的男人一眼。這個男人和她一樣的黑，鬈曲的頭髮密密地覆蓋在頭頂上。他站起來畏縮着身子挨着我們身邊走了。

「一不在家，傭人就把男人帶進家來，還吃榴蓮。」麥太太對我說，又轉過頭以一種極度厭惡的表情對着那女人。女人趕快收拾起桌上的東西，桌上是幾大塊厚厚的瓜皮，其中一個瓜皮裏還留有白白圓圓的呈顆粒狀的果實。滿屋子裏的怪味就是從這裏散發出來的，仿佛是葱在陽光的曝曬下發出的腐爛的怪味，它穿透一切物體飄散着，催人欲吐。

麥太太放下手中的皮箱，來不及把皮鞋換成拖鞋，就邁着細碎的步子直奔窗口，欲把所有的窗戶都打開。她一邊口中喃喃：「太難聞了，一生最不能聞的就是這種味道，我要打死她去。」

這當口，那女人已收拾起所有的東西，趁麥太太開窗的工夫溜走了，在關門的一剎那，那張臉對着我伸了伸舌頭。

夜風吹進來，撩起麥太太頸後的頭髮，露出細嫩的顏色。我忍不住捂住鼻子，說：「確實難聞。」

「那你完了，一定是留不住了還要回到中國去。」她冷不丁地說了這一句才去換拖鞋，在靠牆的鞋架上取出一雙粉色的換在腳上。而她的眼睛仍然望着我說道，「榴蓮榴蓮，就是流連忘返，忘了你的過去而永遠留在這裏。來，你也來換雙拖鞋。」

我鬆開手，陰鬱起來，心裏暗暗責怪自己為什麼不能喜歡這種味道。我從我的箱裏面取出了一雙紅色的硬邦邦的拖鞋，一看就是中國貨。

這時麥太太以檢查審視的目光看着客廳，生怕哪個地方遺留下一塊榴蓮或是它的皮來。但是

那怪味依然執拗地充滿了整個空間。客廳很大，四周是深黃色的牆紙，地上鋪着雪白的小塊磁磚。一套黑色沙發倚着靠北的一堵牆，牆的正中間是一幅很大的照片，裏面有一美麗女人披着白紗，手拿一把紅扇，嘴巴圓圓的正對着前方的天空歌唱。我不禁走過去仰望着。

麥太太也走過來，把她的影影綽綽的輪廓投射在牆上。她輕輕嘆了一口氣，說道：「認不出了嗎？這是我年輕時唱《蝴蝶夫人》的劇照，正在唱《晴日》。」

「您唱《蝴蝶夫人》？」我不勝驚異，一剎那，望着她的面孔，我忽然明白我為什麼一見她就對她迷惑不解的緣由，似乎在那候機室裏，在飛機上，僅有我和這位婦人面對着面，只因這蒼白的面貌中有一種獨特的個人印象。我再向她望去，這時她已換了一襲白色的睡袍，站在客廳外向我招手。

我忙不迭地跟在她後面，像跟着一團虛幻的影子。走過客廳便是餐廳。長形的餐桌上放着一瓶五顏六色的花。但引起我注意的是幾乎掩去了一半的花瓶。我禁不住停下腳步，湊過眼睛仔細看着。金黃色裏面隱着綠圖紋，瓶口精致地滾上了一層金邊。麥太太在一旁說：

「這是我花了三千塊錢從中國買來的。」

「是唐三彩嗎？」

麥太太笑着搖搖頭。我便跟着她來到另一間房。房的正中央是一架黑色的三角鋼琴。

「這是我的琴房。」

我看着鋼琴，仿佛和一個什麼人撞了滿懷，我又想起懸掛着的《蝴蝶夫人》，這一切包括那張蒼白的臉，似乎都構成了一張蜘蛛網把我擒在其中。

我的腳底下是一層軟綿的藍色地毯，牆的四周同樣被黃色牆紙包裹着。一側是一排書架，裏面放滿密密麻麻的書，另一側是一張長長的黑沙發。在黑沙發的上方，端端正正掛着一個鏡框，裏面有一個半身男人，四十多歲，眼睛很細，下頷寬大，他的手指間夾着一根香煙。我定定看着，仿佛還能感覺那浮起的裊裊輕煙。但直覺告訴我，這是一張遺像，是一個空洞的軀殼。我走過去。果然麥太太在一邊說：

「這是我過世的丈夫，二十年前就去世了，活着的時候，是一個國會議員。」

麥太太領着我來到窗前，順手打開窗子，白色的窗帷便在夜風中微微拂動。而在遠處是密集的華燈，雖然天上有圓圓大大的月亮，但沒有幽柔的月光，沒有月光給人造成的奇異的感覺，好像它們尚未到達地面時，那絢麗的華燈便像水一樣把它們無情地淹沒了。整個街道通體透亮，像一條銀質的河流緩緩飄浮。麥太太和我一起向窗外看去。

「這是新加坡最好的一個區，是第九區，和李光耀一個區，你看到了嗎，那邊就是新加坡最繁華的地段叫烏節路。」

我只有發出「啊啊」的驚嘆聲。從窗口下方還傳來劈劈啪啪的鼓動翅膀的聲音，大概是一些鳥類，一邊飛，一邊咕嗚着。這時麥太太轉過頭望着我，微笑着說：

「讓你睡在那張沙發上，你介意嗎？」

我和她一起向那張黑沙發上看去。

「其實很多人都想睡我的沙發呢，我説很貴，他們説不論怎麼貴，就喜歡睡在這裏，但我覺得他們太市儈。我願意租給你，每月也就五百塊好了。這是最便宜的價了。」

我心裏一驚：原來還要收錢啊。再看麥太太，她已邁着細碎的步子輕輕走到了門邊，又回頭説道：

「我看你還拿着書，你愛看書，看普契尼，我願意有書卷氣的人住在這裏。」

接着她又説道：

「芬住的那間房很小，每個月還八百塊呢。」

我連忙説可以，笑容掛在臉上卻有些窘迫。

「你餓不餓？」她又回身補一句。

「那……你的傭人住在哪？」我問。

「她從不在這住，每天只管過來幹活。」

我搖搖頭説不餓。她出去了。我失魂落魄地沉沉地坐在沙發上，思量起前前後後來。五百塊坡幣，換成人民幣是多少呢？假如今天沒有碰上麥太太，而是跟了周先生走，會是什麼情景呢？

我的目光又停在了那張遺像上，他也盯着我，仿佛驚詫我這個外來的入侵者。我又站起身，用手指輕拂着鋼琴，琴聲像閃在我心頭的光，一會兒便黯淡下去了。遠處的燈依然飄搖着，像是許多個女子伸出細長的手臂輕輕扭動，仿佛正向夜空索要着什麼。這時我聽見有人在悄聲説話，如同颯颯作聲的樹葉在不安地飛動。我屏住呼吸，周圍復歸靜謐。但馬上聲音又響起了。這回我明白是麥太太在外間打電話。那盡量壓抑的低語就像怕我聽見似的。

我想知道些什麼，但是説話聲徹底消失了，四周充滿了詭秘的不寧氣息。我貼着門的臉竟聞到了地毯陳年的酸味，仿佛上面充滿了青苔。

我出去拿來了我的行李，關了燈，在沙發上躺下來。很久很久，一直睡不着，眼睛一直睜着，裏面充滿了極度的惶惑。外面的鳥兒依然鳴叫着，聲音裏明顯有些焦躁，仿佛是一些迷路的鳥找不着歸巢。遠處的燈光從窗口無聲無息地洩進來，照亮了散發出青苔的潮濕的空氣。一絲榴蓮的氣息游浮着，這使我突然感到一陣不可遏止的飢餓。在飛機上我幾乎什麼都沒有吃。我坐起來，聆聽着四周。沒有一絲聲息。我估摸着麥太太在她的房裏睡了。我想去她的廚房找點吃的，但如果被她發現怎麼辦？想到這，我的心情沉重起來，還是不吃吧。

可我實在是餓，便忍不住輕輕打開門，赤着腳走出來。借着對面樓群的燈光，很快找到了白色的廚房。廚房長長的，很大，裏面并排放着兩個大冰箱。我打開其中一個，這時忽然聽見外面客廳的門開了，射進一縷很強的光，但隨即消失了，門又輕輕關上。我嚇得躲在冰箱後面，支起耳朵聽，一雙腳正躡手躡腳地走進一個房間。我悄悄探過頭，看到那是一個女孩的修長的身影。

這大概就是麥太太所說的芬吧？

我毫不延遲地從冰箱裏取出一小塊麵包，然後又貓一樣地逃回自己的房間。

3

第二天早晨，從客廳裏傳來輕輕的擦洗聲，廚房裏的水也以極弱的聲音汩汩響着，大概麥太太尚未起床，就連女傭走路時的聲音也盡量壓抑着。陽光從窗外斜斜地伸展過來，印在靠門的一側牆上，黃黃的一片，忽然，窗外的時鐘在打點，響了十下。「啊，十點了。」

我從沙發上坐起來，時間的流逝突然使我心亂如麻。我又一眼看見了那架鋼琴，那深沉的黑色把我的影子清晰地收了進去，我看到我自己浮在半空中，散漫的頭髮虛飄飄的——「每個月五百塊，人民幣究竟是多少呢？」

我站起身，推開衛生間的門，一個女人正在刷牙，從對面鏡子裏只看到她嘴旁泛起的白沫，裏面露出粉紅色光澤的齒齦。她吃驚地盯住我，使我感到窘迫。我走進門裏對她說：我是麥太太的一個……朋友。

她點點頭，把目光收回去，然後漱了口洗了臉。她穿了一件半長的小睡衣，身材又高挑又豐韻，一雙白淨的小手正往臉上抹着什麼。我驚異地看到那臉上除了有一雙清亮的大眼睛和小巧的嘴巴之外，還有一個圓潤的閃着亮光的額頭。假如說在新加坡沒有看到月光，那麼在她身上在她臉上我感覺到了奇異的夢幻一般的光彩。

我像個小學生一樣張皇失措。而她自始至終沒有再看我一眼。她不斷地用手搓着臉面，淡薄的乳汁像一縷輕煙若隱若現。這時窗外響起了鳥鳴聲。我沒話找話說：「這兒還有小鳥呢。」

「那只是烏鴉。」她說。

「烏鴉。」我重複着說了一遍，但心裏有些疑慮。在我的印象裏烏鴉的聲音是一把雪亮的刀子猛地在空中劈下去，而我現在所聽到的卻是那麼柔和，像兩個糾纏在一起的難解難分的你情我愛。我來到窗前，向外探出身子，一股悶熱的空氣迎面撲來。我左右看看，除了白色的牆壁外，什麼也沒看見。

待我從窗前返回時，芬出去了。我站在那裏，全身竟有失魂落魄的感覺。我站在芬剛才的位置上朝鏡中望去，我審視着自己，隱隱地覺得一種壓力。我想，當我和她在一起時，男人會先看誰呢？是她？還是我？我手忙腳亂地洗漱一番，又在臉上塗些粉脂，便站在芬的門前，這裏躺臥着幾線色彩柔和的陽光，潔白的地磚涼滋滋的。我心裏思忖，她在裏面正做什麼？究竟有怎樣的生活？那雙流光溢彩的眼睛都見過什麼？她在和哪些男人交往？這時廚房裏的女人手裏拿着拖把，探出頭向我看來。

芬打開了門。

「你能帶我去換坡幣，」我說，聲音變得很不自然，「然後再帶我去我的學校嗎？」

她披着一頭烏黑的長髮，又一次向我投來驚奇的目光。我也知道這很唐突，也沒有理由，便靦腆怯生地看着她，聞着她身上的香水味。這是一種飄忽不定、難以名狀的幽香。

「你來這兒讀書？你的經紀人呢？」

「沒有聯繫上。不過前些天他給我寄簽證時說，至於我的手續，他都在學校辦妥了。」

「你是什麼學校？」她又問道。

我說了個英文名。她嘆了一聲說：「那是和我一個學校呢。」

說着，她縮回身，把門掩了掩。她和我是一個學校，使我突然覺得一種莫名其妙的衝動。

第三章

1

外面很熱，正午的陽光噴射出強烈的光線。我在芬的身旁怯怯地走着，又回過頭去看我們剛從裏面走出的大廈。那是一座漆着乳白顏色的樓，高得目不極涯。我轉過頭向前看去，雖然我知道我已真的來到新加坡，但全身充塞着如履薄冰的顫顫然的感覺，就像自己正追逐着一個如蛇的幻象，它的輪廓是模糊的，色澤不分明，在沒有弄清楚之前，它隨時都會猛地咬我一口。

我和芬來到一條馬路旁。這條路并不寬，青灰色的路面微微隆起，像一條安靜的長龍蜿蜒伸向遠處，寫有英文名的彩色路標默默佇立，陽光透過路旁濃密交織着的榕樹斑駁地灑在路上。四周地面起伏不平，如同被風吹起的麥浪，也如女人彎曲優美的形體，光彩照人，并且沒有一絲雜質，乾淨得可以用舌頭去舔。我再次想到，在這兒，怎麼可能有小偷呢？

我們走到一個車亭裏，亭的上端是一排嶄新鋥亮的電扇，從那兒吹出來的風使我和芬的頭髮高高揚起。我笑着對芬說：

「要是在中國，早就揪下來了。」

芬沒有回答，而是轉頭去看身邊站着的人有沒有聽到我的話。那兒僅站着一對正竊竊私語的印度情侶。她又放了心地默默盯着路面，那漂亮的臉蛋上，所有的表情仿佛被什麼都抹掉了似的，冷冰冰，像一副面具。風不斷撩起她的頭髮露出細嫩的白頸。

我也不説話了，扭過頭再次向那對情侶望去，那女人外披一件紅黃相間的紗，裏面有一截白白的肚皮裸露在外面。那肚皮厚厚的，肥肥的，像豬的肚子，我不知道印度男人為什麼就喜歡這一截肉，就像我不知道此刻的芬為什麼會不高興一樣。

一輛紅色的公共汽車緩緩行駛過來。車上沒什麼人。芬幫我往售票箱裏放了零錢，然後一直走到最後的位置上坐下。我挨着她，看着她顯出茫然失落的樣子，感到沒趣極了。我越過她的側影看着路邊的精緻而又小巧的樓房，記得我在七歲那年自己獨個兒去看了一場電影。看着看着，便睡着了，後來所有的人都走光了，只有我一個人留在小禮堂裏。我醒來之後，沒有哭，只是在黑暗中摸索着出口。我現在是不是又回到了那個小禮堂裏？

「你不要光看那些景色，不就是些高樓大廈？你要記住我們出了家門是往哪走，這車是朝哪個方向開，移民廳在哪裏，我們的學校又在什麼方位，往後你可得經常和這些地方打交道。」芬突然説道，臉色也紅潤起來。

我害怕地點頭，那外面一座又一座紅色或黃色的建築物仿佛都是一些陌生的夢幻，我沒法用手指去觸去感覺，我就坐在這裏，在車上，此外我一無所知，如同一件舊衣服上掉下的紐扣，怎麼樣都不能與另一件相諧和。這時，芬從包裏取出一黑色筆記本，翻開在某一頁，看着。我斜過眼去，看到那是記賬單，排了一長溜：去公共廁所一毛錢，買一個麵包六毛錢，一頓午餐四塊錢，車票二塊五，共計消費七塊二，折合人民幣為四十元。

上廁所還要記，我感到好笑。只見芬又翻了一頁，上面有密密麻麻的字，發現我在看，便又迅速合上了本子，沉思地盯着窗外。我問：

「你喜歡新加坡嗎？」

她把本子放進包裏，淡淡地看了我一眼，然後回答説：

「在這裏花費很大。不過花的每一分錢我都要把它掙回來。」

「這裏的錢是不是很好掙？我們能不能在這長久地住下來？」我問道，語氣有些迫不及待。

芬又轉過頭看窗外，沒有回答。一會兒她説：

「我不喜歡這個地方。」

她繼續向窗外看去。我又一次盯着她那圓潤的額頭，心裏想，她為什麼不喜歡？她不喜歡又來這幹什麼？她肯定是在裝，她肯定是和我一樣，來到這裏就是想取得個長期居住證，然後不慌不忙地悠閑地在這塊乾淨而文明的土地上度過一生。乾淨而文明？是的，就連這公共汽車都像是一頭通人性的靜悄的水牛在無聲地滑行。車裏面也靜極了，人們穿着得體的衣服有秩有序地上下車。

下了車，來到一個叫「珍珠坊」的商業區。芬帶我來到一條滿是店鋪的街道上。這些店鋪全都并排擠在一起，密密麻麻，那些稍高的店鋪仿佛是被擠瘦了，懸吊在那裏。在其中的一個店鋪裏，一個面部很黑的印度男人坐在又寬又高的櫃台裏，看到我們進來，便拿輕薄的眼光盯着芬。芬用英語和他咕噥了什麼，隨即芬又把我帶出來，到了另一家。那兒同樣是個印度人，不過也許是菲律賓人或馬來人，都一樣的黑。芬跟他說了幾句，然後回過頭對我說：

「這家比較公道，把你的錢拿出來吧。」

我所有的積蓄就是八千元人民幣。我把它們從隨身挎的包裏掏出來顫巍巍地遞給芬。她吃驚地問道：「你就這點？」

我緋紅了臉，但強硬着說：「我那紅皮箱裏還有。」

從小屋裏出來時，我手上有了一千八百多元的坡幣，薄薄幾張，捏在手裏輕飄飄的，只消幾絲輕風就能吹走。我問芬夠我花多少天。

「也許就一個月吧。」

我再次紅了臉。我不知道芬有沒有看見。看見了，她的目光裏會不會出現某種鄙夷的神色？

我把剛才坐車時她幫我墊的零錢還給她之後，再不敢看她，只有怯怯地跟着她走。我想了想，這一千八百元，確實只夠一個月，房費五百，學費五百，還得吃飯，坐車，再省也不會省出錢了。這時，芬熟練地把我帶到一個叫「華沙」的快餐店裏。

這個快餐店很大，是在一個商場的地下。廳的四周全是攤檔。每個櫃台前放着各種各樣的菜，印度、泰國、馬來西亞、菲律賓，甚至包括韓國、日本的應有盡有。我們在人群中一個一個巡視過去，然後在一個中餐攤位前停住。芬要了一份紅燒排骨，四塊錢。我看到一種細細的有食指長短的綠色蔬菜，便問芬這是什麼。芬說這是「女人的手指」，英文叫「Lady's Finger」。我又細細看了看標簽，兩塊錢一份，便指定要這個。店主看我這樣畏畏縮縮，猶猶豫豫，覺察到我是一個新來的中國人，於是用勺子勺了一點點。芬說：

「她這份太少了。」

「想吃多一點就多一點錢嘛，很簡單。」店主說得理直氣壯。

我扯了扯芬的衣服，快快走到餐位上。芬鬱悶地吃着，看也不看我。我覺得自己有些丟臉，便只管低着頭。芬突然問道：

「你和麥太太是朋友？」

我不知所措地抬起頭，考慮着該怎樣回答。這時，走來一個圓臉龐的姑娘，好像二十才出頭。她端着一個餐盤用另一只手拍了拍芬。看到她，芬的嘴角微微上翹，露出潔白的細碎的牙，眼睛也跟着眯了起來。這是我第一次看見芬的笑容。

那女孩穿着一件藍布連衣裙，頭髮上別着一只米色的髮夾，皮膚很白，手指上塗着不同顏色的指甲油。我盯着她的手看了一會兒。她已坐下來，和芬低聲説着什麼話，仿佛怕誰聽到似的。我意識到她們不把聲音提高，不讓別人聽見，是因為她們那一口普通話，這很容易看出她們的身份，即她們是中國人。

芬轉頭對我説：「她是從湖南來的，跟你一個班。待會兒你就跟她一起去學校。」

我朝那女孩點點頭，而似乎終於可以擺脱了我。芬輕輕地吁出一口氣。我默默吃着，看她倆又壓低聲音的模樣，忍不住説道：

「那些人不也説華文嗎？」

「不一樣，」芬的嘴角浮起一絲譏笑，説道，「他們是新加坡人，會説 English 。」

2

學校是在一座灰色大廈的頂層。我們的教室是一間僅三十平米的房間。從窗子裏向外看去，似乎我們就直接飄浮在這塊土地的上空。新入學的男女有二十多個，來自中國、日本、泰國和台灣。年齡最小的十三歲，最大的四十歲，儘管是第一次坐在這個教室裏，按口音他們很快便形成上海幫，福建幫。我不知道我應該在哪個幫，便和湖南的女孩坐在一起。

「你是幹什麼的？」她問。

「記者。」我忽兒把視線投向前方投影一樣的黑板上。

「你是說記者？在報社裏？」她不相信。

我沒有說話。

「有那麼好的職業為什麼還要出來，我是在一個公司裏實在混不下去了，才想來新加坡。」

「跟你一樣，我也是混不下去了。」我笑了一下，不禁喜歡起這個女孩來，「想結婚卻沒房子，等有了房子，和男朋友又吹了。」

她吃吃笑了，似乎從這簡短的話中聽到了一個完整而有趣的故事。她又問這故事是不是講了很多遍了，我回答說這是第一次。

「可你剛來，不知道，在這裏更加慘，這兒是一個更深更黑的窟窿，掉得進來，爬不出去。」

她的聲音輕輕的，口氣極輕鬆。我的背上冷颼颼的，我說你說得太可怕了，大不了回國。

「難道回國不是跟死一樣麼？你知道FACE這首歌嗎？黑人唱的，他們說一個人的面孔代表了一個人的命，眼睛鼻子嘴就像天堂和地獄，誰也別欺騙誰。」

我回眸望着她。她看到我直勾勾的眼睛，改口道：

「不過你認識麥太太也許還是有點辦法的。」

「你也知道麥太太？」

「不認識，聽別人說她的交際很寬，要認識她也并不那麼容易啊。而我，你看，」她伸出她的十指，「這上面什麼顏色都有，藍的，綠的，黑的，白的，這十種顏色代表了我的一個周期，我每天都過着不同的生活。我哪配得上去認識像麥太太這樣的人，因為她肯定不喜歡塗這種指甲的人。」

我沉思地把目光落在窗外蘑菇一樣的雲朵上，想着昨天在飛機上那異樣的蒼白和那無限上升的下頜——對我來說，這些似乎是她的全部存在。

湖南女孩把手放在我的肩上，用另一個手指着前方左角的一個男生的背影。

「你看，那人過去在國內是個小有名氣的歌詞作者，剛來時血氣方剛，見人就笑，人長得也俊，愛唱歌，現在半年過去了，不說臉色灰暗了許多，似乎連個子也矮了。」

我看了看那曬黑了的柔韌的脖頸，問道：

「他到新加坡來幹什麼？」

「是啊，我也在納悶，男的來這幹什麼呢？」

這時，一個英國姑娘快步走了進來，站在講台上，微笑着，用藍玻璃一樣的眼睛在我們臉上一個一個望起來。

「我希望你們能有一個英文名，」她用英文說道，「現在從前排開始，說給我聽。」

於是滿教室裏響起了「曼麗、彼得、愛米、瑪格麗特……」的聲音。

輪到那個歌詞作者時，他說：

「我叫安小旗。」他把「安小旗」這幾個字說得怪腔怪調，聽起來也好像是英文名，惹得湖南女孩哈哈大笑。安小旗回過頭來，吃驚地望着我。他也許以為是我在笑。我低下了頭，發現那人的眼睛很小，但黑溜溜的，發出刀子一樣的光。

湖南女孩說她本來就叫 Taxi。

「你是出租汽車？」我問。

「我是用出租汽車來觀察新加坡。」她又笑了。

我想起了兒時讀過的一本書，書中主人公小哈克把偷來的一件裙子穿在身上裝扮成女孩。這個女孩叫海倫。於是我把這名字告訴了老師。

「海倫。」Taxi 叫了我一聲。我覺得滑稽，便笑起來，看來要讓我記住我是海倫還需要時間。

我向 Taxi 打聽芬，她說過去我們坐一張桌子，就像現在我跟你一樣，她已升中班了。

「那你為什麼要插這個新生班？」

她捂住嘴笑了，又擺開她的雙手，低聲說：

「又不是真的來學習的。我想，要不了多久，芬也會自動回到這個班，這個班的學習多輕鬆啊。」

3

傍晚，我站在麥太太家的客廳裏，裏面寂靜無聲，整個屋子處於停滯狀態。女傭也不知哪去了。屋子裏似乎依然飄浮着榴蓮的怪味，我使勁吸了吸鼻子，為什麼我就不能喜歡這種味道？窗外遠處的樓群正靜止地筆直聳立在沐浴西邊暗薄的餘輝裏。我站在《蝴蝶夫人》下面，仰視她，心裏思忖她到底是誰。一陣微風吹過來，飄忽在那劇照上，那包裹在軀體上的裙子似乎在飄動，臉上的笑也隱蔽到深處。我竟害怕起來。也許從一開始，從在候機室裏見到她的一剎那間，我便有了恐懼顫然的感覺。我久久地望着，仿佛真的看見了蝴蝶夫人前方的碧藍的大海。她的日複一日望着大海的眼睛，也被染成了藍色的。在大海深處，那只載着悲劇的船來了，裏面裝着的不是她的情人，而是死亡。

四周已沉到黑暗裏，我在黑暗中摸索起來。我拿不准麥太太的房間在哪裏，但是憑感覺好像是走廊盡頭的那一間。因為即使在外形上也能看出那是最大的一個房間。我踮着腳尖，手觸着冰涼的把手，輕輕旋開去。我又摸索着牆壁，找着了按鈕，亮了燈。

我屏住氣一動不動地向裏看去。這屋子又大又亮，屋頂呈尖拱形，亮光就是從尖頂噴射下來的，直逼下面寬大的木床，而使兩邊靠牆的衣櫃梳妝台清楚地分為一半暗淡，一半明亮，仿佛一邊是陽光，一邊是月光。屋子盡頭有扇門洞開着，裏面大概是衛生間，隱隱約約看那兒的鏡台上放着零碎的化妝用品，一股淡淡的香水氣息迎面撲來。

我走進去，腳底下是淡褐色的木地板。我輕輕坐在床上，仰望着頭頂上發光的三角體。我又起身去撫摸麥太太每天都撫摸過的衣櫃。她的氣息仿佛還留在上面，清晰可辨。我把衣櫃挨個打開，目光像鳥雀一樣在裏面跳躍着，叮啄着，裏面幾乎都是從法國和意大利買來的時裝。我呆呆地看着，竟冥想自己就是這些衣服的主人。確實我還從未見過這麼多好看的時裝。

在這些時裝中，有一件咖啡色的長裙，裙裾一直拖到了下面的板層上。我用手指順着領口劃下去，水一樣的絲料便輕輕顫動起來，好像這是一個活的生物，一個活的形象，是真實和虛幻、影子和光芒合在一起的一個幻象，甚至看到了曾被它包裹的軀體，隱約露在外面光滑的胳膊和吹浮在上面的氣息。我不禁把臉貼在上面，想象自己穿着它將會是什麼感覺。這麼一想，一陣恐懼猛地襲上心頭，越來越強烈，漸漸演化為一種無法抗拒的欲望。衣服的光澤雖然褪了色，但是那年代久遠的人形象一個人的亡魂牢牢地佔據了我的心靈。

4

樓群、街道、行人甚至是周圍的空氣都罩上了一層厚厚的冷冷的盔甲——那種讓人害怕的無法穿透的陌生。四下裏的燈光恍如田野的麥浪，也像是深夜的狗吠，不知是誰先叫了一聲，眾多的吠聲立即遙相呼應起來。正穿梭的從兩邊街道的無計其數的行人，男人似乎都一律穿着白襯衫，領口上吊着細長的領帶，女人都是短裙短髮。他們的臉在閃爍的燈光下猶如飄動的白紙。表情似乎也被機器規定好，都是統一的平靜和淡漠，好像他們過着同樣的生活，想着同樣的心思。我穿上那件咖啡色長裙也夾雜在其中，突然意識到自己是多麼的可笑。這衣服根本就不適合在大街上行走，它莊嚴得僅限於一些宴會。我的臉熱臊臊的。

我狡猾地從華麗的燈光下拐進了一個僻靜的小路，這裏幾乎沒什麼人。而深宅長巷又都好像一個人的貼身內衣，散發出這個城市的獨特體香。道路在我腳下伸展開去，蜿蜒曲折。兩旁長滿了小樹，我小心地避開一根根低垂搖曳的樹枝。但是越往深處，心裏漸漸地惶惑起來。因為我沒有一個明確的去處，我只想到一個什麼地方去。到什麼地方？身上的長裙像一個蜘蛛吐出的細絲把我懸掛在半空中。但即使是在夢中，一種清晰的無着無落的痛楚還是襲上了全身。

我低着頭踽踽獨行，沒有注意到天上的烏雲一直徘徊不去，空氣也異常悶熱。當我抬起頭時，突然看到前方有一座砌着圍牆的宅院，那裏燈光密集，有嘈雜的人群，還有隱隱的哭泣聲。我側耳細聽起來，雙腳不禁向那兒走去。

也許是吵架的，還有一幫人在努力調解，就像中國的任何一個地方一樣。但還沒等我走近透過圍牆的大門，我便看到了許許多多用鮮花做成的花圈。是在辦喪事。可惜了這些花兒，我想。裏面有一張很大的台子，台子中間是一個靈位，恍惚的燈光下，我看見一年輕男人的照片鑲在一個木框裏掛在上面。這是個怎樣的男子？為什麼會英年早逝？十多個身穿袈裟的道人一邊打着鑼鼓，一邊喃喃誦經，以超度亡靈。台子的後面是主屋，哭聲似乎就是從那傳出來的，聲音很乾燥，是一種沒有了淚水的女人的聲音，從嗓子裏空洞地穿過。這就是新加坡人的哭聲？似乎和我們中國人的哭聲也無二樣，都是經過了稀釋的一種悲傷。我凝神聽着，那聲音恍如從黑暗裏射出來的幾絲光束，慘淡地映照着圍牆外的小巷。台子的前面，即這個圍牆裏的場地上，擺滿了椅子和桌子，就像一個餐廳一樣，人們喝着飲料，吃着糕點，一邊正談論着什麼。

等我看清了這一切之後，我發現自己立在圍牆門口的樣子非常不合適。於是我折回身，準備從來時的路再走回去。這時，一輛深色的車慢慢停泊過來，從裏面立即走出四五個穿着黑西服的男人，這使我一下驚呆了，就好像看到了黑手黨一樣。為首的那個也瞠目地望着我，在地上投下他一團濃重的黑影。

我也看着他，我發現他就像是從三十年代香港電影裏走下來的，皮膚光滑，隱隱地透着亮，兩只丹鳳眼黑黑的，眼角處微微上翹，仿佛是一組和聲，意猶未盡。那嘴唇線條優美，好像也着了色一樣，微微地呈現出淡褐色。我不禁怔住了。雖然青春在那臉上早已流失，但是舊時男子的風韻使我像一根柔軟的水草整個地飄浮起來。

他遲疑了一下，隨即和身邊的人一同進去了。他們是來弔喪的。望着他們的背影，我像掉了魂一樣傷感起來。他是誰？他究竟是誰？他是從前的人還是現在的人？抑或帶了一副假面具只是淡淡的一具形體，沒有思想，也沒有呼吸。可是我與他又有什麼關係？我轉過身，一步一步地朝前走去。

這時身後有人在叫「哈羅」。我回過頭去，正是那個人，他在對我說「哈羅」。

我站住了。他微笑着用英文說了句什麼。我搖搖頭，他又改用中文問：「你是不是死者的朋友？」

「不，我只是路過這兒。」我的臉突然緋紅一片，低垂着目光，不敢朝他看。我身上的咖啡色長裙幾乎拖到了地上。

「你要不要進來看一看？」他饒有興趣地說，「是一個中國女子殺死了他。」

我思索着，好像在哪聽說過此事，便在記憶裏尋覓起來。我困惑地望着他，我想問問他那個小龍女為什麼要殺人。我剛要張嘴，話未出口，這時在我當頭的樹上有一只烏鴉在啼鳴。我便用目光在樹叢中尋找。我看到他和我一樣也仰起了頭。忽然，許多只烏鴉撲稜撲稜從樹上飛起來，大叫着，掠過頭頂，向着寬廣灰暗的空中飛去。

「要下雨了，進來吧。」

門楣很低，我略微低着頭隨他走進去。我們在一個光線稍暗的桌子旁坐下。一瞬間，那張發出絲光的臉上浮起了平和而又略顯無奈的表情，而在這表情後面似乎隱藏着一種非同尋常的東西，這使我的眼睛直勾勾地盯着他。他正襟危坐，欠了欠身，猝然問道：

「你是中國人？」

「難道我臉上有標記嗎？」我微笑起來。

「對，眼神不一樣。」他直言不諱地說道。

我低下頭去，我想起了在飛機上麥太太對我的眼睛的評價。我的眼睛究竟怎麼了？這時有人在叫他，他抬起身子擺了擺手，示意對方等一會兒。我看到他那平和的神態後面夾雜着焦躁不安的神情，便問：「殺人的真是一個中國女人？」

「是啊，這幾天全新加坡人都在議論這件事哩。」

「她是個什麼樣的人？」

「和你一樣。」

我全身一顫，心裏思忖他這句話的用意。我盯着他的臉，問：

「我是什麼樣？」

「很可愛，也很漂亮。」

「殺了人還可愛嗎？」

他沉思着，用胳膊支在桌子上，將手托住頭，先前浮現在臉上的光彩消失了，似乎眼睛也開始閃爍出如水的光。

「她哪裏會殺人，我了解她，肯定她是不會殺人的。我要跟律師說，要不，她不是被判處死刑，就是終身監禁。」

我轉頭去望台上的放有遺像的靈位。各種花香味夾雜在一起和這幽柔的燈光混合着，使人隱隱聞到一股屍體的味道。這時雨下起來了。透過雨絲，他也向靈台看去，從他黯淡的眼中投出一道難以形容的眼光。深沉的而又朦朧的眼光把別人看不見的那個不幸的女人的命運全部看了去。我默默低下頭，幽暗的投影落在桌子上。

「不知怎麼，你使我想起了什麼人，」他突然說道，「也許是你身上的衣服。這是你的衣服嗎？」

我一驚，全身就像遭到了突如其來的一棒。我身上的絲綢一剎那在那忽然亮得邪惡的燈光下波光粼粼。

「穿在你身上確實很美，但是總覺得在哪兒見過，這樣的款式，這樣的色澤，是三十年前，還是四十年前？反正很久了，有恍如隔世的感覺。」他幾乎是在喃喃自語，在我聽來卻是那麼可怕。

「三十年前，我還沒有出世呢。」我鎮定地說，忽而又格格地笑起來。

聽到我的笑聲，他好像清醒了一樣，便以深邃陰鬱的目光詢問似的望着我說：

「你來新加坡是幹什麼的？」

我側過頭在考慮用詞。一只被淋濕的烏鴉發出哀唳的叫聲。就在這時，剛才那個人又招呼他了。他立即起身，也沒顧上看我一眼，便自個走開了。

過了十多分鐘，他還沒有回來。我悵悵地坐着，待外面的雨一停，便起身走了。

5

整個房子裏靜悄一片，我躲在琴房裏一邊脱衣服，一邊僥幸着麥太太還沒有回來。正當我要把衣服送還她的衣櫃時，瞬間我把它穿上了身——也許麥太太沒有那麼快回來，我想。我來到洗漱室裏，從牆上明亮的鏡子裏深情地望着自己。我又用手把額前的頭髮掠向腦後，心想，正是這衣服，那個男人才會驚詫地盯住我。他究竟是個什麼樣的男人呢？我怔怔地望着裙子，仿佛那上面落滿了他的印記——他的臉，他的聲音。

這時門外突然響起了敲門聲。倉促之間我退回我的房間，脱下裙子塞進紅皮箱裏。

我打開門，面前站着麥太太，只見她穿了一件大花連衣裙，向我説道：「你怎麼不穿衣服？這是你的習慣麼？趕快穿上，有客人。」「客人？男客還是女客？」我精心換上那件我喜歡的淡黃色長裙，又在臉上撲了些白粉。我沒有穿那雙笨笨的拖鞋，而是套上一雙透明絲襪，便輕盈地小心翼翼地走了過去。

沙發上坐着一個衣冠楚楚的男人，芬坐在一張深紅色的木椅上，雙眼透出漆黑的水光。麥太太則坐在另一張沙發上，正説着什麼。看到我去，男人便朝我看來。我剛要向他露出嫣笑，麥太太説道：

「趕快給我們泡一壺茶來，中國茶。」

「不，不用了，喝這咖啡就行。」男人說。

女傭不知從哪裏冒出來的，她拘謹地盯着麥太太。麥太太把她拉過來，聞了聞她身上的衣服，說：「怎麼還有股榴蓮味？」

她把她推開去又向我們補充道：「我一不在家她就溜出去找男朋友。」忽而又像想起了什麼似的，「這位是我剛認識的小姐，叫什麼來着？」

「海倫。」我突然漲紅臉，期期艾艾地回答道。我怎麼就變成了海倫了呢？但這兩個字似乎又把我過去的一切衝刷得乾乾淨淨，我已是另一個人了。

麥太太移了移身體，示意我坐到她身邊來。但是我看到芬的旁邊還有一張椅子，便走過去坐下，那個男人正好在我的對面。他約莫三十五歲，穿着一件白襯衣，上面打了一條黑色領帶，臉龐有些小，但五官端正，嘴角微微上翹，眼睛看起來又黑又大，似乎裏面還閃着光。我竭力想把他從那無計其數的臉如白紙的行人中區別開來。麥太太在一旁說：

「這是李先生，叫私炎。」

他向我客氣地笑了一下，又繼續和芬低聲交談着什麼。芬披着長髮，說話時低垂眼帘。我又一次聞到她身上的那股香水味，暗暗辨別着，突然覺得那是玫瑰和梔子花混合的氣息。

麥太太打斷他們的交談，說：

「她是嬌小姐，從沒出過門，做父母的肯定不放心。」光線印在那一張一合的嘴上，好像一不留神就有個魔鬼從那兒跳出來，果真那魔鬼出來了。我看到了那雙發出綠光的眼睛。

「給他們打電話了嗎？如果沒有就在我這兒打好了。」

她從茶几上把一架紅色電話機向我面前推了推，這時私炎和芬不說話了。我希望他們繼續交談，別這樣和麥太太一起用一種嚇人的目光盯着我。

周圍靜靜的，一陣微風從窗子裏再次吹拂起牆上的《蝴蝶夫人》。

我說：「明天我用磁卡打，用您的電話似乎不太合適。」

說着我朝牆上的畫看去。那是一只臨死的蝴蝶。我說：

「人在很年輕的時候死，這死亡本身就是一種美，對嗎？」

我望着那男人，他的臉顫栗了一下，然後問我：

「你也喜歡音樂？」

還未等我作出反應，麥太太搶先說道：

「這有什麼奇怪。在中國，大街上都是搞音樂的人。」她把臉轉向我，說，「你們國家有個挺著名的男高音叫什麼來着，名字我一時想不起來了，他也想來新加坡，所以每次見我都喊我麥媽媽。那一米八的個子，連我聽着都不好意思。」

我的臉火辣辣的，低下頭去看那紅色的電話機。我用眼睛又瞟了瞟芬，同樣作為中國人，她會不會也覺得難為情？只見她又低下頭和私炎熟稔地說着一些我聽不懂的話，好像和警察、驗屍有關。

「私炎的弟弟前天被人殺了。他弟弟是做電腦的，技術非常好，在一個大公司裏很受重用，」麥太太向我這樣解釋道，「結果呢，他那個從中國來的女朋友為了想獲得居住證，逼着他跟她結婚。可是婚姻這種東西哪有強求得的，那女的看他不願意，就用槍打死了他。」

我驚訝地朝李私炎看去，他已不和芬講話，而是沉默地望着面前喝了一半的咖啡。我覺得自己剛才對於死亡的話題顯然冒犯了他，便安慰他道：

「不過，那個女人好像不是故意的，她不會殺人。」

一剎那間，他瞪大了眼睛，臉漲紅起來，額上鼓起明顯的陰暗的青筋。他看着我，氣惱地問：

「你是聽誰説的？是誰？誰？」他的眼光像一道明亮的閃電，聲音顯出他的心完全碎了。這使我嚇一跳，好像平靜的河面上突然起了颶風。「一個人在另一個人毫無防備之時拿槍射中他的心臟，難道不是蓄意謀殺？這是明擺着的一場凶殺。我如果知道是誰在説那些不負責任的話，我今生今世都不可能饒恕他。」

麥太太說：「你放心，她一定會得到懲罰。」

「懲罰又怎麼樣？她的命抵得上我弟弟的命？」私炎低沉地像要哭泣似的説道，「我弟弟從小學習就好，母親特地把他送到美國讀大學，讀研究生，回到新加坡還不到三年。今年才二十五歲，夠年輕了吧？」

我沉默地聽着，只覺自己狼狽至極。

「那個女的現在在哪裏？」芬問。

「還能去哪裏，警察局裏。」麥太太又搶着回答道，停了停她又說道，「不過，人剛死時，陰魂是不散的。我先生去世那會兒，我整天哭哭啼啼，有一次一個學生給我拍了張像，我就坐在我的床上。照片衝出來一看，我身邊還有一個模糊的人形，他的手很自然地搭在我的肩上。」

芬在一旁一把抱住私炎的胳膊，嚇得臉色蒼白，那雙白色的玉手緊緊拽着他的肩。私炎伸出胳膊拍了拍她的手，向她投去溫存的一眼，嘆息着說：「我真希望他也能夠有靈魂，讓我再看一看他。」

6

把他送走之後，我在廚房裏衝洗着杯子，發出嘩嘩的聲音。麥太太走進來對我說：「李先生也許會幫你許多忙。」

我點點頭，又一邊把餐台上的碗碟都拿過來洗。

「你爸爸是在北京外貿局？」

我驀地又一次漲紅臉，恍惚地點了點頭。

「最近我在中國聯繫的一批小商品，現在正卡在那裏呢。」

我把水龍頭關緊，霎時一片寂靜。我避開她的目光，說：

「我會跟我爸爸說的，這你放心，但是他最近正忙着去美國的事，等他從美國回來再說，好不好？」

「他去美國要多長時間？」

「得一個月。」

我心裏暗想：一個月裏，我的情況會不會發生變化？麥太太走出去後，芬把兩張椅子折疊好，放在廚房的一個角落裏。她問：

「你在琴房裏那張遺像下睡覺，怕嗎？」

「不怕，好像我總能跟死人和平相處。」

「那麼跟活人呢？」

「一般情況下，我和我周圍的人都感到很愉快。」我笑道。

「不過今晚上私炎額上的青筋直到走都沒消掉。後來他一句話都不說了，你沒發現嗎？」

「他不是一直在跟你講話嗎？至於我說錯話，在於我這人頭腦比較簡單，也沒什麼經歷。」

「你沒有經歷？沒經歷來新加坡幹什麼？」

「學英文。」

「是嗎？」

她的語氣裏含有嘲弄的意味。我又看了她一眼，但馬上閃開去，實際上彼此都看出對方心裏的隱秘。我走到廚房門口，又回過頭來，對她說：

「和你一樣，實際上我也并不喜歡這個地方，只是想在語言方面有所作為。」

第四章

1

第二天傍晚放學的時候，匆匆跑到樓下的Taxi又返身上來，在洗手間裏找到我。她說外面有一個男人正坐在汽車裏等我。說完又跑下去了。望着她的匆忙的背影，我想，今天她是過哪一只手指的生活？

我的心臟莫名地跳動起來。男人？會是什麼男人？我一眼看到鏡子裏的我臉色灰黃，好像已有三天沒睡覺似的。幸好我身上穿的還是昨晚穿的淡黃色長裙，這能使我顯得很高挑。我從皮包裏掏出化妝品，但是女學生不斷進進出出。我便躲到一個隔斷間裏化起妝來。

這時，我聞到一股熟悉的味道。是芬。她正在我隔壁的一間裏。那裏不僅傳出玫瑰和梔子花混合的香水味，還有胭脂盒、眼影盒打開又關上的聲音。她也在化妝。

她匆匆地走出去了。我尾隨其後，兩眼緊緊盯住前方輕盈柔軟的身軀。我不禁想到我們女人化妝是為了男人，男人們看到我們美麗的面龐，卻并不知道我們的美麗有時是在廁所裏完成的。想到這，我在心裏竊笑了一下。塗着粉紅眼影的芬來到大樓門前，左右張望着，然後走到一輛停泊的車前。她低下身，和裏面的一個男人説話。她的頭髮在微風中長長地飄動。那個男人嘴角掛着笑，眼睛一會兒透過玻璃凝望前方，一會兒又溫情地和芬説着什麼。我走近了幾步，看出那人是李私炎。

我猶豫起來，甚至懷疑Taxi叫錯了人。我向兩邊看着，再沒有什麼車像是等人。這是一個溫和的黃昏，太陽已落下去了，只留下濃重的血一樣的雲彩在西邊飄着。不知從哪裏飄來一股榴蓮的難聞的氣味。我正想走開時，忽而看到李私炎已站到我的面前。我默然地望了望他，又拿眼睛去尋找芬，她已走了。

「不認識了嗎？」他説，夕陽從他身後射過來，把他的影子斜斜地覆蓋住我。倉猝之間，我的心不免跳起來。我問：

「是你在等我？」

他朝我一笑，露出潔白的牙。這一笑似乎把昨晚的陰鬱和苦澀統統融化了。在他弟弟沒死之前，他肯定經常這樣笑。

上了他的車待車緩緩駛上車道，我試探道：

「你不回家嗎？男人總得回家的。」

他聳肩笑了笑，又搖搖頭。

「家？」

看他這模樣好像還沒有家。作為一個單身男人似乎更有權利與女人約會。一瞬間一絲像火星一樣的東西潛入了我的心底。

「剛才芬想搭我的車，我說我有約會。」他向我解釋道。

提到芬，我的全身下意識地微微顫了一下。為什麼會這樣呢，難道我怕她？也許吧。從見她第一眼起，我似乎就產生了對她的恐懼，似乎從那時開始，我的心靈便在與她莫名其妙地爭鬥着。她的臉蛋，她的皮膚和她那泰然自若的神態。

「你為什麼不讓她搭你的車？」

私炎迅速看了我一眼，沒有說話。只聽見汽車發出的沉悶的聲響。

「你知道昨晚你像什麼嗎？你的臉一直紅着，很像我們東南亞的水果紅毛丹。況且麥太太一直跟我說你，說實話，我昨晚也是慕名而去的。」

我低下頭去，回憶着昨晚。昨晚只是一連串模糊的剪影，零零落落地飄在地面上，發出不成腔調的音符。我恍惚還能看見那用鮮花扎成的葬禮，那臉面光滑的男子。那是誰呢？

這時車已遠離喧鬧的市區而拐上一條高速公路。兩旁綠綠的草坪似乎是一個霸道的女子一路直鋪過去，直想把天也要染得綠綠的，使最後一絲殘陽，也不得不夾雜着淡綠色，隨着方向的不斷改變，那綠色也時隱時現。四周很靜。私炎沉默地開着車。我用眼角瞄了瞄他，他若有所思地盯着前方，微微上翹的嘴唇閃現着暗淡的光澤。我不禁想到，這張嘴唇曾親吻過多少女人？瞬間芬在昨晚緊緊拽着他肩頭的場景在我腦中忽地一閃。

「我們這兒的水果很多，有紅毛丹，有榴蓮，有山竹，而榴蓮是水果之王，但許多人不習慣那種味道，你呢？」

「我？」我想起那帶有明顯的腐臭味，不禁先皺起了眉，「我不喜歡，但又很想喜歡。」

「不喜歡就不喜歡，這不是強求得來的。」說着他又看了我一眼，語氣中不免有些意味深長。

他把車開得飛快。十分鐘之後，黑夜降臨，四周圍亮起了燈火，遠處的樓群閃爍着柔和的光燄。他說：

「許多國家的人都有一種錯覺，都認為新加坡人活得很自在，很舒服，其實你看，那些樓裏依然是辦公的人，他們有做不完的活，很苦的。」

我抬起頭看着那片燈火處，那黃色的火光使我感到憂傷無比，那是離我很遠的一種光。

「你不苦嗎？你是什麼職業？」我回過頭問。

他不出聲地一笑：「你猜呢？」

「我猜？我要猜恐不滿你的意。」

「總不至於猜成賣菜的吧？當然賣菜的也未見不好，只是很難有漂亮的小姐坐在身邊了。」

車快速地旋了一個彎之後，便停在了海邊。空氣中彌漫着一股腥味。他在我前面快步地走着，又回頭向我介紹：

「這是新加坡的東海岸，海邊有許多俱樂部，晚上沒事我經常來消遣。」

「你還沒有回答剛才的問題。」

「大學裏的講師，教心理學，所以跟我在一起你可得小心。」

「是吧？就是説想撒點謊也不成？」

「不成。」

這時我隨他來到了一條燈火輝煌的街道，兩邊全都是裝修華麗的餐廳，還時不時立着幾塊巨形廣告牌，閃爍着奇怪的像蝦一樣游動的英文單詞。面部黝黑的年輕人在街兩旁轉悠着，打着響亮的口哨。離街面不遠處，圍着藍盈盈的海水我向那兒看去，仿佛那海底才是真實的世界，在海風的吹動下，裏面的燈光是活的，樹是活的，人頭攢動，有許多聲音從下面傳上水面來。但是私炎沒有和我一起向下看去，他不時轉動着頭向四周瞭望，那目光又警覺又謹慎。在把我帶走之前，他又不放心地看了一眼身後。他是不是怕他的熟人碰見？我心裏困惑地想着。

在一座餐廳裏，我們相向而坐，我突然向他一笑。這是一種極度滿足的笑容。因為幾天來我還沒有吃過一頓像樣的中餐。但是我那一笑被私炎看在眼裏。他一定在我的笑容裏看到了我目前的窘態。面對他的逼視，我故作輕鬆地向餐廳門口看去，那兒不時飄動着印度姑娘的紗裙。有一只高大的黑狗正在地上嗅來嗅去。

他向服務員點了許多，有黑椒螃蟹，清蒸螃蟹和葱油螃蟹，還有一盆蟹黃湯。面對這樣的美味，我突然紅了臉。

「你知道我們新加坡人把你們中國女人叫做什麼嗎？」

我搖搖頭。他說：「小龍女。」

我看到他的眼神有一種微妙的變化，有一種東西在那兒游移了片刻，那東西似乎和蔑視有關。我問：

「為什麼叫小龍女？」

「中國是龍的意思，所以中國來的女人都叫小龍女。」

「我來新加坡之前別人都說新加坡人很無知，看來也不盡然，還知道小龍女。」

「我說小龍女并無惡意。」

「那就是一種幽默了。」

他突然漲紅臉：「為什麼你們中國女人都這麼厲害。」

我沉默了一會兒，低聲說道：

「實在不敢當，如果你不會因為那個中國女人把你弟弟害了就對別的中國女人有偏見，我就很感激了。」

「如果那樣我們就不會坐在這兒了。」

他嘆息道，眼帘垂了下去，那兩道弧線劃出了這頓晚餐的不和諧的輪廓。這時遠處突然傳來馬來亞回教堂的祈禱聲。我和他同時向窗口看去，只見一輪月牙發出淡藍色的光怯怯地升在天空。

螃蟹端上來了。他給我的盤子裏夾了一整個螃蟹。

「活着的人為什麼不好好享受呢？」他向我投來溫存的眼光。

我一邊拿着筷子，一邊轉過頭去想暫時回避他。我又看到了那條黑狗。黑狗想混到餐廳裏面來，沒走幾步就被小姐趕了出去。

「你喜歡狗嗎？我也喜歡，我家裏就有一條小狗，白色，長毛，非常可愛。」

「你家裏也養狗，你照顧得來嗎？」

不知為什麼，他被我的問話吃了一驚，隨即又笑道：「當然。」

2

海風很大，使我的頭髮高高地揚起，身上的裙子飄動着，發出窸窸窣窣的聲音。沙灘上雖然有光，但不亮，甚至還有些黑，不斷有人三三兩兩地通過，隱沒在黯淡裏的長椅也都坐了人。不時有一陣飛揚的笑聲在空中飄蕩。

「你，為什麼不結婚呢？」我首先打破了沉默。

「沒遇到好的人。你呢？你為什麼要來新加坡？」

「就想躲避我的家庭。」

「是因為你爸爸很專制？」

我垂下了視線，看着自己映在沙灘上的朦朧的身影。腳下的沙子很鬆軟，走起來有些費力。

「那就跟我談談你爸爸吧。」他說。

我抬起頭望了望遠處閃着光芒的海水，說：

「他是一個很古板的人，此刻在這個海邊，我還真不願提他呢。我就想靠自己的力量在這兒當一個華文教師。」

「很不容易啊，這是個英文社會。不過你長得這樣漂亮，要留在新加坡不一定非得走這條路嘛。」

「你是說結婚？」我的目光依然沒有離開大海，「婚姻是一座無邊的水域，我不會游泳。」

「也許會有人教你。」

「我從沒有這樣想過。」

「難道你還沒有愛過什麼人嗎？」

面對這個貿然的不切實的問題，我咬緊嘴唇，望了他一眼，生怕自己笑出聲來。他是在說愛嗎？在這個時代裏一個人談論愛情猶如在談論一個已經被丟棄的孩子。我又看了看他，他正側過臉去看海，他的側臉在燈光的照射下形成頑固的半面陰影像。一剎那我的心情開朗起來。

「沒有，從來沒有。」我這樣回答道，「以前也愛過一個男人，但還是分手了。」

「為什麼？」他回過頭來。

我頓時感到有些茫然。為什麼？我吟味着一系列的回憶。略作沉思之後，我對他說：

「是為了房子。」

「房子？」他吃驚道。對他來說我的回答確實令他費解。我也沒有作出解釋的力量，便問：

「你呢？」

他又側過頭去看海，沒有回答，我感到心跳加速了，便領略開始發燒的臉頰肌膚的氣息。我又偷看了他一眼，他的半面陰影像使我無法猜測他究竟在想着什麼。

靜了半晌，他嘆了口氣。我說：「能不能談談你自己？」

「我的家……」他又嘆出了幽長的一口氣。

「就談談你弟弟。」

「你說得不錯，也許年輕的時候死會更加好。」他回過頭來望着我，眼睛裏的光像是浮動的淚光。

「那個女人判了嗎?」

他沒有回答，臉色陰鬱，眉頭緊鎖着。只聽見風颳得衣裙簌簌作響，腳下的沙子也有着清脆的響聲。我抬起頭，看見湛藍的天空裏，月亮孤零零地飄動着。只聽他說：

「你說他究竟去了哪裏呢，死亡究竟把他帶到了哪裏?他怎麼就死了呢，真想不通，也許只有親身經歷了才能明白這一切。唉，這兩天，我心裏真是亂極了。」

「或許理解一件事情需要一個過程，就跟人一樣，開始總是陌生的。」我說。

「就像我們倆一樣。」他望着我，微微笑了起來。

3

車停在麥太太家的樓下時，我下了車，徑自向前走着。私炎在後面大叫一聲：「海倫。」我嚇了一跳。我不知道他在叫誰，但隨即明白了，回過頭向車中的他招了招手。

「海倫。」我自己也輕輕叫了一聲。這是一個游離我體外一百米的氣泡，我怎麼也不能使它融化在我的身體裏。

夜裏，我餓極了。我又像第一天來的晚上一樣在一片漆黑中赤腳貓腰地溜到廚房裏，拿了兩片麵包。我的錢一天天減少，憂慮一天天增加。

第五章

1

站在鏡前的芬依然穿着那件白色小睡衣，一邊洗臉，一邊用濕漉漉的眼睛偷看了我幾眼。我拿着梳子和她并排站着。

「昨晚怎麼樣？你們談得好嗎？」她問，聲音在打顫，那含着明顯的苦澀味道散發在周圍的空氣中。我朝鏡裏望去，那張潔淨的臉在早晨的光線中浮現出玫瑰樣的明亮色彩。我想起那個晚上她緊緊拽着私炎的那副低垂眼帘的嬌羞的模樣，心中不禁發出疑問：她是喜歡私炎的嗎？她怎麼能不喜歡私炎呢？此刻她眼睛裏還有着明顯的失落，似乎她剛剛發現的獵物突然被別人搶走了一樣。

「這人還是很好的吧？」她又說道。

我轉過頭去盯着她的臉，笑了一下。

「你這樣關心是因為他還是因為我？」

「我是關心你，怕你吃虧。」

我低着頭，心裏思忖着她究竟什麼用意。她踱開步，陰鬱着臉伸手去開洗漱間的門。突然，窗外的烏鴉大叫了一聲，像是在空中狠狠抽了一鞭子。我和她一起朝那兒望去。似乎這種叫聲才是烏鴉的本色。待我把目光從窗外移到芬的臉上時，發現她又像剛才一樣縮進神秘的自我外殼。她好像在後悔剛才同我的談話。玫瑰樣的色彩消失了。她走了出去。正在這時，只聽得門外一陣吵雜，摻雜着麥太太的大聲叫喊。我和芬一起趕過去。一時間我的渾身竟發起熱來。

麥太太蓬着頭髮露出潮紅的臉蹲在地上。她看到我們，便打開冰箱，說道：

「麵包少了，少了幾片，一定有人在偷吃。」

我立即說我沒有。芬說，她也沒有。麥太太對我們一一環視，最後把目光停留在芬的臉上。芬的臉立即紅了，她強作的微笑只擴展到某一角度就收住了。

麥太太站起身來，什麼也沒說，卻一副疲憊的樣子。

「工人今天生病，不能來做工。」她終於這樣說道。

在她的心裏，是芬偷吃了麵包，這是一目了然的事實。我看了看芬，竟害怕她會一時衝到麥太太的面前去辯解自己是清白的。但她沒有，為什麼不去說明呢？

我和芬便自覺地抹桌子，抹地。芬心裏清楚麵包是誰吃的，這不由得我的目光躲躲閃閃，心裏面鬱悶極了。我為什麼要偷吃別人的麵包？想到這，眼淚在眼眶裏打轉。而麥太太自個兒跑到琴房裏彈起琴來。她彈的正是普契尼為《蝴蝶夫人》作的鋼琴曲。我悄悄抹了淚凝神傾聽了一會，然後到廚房裏細心地擦着牆壁，把炒菜時濺上去的油漬清理掉。我又拿一塊濕毛巾想去我的房間把地毯抹一遍，在這中間，再看一看麥太太彈琴的樣子。我走出廚房，這時看到芬的胳膊碰着了餐桌上的花，花瓶給掀翻了，在桌面上骨碌碌滾動。我一下衝上前去，花瓶正掉在我的手上，但一瞬間，我鬆開手掌，花瓶劃過我的手指直徑栽到地上，一聲脆響，摔得粉身碎骨。

芬一下驚呆了。她清清楚楚地看到我是怎樣鬆開手掌的。我也驚呆了：我這是在幹什麼呀？當麥太太聽到異響從琴房裏衝過來時，芬正跪在地上，小心地撿着碎片。她的臉和一個煮熟的龍蝦一樣紅。

麥太太說：「這下完了，這下完了，這是個古董，值五千塊錢呢。」

我恍惚記得她說過這花瓶值三千塊錢，現在變成了五千。我一會看看麥太太誇張出來的氣惱，一會又看看芬臉上的局促和愧意，心裏不由得從鬱悶走向了舒暢。我就是要她打碎花瓶。我站在那裏，又一次聞着那淡淡的香水味，又一次想到，我究竟是在幹什麼呢？ 借芬還在驚訝的工夫，我拿着抹布來到了她的房間，眼睛在她的化妝台上尋覓着。我看見了一個粉紅的香水瓶，便悄悄湊過臉去，是法國的「CHANEL」。這是玫瑰和梔子花混合的味道。

2

傍晚一放學我就鑽進廁所化起了妝。Taxi問我去哪。我說，我和一個叫私炎的男人出去吃飯。

「是不是那個叫我傳話的人？」

我說正是他。

她馬上來了興致，說，「我們做個小游戲，好不好？」

我不明白。她又詭秘地笑了笑，說道：「那天我沒注意他開的什麼車，你知道嗎？」

我說我不知道。

當我和她從電梯上下來時，我指了指門外的一輛白色小車。

「這是舊款沃爾沃，記住了，這說明他不是很富有，只是普通的工薪階層，這是觀察男人的第一個步驟。不過新加坡的許多男人都很艱苦，要養家。」

「什麼呀，人家還沒有結婚。」

「真的？」Taxi驚奇得睜大了眼睛，「那你還是有希望的，就像早晨七八點鐘的太陽。你跟他約會有多久了？」

「二十多天了。但是他有時對我好，有時又不，我總在想他另外還有一個女朋友。跟他在一起時我很相信他，一旦他離去好像什麼都不存在了。」

「莫非你愛上了他？」

我打了一下Taxi。

私炎看到我和Taxi一起，一臉的疑惑。Taxi大大方方地說：

「想吃你一頓飯，因為上次是我幫你把她叫下來的。」

我們上了車。半道上，坐在後座上的Taxi望着窗外的一個大商場，說要買東西。我擔心地看了私炎一眼，他沒有說話，只緩緩地把車停在路邊。他對我說：「你跟她一道去吧。」

Taxi卻不同意。她說：「給我點面子好不好，一起去嘛。」

在商場裏Taxi領着我們直奔首飾部。櫃台擺滿了亮閃閃的價格昂貴的各種黃金、白金、翡翠、鑽石。Taxi讓服務小姐挑了一對嵌有圓形藍寶石的白金耳環。她先自己試了試，覺得不妥，又要給我戴。我對這種東西從未關心過，也不感興趣。我推讓着，但她硬給我戴上了，并對私炎說：「很合適，真是錦上添花。」

私炎問：「你喜歡嗎？」

我搖了搖頭，但嘴上在說喜歡，一邊用手把耳環摘下來。

「請把這包好，買了。」私炎對小姐說。

幾乎是片刻工夫，我的耳朵上重又垂下了那副耳環。Taxi突然說：

「喲，差點忘了，有一個朋友在等我，就不跟你們去吃飯了。再見。」

「再見。」我恍惚地應答着，但是我的臉在頃刻間熱得發燙。他會不會以為我故意串通Taxi巧立名目，以撈錢財？我木然地跟在他後面，窘極了。這就是Taxi的小游戲？

我們出了商場，在外面光線暗淡的一個地方停下。我伸手摘下了耳環，把它包好，對他說我還不能接受你給我的禮物。

「為什麼？」他感到很意外。

「你不覺得剛才的場面滑稽？」

「你難道從不接受禮物？」

「當然，不過我接受的禮物都是對方自願的。」

他生起氣來：「你這樣讓我覺得很窘，實際上我早就想送你禮物了，只是最近忙着我弟弟的事，忽略了。」

「但我不希望我是你們口中所念叨的『小龍女』形象。」

我搖了搖頭。望着他失望的雙眼，我相信有一種東西比耳環的價值大，大得幾乎不能估量。

第二天在教室裏，Taxi得意地說這是觀察男人的第二個步驟，即看看他對一個女人有沒有誠意。

「看來他還是喜歡你的，這回你應該相信他吧，六百塊啊，也就是人民幣三千多塊。」她忽然又說道，「要不要感謝我？」

「要。」

「怎麼感謝？」

「你說呢？」

「你就給我一百塊錢吧。」

「是人民幣還是坡幣？」

「人民幣還叫錢啊，當然是坡幣。」

我紅起臉來。我說：「我沒有錢，你不看我在餐廳裏只吃兩塊錢的飯，而你和芬都是四塊五塊的。」

「那你怎麼不想辦法掙，坐吃山空怎麼行？」

「像別的同學那樣做家教？我已經沒有時間了。」一想自己已來了一個月什麼眉目都沒有，心裏一陣陰暗。

「算了，剛才跟你要錢的事是跟你開玩笑了，不過我倒真是喜歡什麼寶石呀，鑽石呀，」她的聲音忽又低沉下來，「它們從不受傷害，從這個人的手上轉到另一個人的手上，自己絲毫不受污染，而且永遠那麼高貴，那麼美，跟我不一樣。」

我注視着她，她的眼睛那麼透明，這是我從未發覺過的。隨着那番話的結束，她用手摸了一下前額的髮卡，問我可不可以幫她一個忙。我怔怔地看着她。

「別這樣認真。一件小事。晚上有人請我去吃飯，你跟我一起去。你只要在這過程中漫不經心地問我一句話——」

「什麼話？」

「你就說你過生日我該送你什麼好啊？」

我又低下頭，吃吃地笑了。她說：

「關鍵是你說這話時神態一定要自然。」

「你真的要過生日？」

「這不是小游戲嗎，這樣總有借口讓他送東西。說不定也能有一副漂亮的耳環呢。」

她攤開她的手，點着她的指甲說：

「我今天剛好是這一個周期的開始，你看我的這個大拇指塗的是綠色，綠色代表着魔幻，也就是說這一天總有一些出其不意的好的計劃，要行得好，它能改變後九天的甚至是一生的運道。明天，你看是黃色，誰都知道黃色代表着收獲，什麼叫收獲你恐怕不知道，收獲就是意味着鑽石，翡翠，項鏈，耳環……」

我望着她那副認真的表情，笑起來。她摟住我的肩搖了搖。我說：「這麼做沒出息。」

「怎樣做才有出息？」她反問道，眼睛斜視着我。

「一張居住證，或是結婚證，或是就業准證。」

Taxi 笑了，然後套着我的耳朵小聲說道：

「你要知道新加坡這三個字便連成了一堵牆，一堵灰色的高聳的而又密不透風的牆，這是這塊土地上的最高建築，無人能夠翻越。」

我的全身像是淋了一場陰森森的小雨，但我對我自己說：「我是例外。」

3

下了學，我和 Taxi 在洗手間化了妝出來時，對面走來了顯得心事重重的芬。她問花瓶怎麼辦啊。我說什麼花瓶。

「那麥太太的花瓶。」

看到她一副軟弱無依的神情，我對她說：

「花十塊錢托人從國內帶一個過來還她就行了。」

芬笑了。她又不安地問我：「和私炎出去啊？」

我說是，便和 Taxi 乘電梯下樓去了。

「你知道芬每天在幹什麼嗎？她天天很晚才回來的。」我回味着芬剛才那不安的眼神。心想，是不是私炎每晚和我約會之後又去找了她？

Taxi沒有回答我，用手往前一指說：

「你看你看，在門口，那輛深灰色的車是新款沃爾沃。」

我們來到門外，淡淡的夕陽水一樣鋪展了前方的街道，一輛鋥亮的長長的小汽車停臥在高大建築的陰影裏。我和Taxi走過去，但這汽車沒有動靜，玻璃裏面黑乎乎一片，什麼也看不見，好像有人，好像沒有。

她的臉隨即紅了，似乎為她自己暴露在那個男人面前的狼狽角色有些自卑。風不斷地吹過我們的頭髮。我問怎麼辦。

「總不能讓我把眼睛貼在上面看個究竟吧？」

「那我們走吧。」

我們剛要轉過身去，這時，門打開了。一個男人打着哈欠說：

「我竟睡着了。」

Taxi招呼着我上車。前面也縮着頭打盹的司機坐起身來，手握方向盤，一副準備待發的樣子。

Taxi的朋友坐在最裏面，他不朝我看，只懶洋洋地告訴司機去什麼地方。這是個五十歲左右的男人，臉色灰黃，體態略有些胖，穿了一件白格襯衣，領口上紮着深色領帶。我有些眼熟，覺得在哪兒見過他。Taxi在我耳邊低語：「他是周先生。」

我一下記起在機場揮動着長大胳膊的我的經紀人周某。於是當他終於朝我看來時，我接住他的目光告訴他我正是某某小姐。

而他盯着我，一邊不愉快地回憶着，一邊向我點頭。Taxi 驚呼道：

「你還做經紀？」

「哪裏哪裏。是我的一個哥哥做，他實在忙不過來就央我。我閑着也閑着，不過我就做了她一個，還真碰上了。」他的聲音有氣無力，說完又不經意地咧開嘴微笑了。

「怪不得，一個房地產商怎麼會看上經紀這個行業。」Taxi 說。

在一個酒店門口我們下了車。周先生朝我看了看，臉上漾出笑意。我和 Taxi 分別陪在他左右走進大廳。他微微斜着身子，步子跨得很慢，腳放得很輕，仿佛是踩着棉花，一邊緩緩地向我和 Taxi 介紹這個酒店的規模。我一邊聽，一邊想這才是一個富翁的氣質。有身份有地位有權勢的人就應該這樣走路。我不禁想當初在機場如果跟他走，我目前境遇是不是會大大的不同呢？我心裏立即有了一些後悔。

我和 Taxi 陪在他兩邊，都感到自己幼稚而渺小，卑微而怯生。我看到我的鞋已經非常灰舊，鞋尖處的皮已脫落了，它們和這華麗的酒店確實不配。

但是周先生根本沒有發現，他說話的聲音就像一根飄在空中的羽毛，輕悠悠的，有時就根本不說話，只聽着盤旋在大廳裏的音樂，全然不像在機場裏揮舞着招牌，一副營養不良的模樣。

在餐廳裏，他讓 Taxi 點菜，然後問我：

「那天沒接到你，不知道你現在好不好？」

「很好。」我說。

「假如以後有什麼困難一定來找我，看來我們很有緣分。」他的眼睛裏含着笑意。

我環顧着餐廳，剛想說謝謝的話，這時，在離我們不遠的地方，有一張桌子上坐了五六個人，有男有女，其中有一張臉又在我的記憶中倏地一閃。

4

那個從三十年代銀幕上走下來的男子，正把他的笑容盈盈地漫在那發出光彩的臉上。他正興奮地說着什麼。我定定看着。周先生也朝我看的方向望去。他問：

「你認識他嗎？」

我搖搖頭。只聽他又說道：

「他是新加坡第一個靠房地產發財的人。最近幾年還步入了政界。」

Taxi熟練地向一位男侍點菜，一點也沒有注意我和周先生的談話。我望着周先生，目不轉睛地盯着他的臉看，但是好像在看一個離我很遠的地方。待我意識過來，便微微一笑，低下頭去，可一下子重又把視線移過去注意那個突然出現的男人。他的臉他的五官和他顯露在桌子上方的身體似乎具備了一種強大的磁力。一會倏地收回目光。我問周先生：「他好像很忙啊？」

「你說的那個房地產商？」周先生歪了歪腦袋，伸出舌頭輕輕舔了一下嘴唇，慢悠悠地說，「最近也摻和在那場凶殺案裏，一個中國女人殺了一個新加坡男人，你知道嗎？」

我點點頭。他又說道：

「他正忙着找律師幫那個女孩說話。」

「結果怎樣呢？」

「很困難，男方家庭找出了很多謀殺的證據。怎麼，你對這件案子關心，還是對他有興趣？」

「對誰有興趣？」Taxi點好了菜，不解地問道。

「周先生在開玩笑。」我回答道。

周先生笑了一下說：「當然，他都可以當你的父親了。」

我頓時紅了臉。這時Taxi向我使眼色，又用那只塗了綠指甲的拇指在桌上敲了敲。於是我局促地問道：

「你說你過生日我送你什麼好？我可沒錢，不像人家大老板。」

「怎麼，你要過生日？」周先生問道。

Taxi微微笑起來。

「雖然對我來說一萬塊錢等同於一塊錢，但還是不能稱為大老板。」周先生說道。

我望望桌面，又朝Taxi看去，心想這次她肯定能有一個大禮物，要讓一萬塊錢和一塊錢等同起來，得要擁有多少財產呢？

第二天一早，麥太太敲開了我的門，她說：

「昨晚私炎等了你很久，約你出去夜宵，你不回來，只好和芬去了。」

「和芬去了？」我一時失控，驚訝地問道。

麥太太走到門口，又返過身說：「你爸爸什麼時候回來？」

「差不多還有一個星期。」我一邊陰暗地說着，一邊和她一起向外面走去。我看到餐桌上放着一個嶄新的花瓶，原來的那束花依然插在上面。我問麥太太這是從哪兒弄來的。麥太太笑着說是私炎幫芬從商店裏買來的，花了很多錢，比她原來的那個要好。

麥太太又向我笑了一下，說：「私炎這樣好的年輕人在新加坡已剩下不多了，誰不喜歡啊。」

第六章

1

一連幾天，天天下雨，據說這是新加坡的梅雨季節。有時天剛放晴，一陣細雨又淅淅瀝瀝飄下來，聲音低沉又憂鬱。

我和芬還有Taxi像以往一樣又一起來到「華沙」快餐店。Taxi和一個什麼人打着招呼。我一看是那歌詞作者安小旗，他和幾個男生一起也在吃飯。店主已不像過去那樣刻薄和冷漠，一看見我們，臉上就呈現微笑。我發現不管是他們還是街上的行人，當我和芬在一起時，他們第一眼先看芬，然後才看我。這時常勾起我莫名的失落。不過，想了想，有一個倒是例外，那就是安小旗，我又向他坐的方向看了一眼，只看到他的被頭髮覆蓋的後腦勺。

我要了一份價格低廉的蛋炒飯。芬看了一眼，說：「乾乾的，我一點也吃不下。」她一個一個地巡視過去，最後挑了一份兩塊錢的炒油菜。她在挑選的時候似乎一點也不在意價格，假如那油菜是十塊錢，她也會買，只要合口。Taxi早就在一張臨窗的桌子旁吃了起來。她買了一份豬排，還要了一盤青菜，她說這叫營養平衡！在這個地方，她竟然還大談什麼營養平衡！她的錢從哪掙來的呢？芬說自己在做家教，而她在做什麼？她是不是一直在盤算着進攻的手法，來安排她的「小游戲」？

我們三個人坐着一邊吃，一邊看着窗外，那裏 有一大塊用磚頭砌成的平地，幾十只灰色的鳥停棲在那裏，悠閑地踱着步。我的心動了一下，便問芬：「這就是烏鴉？」

芬漫不經心朝那兒看了一眼，點點頭。

「以前只聽到它們的聲音，這還是第一次見到它們。可烏鴉應該是黑色的，這些怎麼都是灰的？」我說。

Taxi抬起大眼睛，把目光從烏鴉身上移到我的臉上。她說：

「聽說幾十年前，印度的一個和尚帶來幾只烏鴉，來了之後，它們就不走了，和尚死了，它們就一代代繁衍着。新加坡政府曾命令射殺它們，開始殺了很多，但是烏鴉很聰明，幾次之後，就知道一看見持搶的人就逃跑，後來躲到樹林裏，再後來，乾脆把自己的顏色也變得跟樹葉一樣，叫出來的聲音也沒那麼難聽，輕輕的，像是在乞求。這就是新加坡的烏鴉。」

在Taxi說話的空檔，我不斷地看着窗外的烏鴉。芬說：

「你怎麼知道得這樣清楚？肯定是你胡編的。」

她笑了，想說什麼，忽然定定地看我，我也看她，有些莫名其妙。

「你怎麼不戴你的耳環？」

芬拿詢問的眼光盯着我。看到她這樣，我說：

「私炎給我買了耳環，但我拒絕了。」

Taxi立即尖叫起來。

「我并不想隨便接受男人的禮物。」我又補充道，因為一想到私炎給她買了花瓶，嫉妒的情緒便像霧一樣籠罩了我。不知芬有沒有聽出來。她若有所思，沒說什麼，只顧吃飯。那茫然若有所失的神情仿佛使我心中的預感得到了證實一樣，即她和私炎也有說不清的關係。她又抬起頭，看了我一眼又閃開去，低低地說：

「不要再見私炎了。」

我沉默着。窗外又下起雨來了，那群烏鴉驀地飛散，飛得高高的，爭相躲到屋簷下面去，那裏既安全又溫暖。許多只找到了自己的落腳點，縮着身子一動不動，還有許多只依然裸露在大雨裏。有的掙扎着向上飛，也飛到那個屋簷下，可是剛剛停落在那裏，先到的同伴們便用嘴巴把它們啄走。這樣的情景不斷重復着，那些後到的只有哀唳着在雨中盤旋，拍打着淋濕的翅膀。芬也在看着。於是我對她說：

「你看，後到的總被趕出來，總找不到落腳地。」

「因為它們看不清方向。」她回答說。

空中的雨一會停了，待我們出來時，夜晚降臨，芬和Taxi稱說有事便迅速消失在夜幕中。望着芬的背影，我想，她是不是和私炎約好了？私炎——啊，一想起這個名字，我的心像被劃了一道口子，為什麼我竟然對他產生了一種幻想？因為這樣的幻想我真的愛上了他？愛一旦有了某種功利色彩還是愛嗎？我低着頭走着，一只烏鴉驚叫着掠過我的頭頂盤旋在瀰漫着潮濕氣味的街頭。我的手插在裙袋中，望着華麗的樓群，不禁潸然淚下。我看不清方向，是因為眼前的一切統統與我無緣？包括每一塊磚頭，每一個人，每一盞燈火？

我看見前方的廣場上有許多印度男女在跳舞打鼓，地上點燃了許多小油燈。觀看的人們圍成了個圈。我也走過去。一個正跳着舞的長者旋到我身邊，向我微笑，他不會說中國話，但我知道他在邀請我。我便跟着他，學着他的步子，搖擺起來。但步伐既尷尬又生澀，我佯裝着笑。地上有一朵落了幾片花瓣的鮮花，那長者彎腰撿起來，塞到我手裏。我一邊跳，一邊搓揉着，一股香味散出來，好像玫瑰和梔子花混合的讓我感到害怕的味道。

我的心底重又浮起一縷縷苦澀，剛要離開這些跳舞的人群時，一個男人向我走過來。我一看，是那位歌詞作者安小旗，他向我敦厚地笑着。

「你知道嗎，今天是印度的屠妖節。這一天那些死去的人的靈魂會降臨到人間，你看，那些小油燈就是要把它們接引到這個世界來。」

我再一次回頭看過去，那像是一雙雙苦澀的眼睛眨巴着。

「走了就走了，還要回來幹什麼呢？也許新加坡這塊土地還是值得讓他們看一眼的。」

「不過只要有光，無論是靈魂還是活生生的人，都會像飛蛾一樣擁到火光裏面去。」

安小旗説着，從側面望着我，我即使不看他，也能感到那雙黑溜溜的眼睛裏射出的快樂的光芒。

「你也在這裏看他們的屠妖節？」我好奇地問道。

他點點頭，低沉地説道：

「你的氣質真好，第一眼見你，我的內心似乎就有某種觸動。」

我轉過頭望了望他，那一口標準的普通話竟使我產生了一種厭惡。

「你是哪兒的人？」

「北京。」

「和我一個地方。」我説。

「你哪兒是北京的，一聽口音就知道你從南方來。你是哪兒的？」我低下頭，心裏不禁冒出一股怒氣。你管我是哪兒的？

「不過，北京現在正是深秋哩。」他依然用低沉的嗓音説道，抬頭看了看天空，那兒正有一輪圓月。

我也仰起頭，說道：「即使是北京，包圍着它的也是一片荒涼的景色。」

他沒有說話，定定地盯着我。

「我能請你喝杯咖啡嗎？」一會他說。

「喝咖啡？和你？」我笑起來了。這時只聽得有人在喊：「海倫。」

我循聲望去，卻是私炎。透過樹枝的斑駁的光影射在他臉上。他的眼睛在彎彎的眉毛下閃着深邃的仿佛從洞穴裏射出來的光芒，這光芒使我的臉一下變得明亮了：他沒有和芬在一起。

他發現我的身邊還有一個男人，便露出不解的表情。我甚至沒顧上和安小旗道一聲再見便拉着他朝另一個方向走去。我說：「我們班的。」

他向後看了一眼：「他還站在那裏看你哩。」

「你為什麼會在這裏？」

他把手插到褲子口袋裏，望了我一眼，說道：「想轉轉，看能不能碰上你，剛才我看見芬，她告訴我你可能就在附近。」

「芬。」我憂鬱而又沉思起來，「那麼他們剛見過面？」

空中又下起了小雨。他帶着我快步穿過廣場，說：「上車吧。」

2

「沃爾沃」順着一條公路蜿蜒而上，把我們帶到一座高高的山上。山上長滿了綠色植物。四下裏靜悄寂寥，只有細雨碰落在樹上的輕微的沙沙聲。我們走出汽車，往下望去，那裏是一片光的海洋，層層疊疊，似有許多女人裸着身子扭動着，宣洩着瘋狂的慾望。整座山上只有我和私炎。望着空寂的四周，我莫名其妙地突然放聲歡笑，笑聲被山風從身邊帶走。私炎看到我笑，他也笑了，可他只笑了一聲，臉上默默地浮現出夢游人的神情。一瞬間，他捧住我的臉，我怔怔地望着那閃着幽光的雙唇，像是兩個失蹤的孩子既親切又陌生。

我被這突如其來的而又是心中渴望的瞬間震住了。立即，我像被海水淹沒了的小木片，一會漂浮着，一會又被浪頭裹挾而去。

他把我抱起，對着我的臉輕輕問道：「行嗎？」

我一陣發抖，只看見他的眼睛裏重又從洞穴裏閃射出一種異樣的光。沒等我的回答，他便把我放在濕漉漉的開着許多花的草地上。聞着淡淡的花香味，我問：「這是什麼花？」

「胡姬花。」

他掀起了我的裙子，雨絲和他一起滲進我的兩腿間。

「你會愛我嗎？」他問。

「會的。」我突然產生一種衝動，使勁嗅着彌漫在空中的胡姬花的香味，説道：「我想跟你結婚。想讓你教我游泳。」

「你爸爸同意嗎？他叫什麼名字？」

我隨口編了一個，説：「叫高林。可是假如我沒有爸爸你也會愛我嗎？我希望你愛的是我。」

我也跟着他説愛。

「我當然愛你，不過你爸爸的名字真好聽。」

我伏在他肩上，狠狠看着遠處那片光的海洋，淚水和着雨水一起順着面頰淌下，那鹹味兒灼我的雙唇。我問：

「假如你也愛芬呢？」

「不愛。」

「真的？」

「真的。況且我也沒有時間，一個都愛不過來呢。」

「你在幹什麼？」

「為我弟弟的事找律師。」

我從他肩上轉回頭。

「案子判了嗎？」

「開了兩次庭，但都沒有結果。」

我低着頭握住他的手。

「小時候我最愛看天，你知道我現在最愛看什麼？」

「什麼？」

我伸手折了一朵紅色的胡姬花。我說：

「就是這個，你們的國花。如果有一天你能把它插在我的頭上，我將感到很幸福。我希望那是我們結婚的時刻。」

「也是那個女人判刑的時刻。」他說。

這時小雨變成了大雨，雨水密密地壓過來，打在身上又疼又害怕，我畏懼地縮着頭，生怕我所有的好夢都被衝走。私炎抱起我倉惶地向汽車裏躲去。

3

再次坐在教室裏，感覺自己馬上就和所有這兒的人不一樣，和Taxi和安小旗和芬都不一樣了，我將從他們的中間幸福地消失而去過另一種日子。傍晚當我站在大廈門口等待私炎時，我看見了芬，便忍不住燦然地向她笑起來。

「怎麼，有好消息？」她警覺地盯住我問。

我眯起眼睛，幾乎是耳語似的向她洩憤道：

「我快結婚了。」

「你結婚？和私炎？」她平靜的面容陡地變了樣，又忽然露出不出我所料的煩躁神態，「不過，這關我什麼事？跟我又不相幹。」

「當然相關，否則你怎麼會難過？」

「難道這是可能的事嗎？」她用低得幾乎是聽不見的聲音又一次表示了她的懷疑，「你才來一個月啊，你知道什麼？」

我望着她，夕陽在她頭髮的外圍暈染出淡淡的光圈。

「你是不是真的有些難過？」我追問道。

「我是難過，但不是為自己。」

她說完這話，一絲苦笑壓歪了她的唇。她轉身走了，望着她消失在人群中的背影，我卻莫名其妙地倒抽了一口涼氣，一種非常強烈的失落感從心底浮游上來。我定定地站着，不知道自己為什麼會這樣。一抬頭，看見了私炎。他微笑着，穿着潔白的襯衫，還打着個領帶。他還是昨天的他，但在我瞬間看去時他竟有了些差別，那從洞穴裏傳出的目光有些飄移不定。

「不是說好你到街對面等我的嗎？為什麼在這兒發愣？」

「我就是怕看不見你。」我盯着他說，語音不免有些淒涼。

「看不見我？」他說着，但顯然感到有些難堪，「你站在這兒，當然看不見我。」

他若有所思地盯住我的眼睛，一邊把一只手撫在我的肩上。

「我們到海邊吃海鮮去。」

他撫在我肩上的手熱熱的，我沉默了一會，便說：

「我們隨便找一個小販中心就行了，別總花那麼多錢。」

他同意了。當我們到達一個偌大的小販中心時，夜色降臨，所有的燈都亮了起來。在燈光下凝望這座城市，它不像建築在堅實的土地上，像是漂浮在火海裏的一個影像，仿佛精靈擺脫了實體，裊裊上昇，變成一個虛幻的空殼。私炎領着我在光的海洋裏像兩條游弋的金魚。裏面的人聲恍如昨晚的細雨夾雜着奇妙的香氣綿綿地下着，似乎全新加坡的人都不在家做飯而到這兒來尋覓美食。私炎指着一張空位說：

「你就坐在這裏等我。」

他向前走了幾步，又警覺地環顧了四週，然後放了心地朝我一笑，大聲說道：

「買雞翅，那是我弟弟最愛吃的。」

我等待着，不覺低下頭把書包放在一個合適的地方。我看到桌子底下走來一只白白的小狗，它的脖子上有一根鏈子，鏈子的一端被一個女人的手牽着。我抬起頭向她看去，不料她已坐到了我對面的椅子上。燈光使她的臉像塗滿了黃黃的顏料。我說：

「對不起，有人了。他一會就來。」

「我知道，是你的男朋友吧？」這個女人笑着問。

我奇怪地盯着她，她雖然長得很漂亮，頭髮在頭頂上打了一個高高的髻，但我一點也不認識她。面對我的驚愕她依然向我微微笑着，搖着腦袋，兩邊的耳環也隨着輕輕晃動。這耳環有些眼熟，再一看，那不是私炎要送給我的那副圓形的鑲着藍寶石的白金耳環麼？

只見她向我深高莫測地笑着，桃花瓣樣的嘴唇微微顫抖，仿佛有一句駭人聽聞的話在那裏面跳動着，馬上她就要說出口了。

「為什麼要臉紅？」她說，「你們不是從來都沒有羞恥感的嗎？」「憑什麼要這麼跟我說話？」我沉靜地問道。

「就因為你是中國女人。」

「你是誰？」

「你早就應該問一問了，我姓什麼，叫什麼，究竟是什麼人，對你來說，這些確實重要。」

「那麼你到底是誰？」

女人望着我不言語，只管冷笑。這時那白乎乎的狗突然瘋狂地撲在一個人的身上，好像要吃他的肉。這個人仿佛受到了突如其來的襲擊，身子向後仰着，手裏的正冒着熱氣的金黃色的雞翅不覺掉了下去。

我嚇得驚叫一聲。只聽那女人也在叫，可她是在笑。

私炎一動不動地站在那兒。他一把將狗推開，看了看女人，然後又直勾勾地盯着我。我一句話也說不出來，只看那被推在地上的動物，它委屈地嗚咽着，它身上的毛就跟私炎曾描述過的一樣，純白，沒有一絲雜色，長長的從脊背處披散下來，直垂到地面上。那女人站起身收起笑容，開口對私炎說道：

「像她來這裏倒沒什麼，但是像你這樣一個人也到這裏來，你能忍受這鬧哄哄的環境和這骯髒的地面嗎？我真有些心疼你。」

私炎不說話，只定定看着地上的狗。

「你們吃吧，我走了。」女人說着，牽着地上的狗向出口走去。那狗一邊走一邊不時回過頭來依依不捨地望着私炎。私炎回到座位上。大理石的桌面清晰地露出他低着頭的影像。他固執地沉默着。他為什麼不說話，是不是事情并沒有我想象的那麼糟？我想起了芬那雙曾盯着我的陰暗的眼睛和壓歪了她的嘴唇的苦笑。

我看了看掉在地上的雞翅又看了看他。

「是你的女朋友嗎？」我問。

他不回答。此刻他的沉默和芬的苦笑就像是希望和絕望，以現實的姿態交替地浮現在我眼前。

「不，不是女朋友。」

「那麼她跟你沒有關係了？」我緋紅了臉。

「不，」他抬起臉，想作一個笑容，但他又咬了咬嘴唇，「她是我的太太。」

說着他低下了頭。望着他蓬鬆的頭髮，我站起來，拎着書包，向外走去。我腳步踉蹌，像中了邪一樣，看也不看究竟是朝哪裏走去。

清涼的夜風吹着我。當我來到一條僻靜的小巷裏時，私炎在後面追上了我。

「為什麼？」我說，眼淚撲簌簌沿着兩頰往下掉，「你要說出個理由來，你為什麼要找我。」

他的嘴唇在哆嗦，離我一米的地方站住。

「如果你想要和一個女人睡覺，只要花兩百塊錢就夠了，你何苦要費這樣的心思？我實在是沒有時間啊。」說到這裏，我感到週身疲軟，再也支撐不住。我看到路旁有一棵樹，便靠了過去。

「我，我……」他嘟噥着，臉上浮出羞怯和恐懼的神色。

樹上有螞蟻，陸陸續續從我的領口間爬了進去。我又疼又癢。但我顧不上。我抹去眼淚，看到他一副膽怯的模樣，痛心地想到假如以前跟他在一起浪費了時間，那麼此刻依然如此。時間比我的身子寶貴。我說：

「你走吧。」

他陰鬱地望着我。「我想……給你些錢。」

「我不會要你的錢。」

說完我向前跑去，眼前總是浮現出那女人看我時那鄙夷的神色，還有那狗在遇見主人像中了魔法一樣的狂喜，那不斷伸出來的小舌頭，還有私炎在這一刻被震驚的神態。

我快快地走着，竟然不知自己是在走。天空逐漸暈染成暗紅色，沒有星星。路兩旁的樹林裏，歸巢的烏鴉窸窸鼓翅，有三兩只飛散在空中，狂躁地大聲叫着。我想起私炎說過的最後那句話，又盤算起身邊的錢。我還剩一百塊了。這一百塊能維持多久？

想到這，我又折回身向私炎跑去，他如果給我錢，我就接受，如果他又不提錢，我就跟他要。從前，每次一遇緊要關頭，我都能戰勝恐懼。在那個黑黑的小禮堂裏，所有的人都走了，只有我一個人，我就是這樣順着一把把椅子摸索到出口，現在我照樣能夠，只要他給我五百塊，我就能對付二十天。

但私炎走了，他已不再站在剛才的地方傷心地注視我。四週是燈光，我清晰地看到了那棵爬滿螞蟻的樹。一時間，竟覺得世上萬有皆空了。他們看上的不是我，是我「爸爸」，他們想以這個方法來摸我「爸爸」底細？私炎為什麼要給芬買花瓶？莫非她早就知道了他是個已婚男人？

我低下頭去，望着自己的影子。啊，這一切已經不重要了，重要的是我將怎麼生存下去，我將找誰要錢，哪怕是借？對了，周先生，那個斜着身子邁着慢步的我的經紀人。他說過我以後要遇到困難就去找他。

4

周先生在文華酒店裏等我。看到我走過去，臉上像過去那樣漾出了笑。我直截了當說明了來意。他說：

「你不應該依賴別人。」

我的臉一下紅通通的。我說：

「我不是跟你要，是跟你借。」

「無論你是借還是要，我都不能給你，我這是為你好，這樣才更能磨練自己。」

我沉默了一會，想起自己曾給了他一千塊坡幣的經紀費，於是說道：

「你收了我那麼高的費用，我現在有困難，你能退還些給我嗎？哪怕兩百塊。」

「關於經紀費，你看幫你一趟趟去移民廳，給你打電話，發傳真，還在那天晚上去接你，你算算看，哪裏還會有剩下的？」說着，他又慈愛地看了我一眼，從隨身帶着的包裹掏出一本書來，「這本書送給你，有時它比錢管用。你要用心讀，還要上教堂，做禮拜，虔誠地祈禱。時間一長，你一生的問題都解決了。」

我拖着疲憊的步子出了酒店，紛亂的光線使我的雙腿一下漂浮起來，不，我要踏踏實實地走在地上。我直挺挺地想要跪下去。這時，身旁突然有人笑起來。幾個面部黝黑的年輕人用手指着我問：

「How much？和我們同時 Make love 。」

我向他們啐了一口。他們卻圍上來。我忽地沒命地往前跑，風在我耳邊嗖嗖地吹，我跑啊跑啊，卻依然聽到他們的笑聲。直到腿上沒有了力氣，我才停下來，只看見燈光再一次將這個城市托浮起來，使它們沒有根基，漂游在空中，像是懸掛着的一個夢。

5

第二天一早，洗漱間裏傳來了芬的洗漱的聲音。我從那張上方貼有遺像的沙發上站起身，來到她的身旁。我説我有東西要送給你，便把厚厚的《聖經》擱在洗漱台上。她吃驚地望着我説：

「臉色跟死人的一樣。」

「我死了你就很高興，是嗎？」

「為什麼要這樣講？」

「你早就知道私炎是個已婚男人，為什麼不告訴我？」

她怔住了，把盯着我的目光移開去。

「是被他太太發現的？」

「你知道她有家室，為什麼不告訴我？」我窮追不捨，直直地望着她的眼睛深處。

「我跟你說過。」

「你是怎麼說的？你總做一副與我爭風吃醋的樣子，把我往籠子裏趕。」

「你總不至於真像你所說的那樣，是個頭腦簡單的女孩吧？我跟你講，沒有人把你往籠子裏趕，是你自己硬逼着自己。況且我對他確實有好感，他還給我買了個花瓶。」

「花瓶比我還重要？」

「當然，」她笑了一下，說道，「我清清楚楚地記得你是怎樣鬆開手讓那花瓶摔個粉碎的。」

面對她這句話，我低下頭無言以對。只聽她繼續說道：

「再說了，難道你還在乎你的身子？其實跟誰睡還不是一樣睡。」

「可我在乎時間，這一個月的時間比什麼都重要。」我低低地說道。

這時，我看到有一個人正站在洗漱間的門口。

是麥太太。我心頭猛然一陣顫抖。這麼說來，她始終在一旁窺探，她知道了什麼？

「一大早的吵什麼？你們中國人沒別的本事，就會吵架。」她走開去，又返身對芬說，「你，今晚上和我一起去『希爾頓』酒店吃飯。」

「今晚上我大概沒有空了。」芬不識抬舉地答道。

麥太太氣憤地瞪了她一眼，揚起頭回身走去，嘴裏卻又低低說道：

「那麼，海倫去吧。」

我用涼水沖着臉，一邊看着鏡中的自己。那上面的一對眼睛，它們忽而離我很遠，小到什麼也沒有，忽而又像兩只漆黑的洞口向我張開着。我看到芬關切地盯着我。我笑了一下，這個世上有哪一個女人不是在痛恨另一個女人？站在身邊的芬會真正同情我嗎？

「那麼，昨天我站在門口告訴你我要結婚的樣子是不是很可笑？」

「我只是難過，真的。」她又重重地嘆了一口氣。「你會為我難過？我現在這個模樣才是你所希望的。」

「你是什麼模樣？」她反問道。

我沒說話。她拿起台上的那本《聖經》，說道：

「也許教堂裏的聖父聖母會告訴你真正的模樣。今天是星期天，我帶你去教堂吧，我每個星期都去的。」

「不去。」

「為什麼？」

「因為我的眼淚不屬於它。」

「眼淚？我們有資格掉眼淚？」她朝鏡中的我望去，「它是我們身上養着的一種生物，不能把它放出來，只能留在肚子裏好生護養着。」

6

我沒有去教堂。芬看到我不去，她也不去。我望着明晃晃的下午，一想到自己馬上將身無分文，嗓子眼裏更是咽着一口懼怕，渾身也悶得透不進氣來。坐在我的沙發上的芬說：

「他的太太還是彈鋼琴的呢，但好像不太正常了，成天挖空心思地跟蹤他，甚至在他的電話上都安了竊聽器。有一天我們在一個咖啡廳裏，他太太就在門口等，嚇得我和私炎都不敢出去。」

看我依然不說話，她又好心勸道：「去街上走走吧。」

我們從大樓裏走了出去，來到街上，漫無目的地逛起來。許多人在看我們，第一次的目光依然是屬於芬的。也許她也察覺到了，說：

「我剛來的時候，有一次逛街，有一個加拿大華人一直跟着我。」

面對她的炫耀，我淡淡地說：「那又怎麼樣了？」

「後來他把我請到文華酒店裏喝咖啡。我喝着喝着，紅着臉從包裏掏出一張自己的照片，請他到加拿大給我介紹個對象。那個照片是我學着模特的樣子照的，我穿着一件黑時裝，臉上也像模特一樣展露着自己的矜持和高傲。他當場就回絕了。以後我每次想起這事，并不怎麼難過，就是想笑，倒不是別的，我就覺得那照片上的神態可笑，太可笑了。」

她又笑起來，渾身都在微微顫動，好像這是多麼滑稽的事。我也忍不住笑了，竟像是對朋友一樣摟住她的肩。要說滑稽的話，這是不是就是我們這一代女性的特點？我從她側面望過去，她臉上亮光閃閃，漆黑的眼睛正貪婪地盯着什麼，嘴裏發出贊美的驚嘆聲。我探過頭去看了一眼，那只是一雙放在貨架上的童鞋，根本不值得她如此的失態。我說：

「那不過是一雙小孩穿的鞋嘛。」

「正因為是小孩的鞋，才會顯得不同尋常的美麗。你看，這顏色是介於草綠和天藍之間，像是傍晚的天空耐人尋味，這款式，在中國是絕對沒有的，做工就不用說了，我看看——」她又湊過眼睛看那一排英文字樣。「是意大利的。很貴，要一百五十坡幣呢，差不多一千塊人民幣了。」

「即使不貴，你要一雙小孩的鞋幹什麼。」

我拉着她往前走去，來到一個環形商場。商場中間是一大片裝修豪華的小廣場。廣場上有投影，還有一個用胡姬花纏繞的天橋。我們便到橋上去，坐在椅子上看下面的投影。空氣中浮着淡淡的花香味。芬說：

「昨天我和我的姐姐也坐這裏休息了一會。」

「你姐姐？」

「我們一起來的。」

「她漂亮嗎？」

芬笑了一下，點點頭。

「你的錢是做家教掙來的？能掙多少？」我又問道。

芬若無其事地說：「兩千多塊吧。」

我忽然囁嚅起來。我說：「其實我也想做家教呢！不就是教他們認字嗎？這個我會。」

「教華文當然也不錯，不過錢少着呢，每個月頂多只能掙三四百塊，做這種家教，自己就先失了身份，女人會嘲笑你，男人也不會看得起你。」

「你不正是做這個的嗎？」我感到很吃驚。

「我在教別人跳舞。」

「跳舞？你是學舞蹈的？」

「不是。」芬的臉色似乎陰鬱下來，她不願再說這件事，只默默地盯着屏幕。屏幕上是洶湧的大海。突然她說：

「去海邊玩玩，好不好？去東海岸。」

7

但待我們到達海濱時，天色晚了。天空顯得十分陰沉，與白天的晴朗大不一樣。空中飄起了小雨，不過正因為如此，海邊幾乎沒有行人，比平常更加靜謐。我呼吸着帶有腥味的海風，一絲痛楚又襲上了我的心頭。芬問：

「你還會見他嗎？」

「我不知道他為什麼要騙我結婚，難道光想做生意嗎？」

我又說道：

「我想我永遠也不會見他，他給了我羞辱。」

「在這塊土地上沒有羞辱，只有接受。」

聽到芬的話，我的眼眶裏湧出淚水。我說：「實際上我就想能有一張簽證。可我……」

她搖了搖頭，但是我從她的雙眼明顯地看到了兩星小火花。她說：「簽證是我們身體之外的一種生物，我們看不見它，它也看不見我們，但是一旦爬進我們的身體，它就能改變我們的膚色，我們的性格，它還能改變一個人的靈魂。你知道嗎？新加坡把我們這些從中國來的女人叫做小龍女，小龍女就是妓女。但是我想，只要成為有錢人，只要換了身份不回去，被叫做什麼又有什麼妨礙呢？只是當一些女人真的實現了她們的夢想成為有錢人或者成為這裏的老婆時，別人也就忘了她們曾是小龍女，久而久之，就連她們自己本人，也真的認為她們不再是中國人了。」

過了一會，她站住，定定地望着我，我清晰地看見了滾動在她臉頰上的淚水。

「我就是想做這樣的一個女人，我想體會一下這樣的感覺。」

我突然緊緊抓住芬的一只手，她的手和我的手是一樣的冷。

她又說道：「你會不會笑話我？」

我說我和她一樣，即使曾經是小龍女，只要可以不回去，只要成為有錢人，被叫做什麼又有什麼關係呢？說完，我們手握着手，就這樣順着堤岸走着，海上水蒙蒙一片，雨絲無聲地落着。

芬繼續說：

「真想在這裏長久地住下去，再不回去，即使回去，也只是衣錦還鄉，小住幾日而已。在親朋好友的眼裏我永遠是一個神話，一個公主，即使他們常年見不到我，但他們知道我在新加坡，是在一個文明高度發達的國度裏，他們的心裏就會很溫暖，就會像有一縷陽光在始終照耀着。真不想讓他們失望啊。我們在這裏失去尊嚴就是要在那邊得到更多的尊重。」

我們相互依偎着走了很遠。這時，她問：

「你看見前面有一張綠色的長椅嗎？」

借着飄渺的燈光，我看到果真有一張長椅坐落在一片樹蔭中。到那兒，我剛要坐下，芬又說道：「你聽見沒有，好像有腳步聲。」

說着，她以警覺的目光環顧着四週。我側耳細聽，然後告訴她，那是樹林裏烏鴉的咕咕聲。

「你肯定嗎？」

「肯定。」

我又惑然地望着她。只見她伸出胳膊把身上的白裙子脫到椅子上，然後解開胸罩，褪去內褲。她說：「快，游泳去。」

我雖然不會游泳，但也學着她的樣子，也脱得光光的。於是我們一起向海邊跑去。雨絲直接落在身上有點冷。在我伸出腳去試海水時，芬早已浸在海裏向深處游去。

我把臉埋在冰涼而鹹澀的海水裏，憂傷凄涼的感覺一下又揪住了我的心。我向前走去，趕上了芬。海水高及我的胸部。我看見芬仰在海面上，眼睛睜得很大，兩只圓潤而蒼白的乳房飄在水面上若隱若現。我恐怖地盯着她，就像不認識她一樣。是的，我從不認識她，從未見過她，我不知道她是誰，我也不認識我自己。我的全身光光的，從頭到腳，沒有一絲遮掩，就像我剛剛來到這個人世間一樣。我驚恐地望着四周茫茫的水域。

我欲繼續向前走去。芬突然從海面上直起身子，説道：

「前方是陡坡，不能再走了。」

「為什麼會有陡坡？」

「上次我一個人來時差點翻了，幸好我會游泳。」

「可即使面前是深淵，我也不能回頭啊。」

芬聽出了我絕望無比的感情，走過來摟住我的肩。

「雖然我不能回頭了，可你知道嗎？我現在還特別懷念我所在的報社給我分的一間房。雖然它在一個筒子樓裏，房間很窄很暗，我的床不得不是個窄窄的鋼絲床，但是我把它佈置得非常有氛圍，牆上掛有我美院朋友送來的各種藝術品，有牛頭人面像，有京劇臉譜，還有許多仿凡·高的油畫，其中有《向日葵》。你知道《向日葵》嗎？」

「當然知道。」

「那是我最喜歡的一張，那黃黃的色彩使我的屋子一下子變明亮了。世界上總有一種光是為我們而準備的，我真不希望它們熄滅啊。」

芬盯着暗淡的天空，似乎想起了她自己。她又離開我緩緩地游着，一邊說：「在沒有出國之前，我在上海一所大學當老師，雖然我沒有房子，可住在集體宿舍裏每天也很輕鬆。」

她見我一個勁地打着寒顫，便說：「海裏面暖和。」

「我已找不到一個暖和的地方了，我不知道哪是門哪是牆，亦或全都是牆，沒有門了。」

「你不是還有爸爸嗎？」芬說，聲音輕飄飄的，在水面上漾開去。當它抵達我的耳邊時，熄滅的燈剎時亮了，我仿佛一下找到了出口。我望着無垠的大海，心想我只要對哪個人存有希望，那個人就一定會給我希望的。無論如何，明天將是一個新的開始。我把臉整個地埋進去。我要在這充滿着鹽和海藻氣息的海水裏，靜靜地舔着創傷，籌劃反攻良策。

「你知道我為什麼要租麥太太家的房間嗎？我就是想認識她家的男人，我想認識他們，給他們沖咖啡，切蛋糕，陪他們說話，陪他們笑。不過我現在再不想過這種生活了。」芬從水裏站起來，頭髮上立即有無數個小溪在流淌。

「你是因為恨麥太太？」

「恨？」她走到我面前，透過黯淡的光線向我凝視，「不恨，恰恰相反，我非常感激她。她畢竟給我帶來了好機會。我不想過這種日子是因為一個男人。」

「一個男人？」

「不過說實話，麥太太有時是個很好的人。」

「可是她憑什麼來幫我呢？我給她的房租又不高。」

「你有一個好爸爸。否則她怎麼會把你從機場上帶回家來？她和私炎一起做生意，想利用你爸爸。」

「可即使有好爸爸不是還是讓私炎給騙了？」

「難道你沒有騙別人嗎？」芬說了這一句，這使我渾身在一剎那火燒火燎起來。

「你和私炎吹了，也許還能碰上另一個人。對了，她說今晚有宴會！」

「今天晚上？」我大驚失色。

我水漉漉地往岸上衝，雙手捂住頭，完了完了。

「才九點鐘，也許還能趕上。」芬從後面追過來，但她一下又彎下腰蹲在地上。

「怎麼了？」我扭過頭去，只見月光浮在她的裸體上，映照出她一張正忍受疼痛的軀體。我一時不知所措，想去拉她，但她已站起身來，白慘慘的臉向我一笑。

我趕緊往身上套衣服，看她恢復原樣，對她的憤恨又湧上心頭。也許她假意和我做朋友，是要我延誤今晚的宴會。

第七章

「希爾頓」的門口靜極了，我不安地來回踱着步，麥太太的宴會究竟在哪個方位？一個菲律賓侍者盯着我，目光很古怪。一會他走過來，問：

「你是從場子上過來？」

我想了想，在海邊確有一個大廣場，於是我說：「是，我正從那邊過來。」

「那邊人多嗎？」

「下小雨，所以不太多。」

他微微揚了揚眉毛，驚奇地說：「不會吧？怎能沒人呢？」

我不懂他的意思，為了擺脫他的提問，我大膽地朝大廳走去。「那你掙上錢了沒有？」不料他問了這一句。我一下笑了，知道他究竟在說什麼。望着他關切的面孔，我回答說：

「沒有，一分都沒有。」

他同情地搖了搖頭。我沿着大堂向前走去，那兒有一個燈光晦暗的西餐廳，一年輕男子正拉着小提琴，弦上發出陣陣霧氣，絲絲縷縷地落在人們的臉上、頭上和身上。我探着頭，只覺得每個人都是一樣的，哪裏能尋到麥太太的影子？我又向別處看去，在我左邊是吃中餐的，穿大紅旗袍的小姐穿來穿去，燈光也明亮得多，但比起西餐廳來，卻又亮得近乎異常。這使我卻步。

這時，有一個人在我身後說：「哈羅。」我趕忙閃在一旁，自覺站在這兒擋了道。但是等我回過頭來，卻看見了那個男人。

四週的嘈雜聲一下沒了，只有我心臟的跳動。我的全身充滿了海腥味，髮梢上還滴着水。但我分明又回到了那喪禮上，我正站在那宅院的圍牆邊，望着他從三十年代銀幕上走下來。他顯然認出了我，朝我熟稔地微笑着，「我以為再見不到你了。」

他在說這話時，我看到他背後立在大廳裏的那個菲律賓侍者，他正朝我豎起他的大拇指，似乎在說我的運氣不錯。我的運氣真的不錯嗎？

「吃飯了嗎？來，剛好我和我的朋友在一起。」

他帶着我一直向前走，到盡頭又上幾級台階，然後來到另一個廳，好像這是後廳，小一些。我跟在他後面，感到自己確實餓了。他扭動了一個房間的把手，裏面坐了四五個人。

「來，給你介紹一下，他們都是文人，有的是新聞的聞，有的是文化的文，我呢，我柳道是一個口字加一個勿字的吻人，我也是吻人。」

他們全都笑了。我也笑了，心裏想，他原來叫柳道。柳道——這個名字還真好聽。這時門又開了，進來一個人，正是麥太太。看見我，她也愣了一下。

「去一趟洗手間，這兒就發生了變化。」

柳道連忙站起來，對我說：「信不信由你，這是我四十年前的女朋友，但我已追了她五十年了。五十年來，我連在國會裏開會看見總統都從不主動去握手，但是一見到麥太太我早就把手伸過去了——」他一邊說，一邊猛地將手伸到麥太太的面前。

大家又一起笑起來。但他一點也不笑，他又向麥太太道，「這是從中國來的，叫——」

「海倫。」麥太太替他回答道。

「原來你們認識。」

柳道似乎吃了一驚，語氣中不料包含着一種不滿與失望。他的目光也由歡快變得困惑和沉思起來。他大概在考慮我和麥太太究竟是什麼關係。

「就是我剛跟你說的住在我家裏的那位小姐嘛。不過，原來你們也認識。」

「好，」他拿起桌上的杯子喝了一口，「我得回去了，回我的俱樂部，我向我的那些姑娘只請了半小時的假，已延誤了。」

他和他的朋友們一一握手，然後對麥太太說：「我走了。」

他向門口走去。我失望地看着他的背影，意識到他的再次消失已無可挽回。他旋開了把手，雙腳待要跨出門去。這時，麥太太突然說道：

「大少爺啊，你就這樣走了？」

他回過身來。「那要怎麼走？走了幾十年的路了，難道還要有人教我嗎？」

「把海倫也帶去見識一下你的『俱樂部』。」

「海倫？這是你的名字？」他目不轉睛地盯住我的臉。

我點點頭。

「你要跟我一起走？」

我沒有任何表示，只拿一雙眼睛靜靜地盯着他。

「不過我那邊人很多，我喜歡群體。我這一輩子就是這樣過來的，所以我勸你別去，你還是留下來好好吃點東西吧。」

「我不餓。」我突然說道。

正像Taxi所教我的那樣，我跟着這個男人時，首先注意他的車牌。奔馳。一馬來西亞男人沉默地開着車。我和他并排坐在後面，心裏十分慌張。也許這是我第一次坐這樣好的車。他正在看我，尋思着說點什麼話。可是車裏清涼的氣息使我想到了海邊，想到了芬。在回來的路上，她看着我一言不發的樣子只有歉然的笑，然後一邊兩手抱着腹部一邊同樣不作聲地盯着窗外。街上的燈光投在飛馳的出租車裏，使芬一會黑，一會亮，一會清晰，一會模糊，這正是她在我眼裏的形象。她又像想起了什麼似的從包裏掏出化妝品，幫我塗脂抹粉，又聞了聞我身上的海腥味，後悔自己沒帶香水。

柳道吸着鼻子。就連我自己也聞到了身上的鹹味。我解釋說：

「剛才，我，我在海邊。」

「游泳？」他吃驚道。

「是的。我雖然不會游，但喜歡在海裏泡着。你不喜歡嗎？」

他把頭轉向了窗外，沉思冥想起來。我也很好奇，這是一個簡單的問題，為何勾起他沉重的心思？

「我差不多有二十年沒有下過水了，因為某種原因，我對水懷着懼怕，」他回過頭來，向我笑一下，伸出他的手放在我的手上，我的心立時一驚，「有一個江湖術士告誡我，讓我這一生千萬別碰水，無論是河水，還是海水，還是游泳池裏的水。」

「就為一個江湖術士的話？」我一邊說，一邊盯了盯他的手背。他的手大大的，軟軟的，像一個人和藹的臉龐。

「當然我有時也不相信。可我還是害怕。」

「那我們就不談水了。談談那個女人好不好？」

「誰？」他立即睜大了眼睛。

「就是那個殺了人的中國女孩嘛。」

他握住我的手突然顫動了一下，緩緩地回過頭來，用閃着光的眼睛看住我。

「喔，她呀，還沒判。」

「你真認為她無罪？」

「一個小女孩怎麼會去殺人？不可能的，她說話時總愛不停地伸出舌頭舔嘴唇，很單純的，沒有人不喜歡她。她如果不出這樣的事，她的男朋友即使不娶她，我也會送她去美國讀書，我疼她就像疼我自己的女兒一樣。可她現在不得不一個人待在黑黑的小屋裏，沒有任何人陪伴她。這樣的日子，如果我不幫她，她就要過一輩子。」

他望着我的目光既痛苦還夾着些溫存。我轉過臉去，盯着窗外，開始追逐一個幻影，追逐她的輪廓，她眼睛的形狀和皮膚的色澤。

「她是去自首的還是被警察抓住的？」

「自首，而且還是她一個人單獨去的，孤零零的。」

「聽說男方有一個哥哥會竭盡全力為他弟弟報仇。」

他似乎沒有聽見，默默地一言不發。

給我們開門的是一個寬臉盤披着長髮的姑娘。她見到他，立即朗朗地笑出了聲。她說：「才回來，我們都等急了。」

柳道把我領進去，裏面至少有二十個和我年紀相仿的女孩。從她們的衣着打扮來看也和我一樣全都是從中國來的。她們在唱歌。我以一種警覺的眼光巡視了一遍，發現沒有特別漂亮的，立即放下心來。但與此同時我也察覺到了她們對我的不滿。這使我想起我在第一次見芬的一剎那間。這兒惟一的男子柳道站在中間，那種由衷的快樂在他臉上湧動。他說：

「在外面還真是牽掛你們。」

說完，一張臉一張臉地看起來。望着他臉上的笑，那個開門的姑娘說：「我們還真沒白等。」

我被讓在一張黑色沙發上。這是一個約五十平米的大客廳，客廳靠牆的一側是投影、音箱之類的器材，中間是一個長方形的深色茶几，上面放滿了碟片。我注意到柳道正和那開門的姑娘悄聲交談着，還不時用手朝我指劃着。

少頃，房間的燈突然滅了。一片黑暗中，有人吃吃笑。只覺有一個人把我推起。有聲音說：

「別怕，站到中間去。」

我沒有推辭，向前跨了幾步，有人把茶几上的唱片挪了挪，我便坐在上面。上面涼涼的。我不知道她們要做什麼，便借着窗外零星的夜色，尋找起柳道來。他已轉移到另一張位子，只看到他隱隱的輪廓，而面部混雜在一片灰暗中。我剛想問他點什麼，只聽有姑娘問：

「你叫什麼？」

我想了想，回答道：「海倫。」

「我們要的是真名。」

「這就是我的真名。」

「你今年多大？」

「二十三。」我不由自主地為自己喊少了兩歲。

「你爸爸叫什麼？什麼職業？」

「我不想回答。」

「你最喜歡做什麼？」

「讀書。」

「真的是讀書嗎？」

這時柳道嘿嘿地笑開了。他說：

「讀書？撒謊。」

「我才不撒謊呢。」

「你從不撒謊？」男人又問。

「是的，因為我記憶力不好，撒過的謊總記不住。」

「你真不撒謊？」

「不撒謊。」

這時，燈突然亮了。瞬間，我抬起胳膊捂住臉，好像小偷被人逮着一般。那位開門的姑娘說：

「歡迎你成為我們這個小俱樂部的會員，你合格了。」她的長相雖然不美，但是一雙眼睛透出聰慧的光芒。我不禁有些心虛。只見柳道來到我的面前，手上拿着一個紅包，說這是見面禮。我的臉一下紅了。我說：「剛才我很害怕。」

「每一個會員都經過這一關，這樣也算是個自我介紹，也好給我們找個樂，不過你為什麼不告訴我們真名呢。」

我搖搖頭，心想真名和假名對你們來說又有什麼區別呢？我把紅包收下了，并又故作大方地當着他的面拆開。我一看裏面是二百塊，便抬起頭向他笑了一下。他悄聲說：「比她們的多了一倍。」

這時投影上出現一首男女對唱的歌，歌名是《北京一夜》。一女孩聲音甜美地唱了起來：「不想再問你，你到底在何方，不想再思量，你能否歸來麼……」

這空檔，柳道已換了一件灰色長袍，手裏持一把紅扇，一邊抖動着從另一個房間慢慢踱到客廳裏。待女孩唱完第一段，他隨即唱了起來，他五音不全，聲音像是不規則的風忽東忽西，忽南忽北。但他的臉隱隱透着光亮，一雙微微上揚不時朝我看着的丹鳳眼，他身上的灰色長袍和手裏的大紅扇子，這一切使我突然在某個瞬間悸動了一下，好像在許多年前，他站在灰色的斑駁的厚牆面前，臉上也掛着同樣的笑意，透過佈滿了塵埃的空間盯住我。

恍惚中在一片掌聲中他唱完了，合起扇子，坐到我身邊，說：

「那天第一次見你，你穿着那件咖啡色裙子使我難忘。」

「其實我希望你是和我這個人交朋友，而不是那件裙子。」

「像你這樣的年紀當然不知道什麼是懷舊，你剛才說你多大來着？」

「二十二歲。」

我回答的時候，他一直在暗暗觀察我。我朝他笑了一下，現出一副靦腆的羞態。他的目光溫存了，裏面似乎充滿了疼愛。這使我想起了那個殺人的中國姑娘，不禁作出遐想：他也能像疼她一樣來疼我而幫我獲取我夢想的簽證嗎？我只要簽證。望着他，我彷佛又重新回到在那個喪禮上與他邂逅的場景，重又聽到了烏鴉飛去時劈裏啪啦的聲音。

「你剛才說什麼？」

「我說我二十二歲。」

「你剛才說那個男方的哥哥在竭力報仇？」

「喔。是的，他很愛他弟弟。」

「你認識他？」

「麥太太曾給我介紹過。」

他不做聲了。

又一個女孩在唱歌，「藍色的街燈明滅在街頭，獨自對窗，望着夜影，燈火在閃耀，我在流淚，我在流淚，沒人知道我。啊，誰在唱啊，誰又在唱起想念你的我最愛唱的那一首歌。」

唱完了，所有人都拍起了手掌，我也不禁為女孩深情的歌聲而有所傾慕，同時又擔心柳會不會因為她的歌而喜歡上這個姑娘。我朝他望去，這時他站起身來一邊嘴裏說不對不是這樣唱，一邊摟着那女孩的肩頭，唱道：「……我在流水，我在流水，沒人知道我……啊……」

女孩們轟地笑開了。他又坐回我的身邊，待又有人唱歌時，他對我說道：「我要請你吃飯。」

第八章

1

「你有沒有看見我的一條裙子？咖啡色的。」坐在客廳裏的麥太太問我，一副失魂落魄的樣子。

「沒有，是新的，還是舊的？」我說着，坐在她身旁的一張沙發上。

而她用衰老而閃出亮光的眼睛盯住我，想從我臉上發現些破綻。她說：「是條舊的。」

我問她是不是把它晾在了外面，她皺了皺眉頭，把目光低下去。

「昨晚要去吃飯時，我突然想穿那件衣服，就到櫃子裏翻，卻怎麼也找不到。」

「那裙子貴嗎？」

「談不上比別的衣服更值錢，我所有的衣服都是很值錢的，都是巴黎意大利的名牌。那件衣服只是我的一個朋友送的，我猜有可能是芬拿的。」

「什麼？是她？」

「家裏就這幾個人，你剛來，只有芬摸着了我的脾氣，我的櫃子裏的衣服多一件少一件，我從來不知道，要不是昨晚我突然想起——」

「這真叫人無法相信，怎麼她會⋯⋯」我住了口，我想還是不發表議論為好。我又問道，「她今天怎麼不在家，哪兒去了？」

「誰知道，昨天一晚上我都沒見到她。帶她去吃飯她說沒空。表面上看似一副冰清玉潔的模樣，打從半年前搬到我這兒來，到我家裏的男人她一一嘗試過，開始怎麼樣結局怎麼樣，我都一無所知，也別想從她嘴裏套出些什麼。前兩天我遇見過去跟我學唱歌的小夥子，他倒跟我提起了芬。好像他們在談戀愛，不過誰知道呢？她只管每個月給我房租。每天她回來得都很晚，不知道她在做什麼。但如果我一旦發現她在酒吧做那種事，我會立即趕她走，免得玷污我的房子敗壞我的名譽，還要交代她在外面別說認識我，我可從來沒有這樣的房客。」

「她沒有去酒吧，在跳舞，教別人跳。」

「跳舞？中國人真是無奇不有，從沒受過訓，一點基本功也沒有，還教別人跳。」

「是啊，我看她長得也不怎麼樣。」我趁機討好一下麥太太，同時也發洩我對芬的一種嫉恨，「不過她肯定不是在酒吧。」

「喔，這說不定，她也許是在跳色情舞，假如真是這樣，總有一天移民廳會抓住她。一旦抓住立即遣送回國。」

麥太太的臉上露出得意之色，好像芬已被抓着了一樣。我默不作聲，從感覺上來說，她剛才雖然說的是芬，但也好像說的是我。「實際上我很希望你們倆能有個好的前景，我也在竭力幫她，也幫你，但你們也得把我當個朋友，別什麼都不告訴我。」

「當然。」我誠懇地望着她。

「你真的願意跟我說實話？」

「難道我會說謊話嗎？你的那件咖啡色長裙我的確從未見過。」她迅速掃了我一眼，說道：

「我現在不是跟你說裙子的事。你告訴我，你爸爸叫什麼名字？」

我吃了一驚，頓時心顫得像一片風中的樹葉。

「我爸……」我說道，全身一下熱燥燥的。

她又抬起眼睛緊緊盯住我，但臉色比較溫和。我鎮定下來，緩慢而輕柔地說：「我不知道你是什麼意思，麥太太。怎麼了，有什麼不妥的地方嗎？」

「我只是問你爸爸的名字。私炎好像說叫高林？北京外貿局的？是不是？」

我低下頭去，心想他們有沒有證據說我的爸爸不是外貿局的高林，他們有沒有通過電話去證實？假如他們已經證實了，我該怎麼辦？「實際上我早就在懷疑你。在飛機上我就感到隱隱的不安，你知道嗎？那天我說你的眼睛與眾不同，是因為裏面有一股殺氣。你坐着別動，我不會傷害你，也不會趕你走，只要你相信我，把你的實際情況告訴我，我不會對你怎麼樣，而且你也是給我房租的。」

她又微微笑了一下，但是有一種東西在她眼裏一閃，像鯉魚在水面上打個滾又沉到下面去了，我清楚地知道那是一種輕蔑與鄙夷。我的心被刺痛了一下，臉又一次紅了，便問：

「我所告訴你的能否就只有你一個人知道？」

「行。」

「你答應嗎？」

「答應。」

我把目光從她臉上移到了窗外，那兒的樹枝輕輕拂弄着玻璃，烏鴉也咕咕地鳴叫着。

「其實我也不願裝模作樣，我想痛痛快快把所有的事告訴你。你還記得在飛機上我是紮着一塊絲巾的嗎？」

「記得，你說你是跟沙特阿拉伯的人學的。」

「我是北方蒙古人，姓烏蘭，我的父親是那個省的省委書記，我的爺爺在中央，常年住在中南海裏面。我這次出來是偷偷跑出來的，家裏誰也不知道。」

「你為什麼要這樣呢？起碼得讓你的母親知道。」

我剛要回答，眼淚忽然撲閃着下來了。我告訴她，我有一個男朋友，他和我一樣也是個記者。我爸爸竭力反對，我媽媽還打了我，恨鐵不成鋼，我哥哥說我不懂事。家裏沒一個理解我，既然這樣我還要對他們說什麼呢？

麥太太低下頭去，燈光使她的臉一片蒼白，這使我無法判斷她到底在想什麼。她沉吟了片刻，說道：

「那你先前撒的謊漏洞太多了，實際上從你緊張的神態上一眼就能看出。你說你爸爸叫高林，是北京外貿局的，我們一打聽，根本不存在這個人。所以撒這種謊千萬不能把名字告訴別人。這次你有勇氣把你父親的名字告訴我嗎？」

我又看到了她臉上充滿嘲諷意味的神色，我決心把她鬥敗。於是我說：「我姓烏蘭，我們那個省領導裏也只有一個是姓烏蘭的。」她沒有說話。一會，我抹了眼淚，問：「那我的爸爸還能幫你什麼忙嗎？」

「這次看來幫不了了，下次吧，看看那地方有沒有什麼項目要做。」

她的眼神變得慈祥了。

「昨天，柳道待你怎麼樣？」

「他那兒的人確實很多。」

「你也知道，我把他介紹給你是費了一番心思的，我不是讓你做他的女朋友，他大得甚至能做你的爺爺了。」

我盯着她，那細密的皺紋裏好像藏着無窮的奧秘。

「他也許能幫你辦簽證。他在新加坡有錢有勢，他只要想幫，他就會幫，幫得上。但是不要和他發生男女之間的事情，盡管他是單身。」

說完之後，麥太太一動不動地盯着我。這時她站起身，來到我身後，突然用手拽住我的頭髮，我驚恐地叫了一聲，全身哆嗦起來。就在這時，她的聲音像是一陣密密的細雨澆透我全身。

「剪掉。這一頭亂糟糟的頭髮掩蓋了一個女人身上最寶貴也是吸引人的品質，那就是清純。你要以清純不諳世事的模樣去和男人打交道。不過你動不動臉紅說明有這方面的素質。再說，你臉上最好別塗粉，什麼也不要畫，要讓別人看出你是真的不醜。在我看來，你和芬各有特色，你一點也不比她遜色，雖然我現在每天化妝，這是因為我老了，我再沒有嬌嫩的肌膚，我在你這個年紀，連口紅都不塗，除了在舞台上演出。你知道嗎，關鍵是自信，千萬別跟受了氣的小寡婦似的，當然這也招男人喜歡，可是他們不會尊重你，有了尊重才有更深的愛慕，這樣你就有保障，同樣也會有金錢，當然因為你的出身，你不一定會稀罕這個。但是對於男人還要有心眼，要不易察覺地想出一些招來吸引他們，你明白嗎？好啦，烏蘭海倫，跟我到我的房間裏，我把我的一些不穿的衣服送給你。」

我不知她從哪兒弄出那麼多舊款，我斷定都不是她櫃子裏的名牌服裝。有的都洗得發白了，有的在某些地方有了小破損。她怎能這樣對待一個省委書記的女兒呢？但為了不掃她的興，我隨意挑了一件，然後回到我自己的房間裏，把門關上，細細檢查自己剛才的談話。好像沒有失誤。不過這個謊撒得太大了，我不免又有些後怕。

在洗漱間裏我對着鏡子審視着自己。也許麥太太的話是對的。於是我找來剪刀像切割青草一樣，馬上我的長髮就變成了短髮，鏡中的形像真的充滿了稚氣。我望着那閃爍發亮的眼睛，想象着柳道像呵護一個孩子一樣對我充滿了溫存與疼愛。我想象我自己病了，病得厲害，躺在他大客廳的沙發上，說着胡話，而他一直看着我，小心地把奶糖剝到我嘴裏。在那默默而平和的表情後面，我聞着他身上似曾相識的氣味，眼淚一顆顆落下來。那似曾相識的氣味？我驀地呆住了，我為什麼覺得他是似曾相識？不知怎麼，我覺得這整個洗漱間開始在轉，在那閃着水光的玻璃鏡中我清晰地看到了一條寬闊的大河，河邊上我的父親向我追來，我驚慌得來不及哭泣只拼命地奔跑，像一只飛行的無依無靠的鳥類感覺着危在旦夕的惶恐與疼痛……我不敢回頭，只不斷地向前跑着，跑着。

2

夜裏我在沙發上輾轉反側——怎樣圓我自己的謊？想着麥太太露骨的譏諷的神色全身便要顫然一驚。如果她又一次拆穿了我，我該怎麼辦？望着窗外遠處的燈光，我忽然想到應該讓我的父親給我寫一封信。

親愛的女兒，我已有一個月沒能見到你了，我和你母親是那麼擔心，直到你昨天打來電話我們才知道你到了新加坡，夜裏我和你母親徹夜難眠，我們想不通的就是你為何要偷偷地跑出去受這份苦，失去了在報社裏的工作，又沒有帶足夠的錢，你為什麼要這樣啊，哪怕你說一聲，只要你下定了決心要去那個地方，即使我不想讓別人幫你，我也會讓你帶上足夠的錢，你那麼任性。

過去你也是這樣任性，但從來都是在我的眼皮底下，走到哪，也沒有人會欺負你，現在你到了那裏，我有什麼辦法幫助你呢？你有沒有受男人的騙？想到這些，我是真的傷心。不是爸爸說你，這幾年你給我惹的事太多了，你也知道爸爸是不可輕易出面的。只希望你好自為之，你要多少錢，來信把你的地址詳細告訴我，千萬別亂花。既然是你自己選擇的路，我和你母親真心希望你能成功。女兒，雖然你過去是在北京，離家很遠，但從來沒有覺得你離開了家，這下你真的離開了，你千萬不能毀掉你自己啊。如果你有個不測，爸爸即使擁有再大的權力也無法高興起來。

寶貝，親你。

摯愛你的爸爸

我一遍一遍讀着信，細心地查看有沒有什麼漏洞。可是後來，當我再讀時，眼淚就滾落下來了。我忘情地假想着溫情的父愛，越想越覺得委屈便索性哭了一夜。

第二天早晨，麥太太一起床走進客廳，看到我就說：

「啊，短髮真使你變年輕又變漂亮了。」

我望着窗外，滿臉不高興地對她說：

「實際上我對我爸爸一點感情也沒有，從小他就在國外做參贊，等他回來了，我也進了大學。他一點也不了解我。」

麥太太驚訝地盯着我，問怎麼了。

我把手中的信紙朝她揚了揚。

「一大早就收到他的信，他總是擔心我在自我毀滅。」我看到茶几旁有個廢紙桶，說，「真想把信放進去，這樣是不是有些大逆不道啊？」

說着我真的把信丟進去了。

麥太太一下笑了。她說：「趕快撿起來，你又不是小孩子。」

我又把信撿回來。

「可他說的話我還真不愛聽。」

沉吟了一下，我還是把信丟進了廢紙桶。這樣等我走後，麥太太肯定會撿起來偷偷地看。

3

下了課，我就到衛生間對着鏡子從容不迫地化起妝來，我已開始和別的女同學一樣再不躲到某個角落裏偷偷地畫。不過說是化妝，其實只是在短髮上打上摩絲，使自己看起來濕漉漉的，再用清水洗了臉。我真的按麥太太的意思連口紅都不塗一塗。我望着鏡中的自己，心中充滿了信心。我覺得我從來沒有像今天這樣漂亮過，窗外的夕陽也似乎從沒有像此刻這樣透明。女伴們一個接一個地進來搽香水，撲粉，整個氛圍也變得友善而嫵媚。

我沒有再在那裏停留，我不想碰見芬和 Taxi，不要告訴她們我正在和哪個人交往。就像有一瓶味道醇厚的酒，我要偷偷地獨個飲。

奔馳靜靜停泊着，我慌張和激動起來。我走過去。這時，我又一眼看到舊款沃爾沃悄悄駛過來。那駕駛座上隱約露出私炎的面容。

我徑直走向奔馳。柳道馬上從車裏出來，這一下，我看見他的車裏面還坐着幾個姑娘。我臉上的笑馬上凝固起來。我記得他約我時臉上充滿了溫存和柔情，我以為這些只屬於我一個人。

他新奇地看着我的短髮。我低下頭去，說：

「我以為你只約我一個人，所以還特地打扮了一下。」

「沒關係，來吧，我們一起去海邊吹風，吃飯。」

「看來我是沒法去了，」我朝私炎那兒看去說道，「我從小到大當主角當慣了，我從不摻雜在一群人裏面。那輛車，你看到了嗎？他在等我。」

他扭過頭去。「是你的男朋友？」

「不是。但他只等我一個人。」

他回過目光來，溫和地對我說：

「沒關係，那你去吧，我車裏的姑娘少一個多一個也都無妨。」

我朝私炎走過去。可我的雙腿是那麼麻木，我的心產生着劇痛。但我看也沒有看一眼立在身後的柳道，就打開車門，上了私炎的車。可這個人是我多麼痛恨的啊。

我們一路無話。我仰身靠在椅背上，私炎知趣地只是開車。在拐向另一條道路時，我看了看他，對他說：

「好了，謝謝你，剛才你配合我做了一場戲，現在我要下車了。」「依我看，你正在犯一個大錯。」

「沒有讓你把我繼續騙下去？」

「對那件事，我當然很抱歉。但是你現在所接觸的那個人是個十足的玩世不恭、荒淫無度的壞蛋。你不知道嗎？他是麥太太年輕時的情人。」

我吃了一驚。他的玩笑原來是真的？

「麥太太的丈夫就是讓他給氣死的，麥太太為了他還投過海，他們之間曾經有一場生死搏斗。這在新加坡人人皆知。你知不知道你是在玩火？」

「什麼意思？」

「麥太太沒讓你做他的女朋友。」

「我是他的女朋友嗎？」

「可他看你的眼睛裏隱藏着一種惡毒的火光。」

「惡毒？哼，那只是你的臆想，你恨他，是因為他在幫殺你弟弟的那個女人請律師辯護。」

「他也正是那個女人的情人。」

「那又怎麼樣？這些會成為我跟他交往的障礙嗎？你說的這些都無聊透了。你不是向麥太太揭穿了我嗎？為什麼還要來找我？」

「揭穿你什麼？」

「我的身份。」

「你的身份不是又一次改變了？」

「這與你又有何相幹。如今我跟你什麼關係都沒有。請你停車。」　他穩穩地握着方向盤，眼睛盯着前方。

「但我身上有一個地方是跟你有關係的。」

我漲紅了臉，用手去開車門，但他先我一步鎖上了。我氣憤得扭過頭看着窗外。外面天已經黑了，路燈非常明亮地閃爍起來。

他響亮地吹起了口哨。一會他說：「我愛這夜色，我對童年的回憶就是我和我弟弟每晚跑到街上去玩，打彈子，買小食，那街上有一種平和安詳的氣氛。你不覺得嗎？」

我依然只是把臉貼在窗上，盡量離他遠遠的。只見我們已到了一排排小旅館旁。車慢慢停下來。我惱怒地皺着眉頭。他的臉上卻浮出一絲笑容。我問：「你這是幹什麼？」

「不想讓你去找那個男人。」

「我為什麼要找那個男人？」

「因為你沒錢，你會因為錢而千方百計地找他。我很清楚像你這類女人，盡管你自己到死也不肯承認自己是小龍女。什麼叫小龍女？小龍女就是不斷地跟男人要錢的女人。」

「如果不要錢要什麼？知識？文化？感情？假如是這些，你們還沒資格。你如果是總統，我們跟着你還能得到風光。可你什麼也不是，如果我們不是為了錢，憑什麼要陪着你呢？」

「是嗎？那好吧，我今天就是有備而來的，我身上帶着錢了。五百塊，不多，但也不少。」

「哼，五百塊就想不讓我跟某某交往？你恐怕算錯了賬。」

「這樣吧，我也不強求。跟我去包房間，我們就下車，不去，我們就走。以後的事以後再說，東西長在你自己身上，我攔也攔不了。」

4

從旅館裏出來，我堅決打消了私炎要送我回去的念頭。他說：

「也好，走路走累了，就打輛出租，反正你身上也裝了錢了。」我淡淡地看了他一眼，什麼也沒說，便沿街向前走去。只聽他在身後又喊道：

「麥太太的家在北面。」

我沒有理會他，頭也不回，只顧快快地向前走。幾乎是在跑，末了，我朝另一個方向拐過去。我的眼淚不斷地流，我知道這不是因為剛才所受到的屈辱，假如那確是一種羞辱，那也是我自願的，我沒有理由去為他的嘲弄而嫉恨他。我從口袋裏掏出那疊錢，一張張數起來。這些錢在夜燈下像是枯死的殘葉，也像蝴蝶從一個人的手飛到另一人的手，上面雖然充滿了各種指印，但是它不髒，可食之果腹，有營養。

我數來數去，又把它們折好放進口袋裏，不願再看一眼。慢慢地我又想起那個男人，心裏湧起悲傷，為他溫存的目光和那熟悉的氣息，為我永遠失去了他。我也失去了一次求生的機會。可我為什麼不能夠和其他女人一樣把他當作普通人和他談話和他交往？我為什麼對他有着那麼深的期望？我在期望什麼？既然是想讓他幫我，幫我辦簽證，為什麼不和他逢場作戲？我深深地責怪起自己。

前面是一個地鐵口，我走了下去。冷颼颼的風婉轉吹過來，遠處的鐵軌聲震動着清冽的空氣。裏面三三兩兩的人木然地站着。在那裏面，我一眼看見了Taxi，她的身邊是周先生。周先生筆直地站着，不時低下頭和Taxi談論着什麼。Taxi卻始終不抬頭。我很納悶，那個斜着身子走路走得極慢的人為什麼在坐地鐵？

他們上了一輛朝北的列車。我也走進去，躲在離他們較遠的地方，把背衝着他們。

他們在烏節路下了車，來到地面上。我在後面跟着，周先生卻已不再是斜着身子慢慢地走路，而是和我們普通人一模一樣，走得既快捷又穩重，像一個年輕的小伙子。

周先生跟Taxi說了句什麼，然後朝另一個方向走去。Taxi繼續向前踱着步子，又停下來，回頭看周先生的背影，直到再看不見，才慢慢地離開。

「Taxi。」我趕上她。燈光照着她一張蒼白而消瘦的臉，看到我，這張臉做出驚訝的表情。

「周先生為什麼不慢慢走路了？他那輛車呢？」

Taxi低下頭去，路燈在她整個身體的晃動中，使她的臉破碎不堪，她像一個夢遊人沉思着。

「他的車是借來的，那天在車裏睡覺是裝出來的，斜着身子走路是要讓人覺得他是個大富翁，實際上他跟我們一樣是個窮光蛋。我告訴他我今天過生日，他就帶我坐地鐵去戲院裏看了一場電影。」

似乎她也覺得了一種滑稽，便大笑起來，笑聲裏飄浮着秋天令人傷感的氣息。

「看電影？」

她不笑了，看了我一眼，又低下頭去，說：

「像是看電影，實際上一門心思地想把他的臉貼在我的胸脯上。我的身體只屬於有錢人。現在我一點也不知道誰有錢誰沒錢了，有錢的裝窮，沒錢的裝富。」

她抬頭又說道：

「你會不會看不起我？」

「為什麼要看不起你？」

「沒釣上一條魚，唉，我也真是沒用。不過，今天剛好行我的第八只手指的運，是白色的，過去每每在這天，我都不約會。白色象徵着幻滅，一切都泡湯，談什麼什麼都泡湯。可現在好像行哪只手指的運都不行。」

說着她張開花花綠綠的手，一邊走一邊仔細地看着，兩只手如同開屏的孔雀在燈光裏閃着幽光。

「其實我們女人天生就是開餐廳的，一有必要就可以腿一叉掛牌營業，正正當當地做一名妓女，但是又因為面子不能掛牌，就想遮遮掩掩地做，可是這樣就有許多人想來白吃飯，不付錢，想想還不如去掛牌呢，多少錢就是多少錢。你說呢？」

她看我沒回答便又說道：「我現在真的很想去夜總會，用自己的身子一點點攢，這比較踏實。」

我想起了麥太太的話，對她說：

「移民廳會抓的。」

「也有抓不住的。」她又轉過頭來定定地看着我，「你想去嗎？」「我？」我猛地打了個寒顫。我說我不會去。

她古怪地撇了撇嘴，給了我一個表示不相信的嘲笑。但轉瞬即逝，重又恢復了先前那種嚴肅的傷感的表情。

我看了看夜色，一只手無意中碰到了口袋裏那疊硬邦邦的錢。但我還是對Taxi說：「我主要是不好意思跟男人要錢。」

「你真純潔啊。」

我有些不自在，為我剛才的話不好意思。但我只默默地走路，并不想表白什麼。一會Taxi抬起頭，眼裏閃出異樣的神色。她說：

「這兩天你沒發現芬不見了？」

「不見了？」我吃驚道。心裏仔細想了想，我和她的最後一面是在海邊游泳的那個晚上，此後我確實沒有再見過她。

「她怎麼了？」

「她，」Taxi回答道，若有所思，仿佛拿不定主意是說還是不說。燈光使她的臉更蒼白，那淡淡的褐色斑點時隱時現，「她，她已經……」

我的心不禁狂跳起來，她究竟怎麼了？

「她懷孕了。」

「懷孕？」

「昨天我陪她去了醫院，大出血，就一直留醫觀察。」

「在這個地方懷孕真不幸。」

「墮胎、出血這些都不要緊，要緊的是沒有錢付給醫院。你知道費用是多少嗎？三千塊，換成人民幣將近兩萬了。芬有錢，但也沒這麼多。」

「那個讓她懷孕的男人呢？他不付錢嗎？」

「我不知道。芬不說。我想跟周先生要點錢，哪知道他也身無分文，這該死的白指甲。」

「我也跟他借過錢，他只給我送了本《聖經》。」

「怎麼辦呢？」她問我。

我摸了摸口袋，問：「還差多少？」

「五百塊。」

「我有。」我突然說出了這樣的話，這使我吃了一驚。Taxi 也好奇地睜大了眼睛，沒等她反應過來，我說我去找芬，便快快地走遠了。

5

上了出租車，當司機問我去哪時，我這才忽略了問 Taxi 是哪一家醫院。我想了想，便把麥太太的地址告訴了他。

在車裏，我心疼地摸着那五百塊錢，心裏有些後悔自己剛才的衝動。但是若由它去吧，心情又很沉重。芬究竟是和哪一個男人有着這樣親密的關係？麥太太說她對自己的事從來都守口如瓶，可是她在沉默中卻不知道該怎樣避免這種不幸之事。雖然這樣的事對女人而言毫不意外，但我依然感到震驚。

我打開客廳的門，裏面黑黑的，我剛要朝前走，就看見芬的房間裏有一線光射出來。我站在門口，隱約聽到低微的呻吟聲。我推開門，看見桌上燃着一支小蠟燭。燭光下我看見芬的臉擱在枕頭上，半張着兩片蒼白的嘴唇。看見我她動了一下，我發現她面頰消瘦，面色蒼白，烏黑的頭髮綰成一個髮髻，沉重地垂在一旁。

「芬，怎麼了？你怎麼回來了？」我向她俯下身去，一只手握住她的手，問道。

她哆哆嗦嗦地依偎着我，面帶着憂戚、驚慌的神色，說：「那天晚上被海水一涼，回來就出血，好多好多血，我嚇呆了，就去醫院……現在我是把我的簽證壓在醫院裏，等籌了錢去取。」

她還要說什麼，我把手壓在她的唇上。「什麼也別說，Taxi 告訴了我。我剛好有五百塊錢，你先拿上。」

我從口袋裏把錢掏了出來，放在桌上。而她盯着我，眼睛裏有哀求的神色，彷彿怕我走掉了似的。為了安撫她，我又把手放在她的額頭上。絲絲氣息從她嘴裏傳過來，使我感到一陣徹骨的涼意。我突然想到了柳。一想起這個男人我就哭了。芬看到我哭，便久久凝視我，彷彿想了解和明白什麼事情似的。她用一只手幫我擦眼淚。

「你也懷過孕嗎？」

我點點頭。

「幾次？」

「不記得了，上了五次之後我就不願計算了。」

「我連這個算上也有個六七次了。新加坡的技術還真是好，一點都不疼，在中國做，每一次都疼死了，可是這兒的錢太貴了，我還不如疼一下，疼總比沒錢的好。」

我只是緊緊拽着她的手。她又懇切地央求道：

「你今晚就在我這裏睡，好不好？」

「當然，我不會離開你。」說着，我抹了抹臉，在她裏側躺下來。蠟燭顫顫地燃着，使整個房間充滿了病態。「要不開燈吧？」

「電燈太刺眼了。」

我閉起眼睛。

「我想搬走。」

我重又睜開眼，疑惑地盯着她。

「我不想跳舞了，不跳舞，就不會有那麼多錢付房租。」

「那你做什麼？」

「搬到便宜的組屋區去。」

「組屋區？」

「就是窮人住的地方，再一邊去給別人教華文，這雖然沒有多少錢，但也可以維持生活。我這樣做就是為了他。」

「他？」

她把頭轉向我，看着我說：

「我的男朋友。我就是想專心專意地愛他，不讓他花錢，不讓他知道懷孕的事，不想給他壓力，我害怕他煩我。」

說着芬哭了起來。我緊緊摟住她，不一會我們都睡着了。

翌日清晨，我醒過來。芬也醒了。蠟燭早已燃盡，芬說我夜裏又哭又叫。恍惚中，我記起了昨晚的夢。我夢見我又回到了那個夜晚，我站在圍牆的大門外，窺看裏面的喪禮。我看到靈台上的照片是那個男人，他正穿過滿是塵埃的簡易框向我凝視，嘴唇微微顫動着，好像有話要跟我講。但是圍牆的門鎖着。我扒着門向裏喊起來。至於我哭，我是記不起了。

放學的路上，沉沉夜色籠罩着街頭，黃色的光線猶如浮煙一般彌漫在空中。我低着頭又一次回想那個夢境，我不明白那靈台上的遺像為什麼變成了他。難道對我來說，他真的與我隔了一個世界？那個夜晚，那個悲痛的喪禮彷彿是一個荒涼的空殼，把我的恐懼和期望深埋了進去。啊，那張臉，那臉部優美的線條才是災禍的起源。它就像一個陰險的陷阱使人失足，一旦掉進去從此也就完了，難道我真掉進了那個陷阱？

我迷惘地看着周圍的燈光和烏雲籠罩的天空。我的口袋裏正有他的名片。這是他的另一張臉，和那張遺像是多麼不同。這時我一眼看見立在路邊的公用電話亭，突然像着了魔似的，拿起了電話。

我身上極度悶熱，四周的空氣也像發燙一樣向我襲來，鑽到我汗濕的手心裏，我的脖子，我的臉上。

「哈羅！」是他的聲音。

「我……海倫，我在流移大廈跟前……」我哭起來。對方在說着什麼話，我一句也沒聽到，依然固執地發出哭聲，這時電話亭外響起了啪啪的落地雨聲。對方已掛了線，我馬上不哭了，默默地注視亭外，只希望雨再猛烈些。雨果真大了。我便衝出來，站在外面，雨點噼裏啪啦打到了頭上，臉上，身上。從上到下淋着水，剛才的燥熱變得寒冷起來，我不禁抱緊自己的身子，但是雨勢好像不像剛才那樣凶猛，街道兩旁的樹木上都蒙上了一層薄紗。路上的行車來來往往，我不斷張望着，心裏隱隱不安，似乎在等待什麼。

正像我預料的那樣，這時一輛車刷地停在了我面前，從窗口我看見了柳。他握着方向盤，向我這邊望着，辨認着，看是不是我，我冷得打顫。很快他便脱下身上的西裝，下車把我裹住，并扶上車。我坐在他身旁，不停地抽噎。他沒有立即開車，而是向我投來大惑不解的目光。

「你這樣站在雨裏是不是想表示你很特別？」

我不說話，用眼角的虛光觀察他。他一直盯着我，臉上沒有一絲表情。

「你，有二十二歲了？」

「在今晚我只有十二歲。」

我把眼淚抹了，抬起頭以一種無助的神態迎着他的目光。他不易察覺地扯了扯嘴角，我不知道那是笑還是嘲弄。外面的雨聽上去，很輕柔，像是無數個嘴巴在傾訴。他又看了我一會，然後把車開到車道上，向前飛馳。

一會我們來到了他的俱樂部，也就是他的一套公寓房。我的衣服還是濕的，把他的西裝也弄濕了。我兩手抱緊身子，冷得牙齒格格打顫。剛剛站在他的客廳裏，覺得有些天旋地轉，便搖晃着倒在沙發上。柳驚叫了一聲，舉起雙手一個大步過來扶住我。我仰頭躺着，眼睛緊緊閉着，全身寒冷。

這時只覺一只手在我額頭上試，又把一根溫度計塞進我嘴裏，我稍稍睜開眼睛，看到了那張充滿憐憫和關切的臉在俯視我。他深邃的目光長久地停留在我的臉上，他的氣息，那熟悉的氣息宛如從遙遠的地方裊裊吹來……

「我的十二歲的朋友，」他抓住我的一只手，說道，「看來得送你去醫院，你發燒到四十度了。」

「求求你，我不去醫院。」

「那你別說話，我給你弄杯熱水來。」

「不，假如有什麼吃的話，我很想吃點什麼。到現在我……」

柳從廚房弄來了各種各樣的罐頭，一一打開，放在我面前，我勉強着從沙發上坐起，有紅燒牛肉，沙丁魚，什錦菜，玉米粟，有好幾罐水果。我看看這個看看那個。我說：

「許多日子，我都沒有見過這麼多食物了。」

說完我對他笑起來，發出了清脆的聲音。這笑聲空蕩蕩的，像一張白紙孤獨地飄飛在空氣中。

「你的臉這麼蒼白，你病得不輕。」

他用手撫在我的頭上。我一把握住它，眼淚順着流下來。我說：

「我今天……有一個男人最近一直都纏我，他說他愛我，他說他會供我養我，只要我跟他住一起，他什麼都給我，可我一點也不喜歡……」

「是不是那天接你的那一個男人?」

我點點頭。

「我有時不得不應付他，是因為我沒錢，我每個月起碼要有一千塊的開支，他說他給我，可我還是不能要，我不能跟他做那件事……」

我用手捂住臉再次痛哭着。

「你為什麼不早點說，為什麼不早點告訴我，甚至在我們見第一面的時候你就應該跟我說。」

他責怪地看着我。我用手抹了抹淚，說：

「我不願讓你幫助我。」

「為什麼？」

「我希望我們的交往是平等的輕鬆的愉快的。」

他低下頭沉思了一會，說道：「我幫助你是出於關心你，我不會要求你替我作任何事，我對你像對女兒一樣。你知道嗎？我對那個殺了人的女孩子也是出於同樣的關切。我不會因為你們貧窮而看不起你們，我沒有資格這麼做，我假如利用我有錢的身份而去作踐你，我會感到我是可恥的。」

「可是接受了你的錢我會覺得可恥的是我。從小長這樣大，我從未要過男人一分錢，就不必說我的爸爸還當着大官，他沒有在位之前，我都是要什麼有什麼，我從沒有得不到的東西。只因為我這次是偷着出來的，家裏誰也不知道。」

柳慈愛地捏了捏我的手。「你放心好了，在新加坡我會做你的保護人，我會像疼一個女兒一樣疼你。」

「你真的有女兒嗎？」

「當然有了，那是我的寶貝。」一瞬間他快活起來，仿佛有一種旋律在他臉上迅速激蕩，「她現在在美國讀書，是一個心地善良而又純潔的女孩子，今年才十九歲，她每次吃飯都要在面前劃十字，做祈禱，她從不會跟人吵架，有一次被逼急了，好不容易說出一句罵人的話。你知道是什麼話嗎？她說的是『你不是人』。」

我和他都笑了起來。「她回來嗎？」

「還要過幾個月呢。不過她一回來就喜歡住這間公寓，我讓她回家跟我一起住，她就是不肯。」

「那你——平時不在這兒住？」

「這是玩的地方，唱唱歌，打打麻將，我住的是我的別墅，很大很舒服，可是寶貝女兒就是不願住。她平時花錢很節約的，穿的衣服我不陪她去買，她就不買，她身上的牛仔服都發白了。」

在他說話的時候，我心裏盤算着他到底會給我多少錢。我感到全身確實疲乏無力，而且哆嗦着，身上的衣服依然濕濕的。但是我顧不上這些，只緊緊握住他的手。待他話音一落，便說：「我和你的女兒一樣節約，從小我爸爸都是這樣要求我。我不會亂花錢，只是付房租交學費。兩千塊足夠。」

「你放心，在每個月的第一天我會把這錢放在你手裏。」

我感覺他說話的口氣很自然很鎮靜，也很輕鬆。過了一會，我又飛快看了他一眼，他的眼睛直瞪瞪地盯着前方的牆壁。他在想什麼？燈光穿過他正好把他的影子投射在我的臉上。我還想再觀察他一會，但是似乎有一股寒流從腳底滾壓過來，我的眼睛再睜不開了。一會我感覺有輕軟的被子覆在我身上，我閉着的眼睛裏有一個幻影像一幅圖畫那樣恍恍惚惚地閃動……不知過了多久，我又看見那條閃亮的大河了，我依然氣喘籲籲地拼着命地向前跑。突然我發現我的奔跑如同這河流沒有止境，我停下腳步，四周荒涼寂寥。沒有了父親的追趕，一切都失去了支撐，如一片乾枯的樹葉……

醒來的時候已是第二天上午。我蜷縮着身子，滿臉都是淚痕。我一邊抹去淚，一邊懷想夢裏的父親。死究竟是什麼呢？為什麼死的是這個人而不是那個人？死是否正像這連綿的河流，從一處到另一處，向着不可知的神秘，沒有開始也沒有結束？死也是把某種東西滋生在活人的身體裏，與他同生同滅。我就這樣想着，又昏昏沉沉地墜向迷糊之境，可在這時，心頭莫名其妙地一驚，我看到四周有雪白的牆，日光透過窗戶，飄來一陣風聲，剎那間我從床上坐起來。

床頭小櫃上放着一張紙。上面寫道：

「海倫，請原諒我把你一個人留在這裏，但是我是一直等到你退了燒才走的，起來後先到浴室裏洗個澡，這對你有好處，臨走前關上門即可。」

我揉了揉眼睛想起了昨晚的一切，昨晚是真實的，不是夢，它標誌着我每月有兩千元的收入。想到這，猶如有蜜糖一樣流淌到了我的心裏。我下了床，打量這個陌生的房間。家具簡潔而精緻，一個大衣櫃，一個梳妝台，正在陽光的照射下映出淡淡的黃色。我又站到窗口旁，從這裏可以看到外面大片綠色草坪，經過昨晚大雨的洗滌，顯得更加翠綠亮麗，在草坪正中間有一個大大的游泳池，裏面是一汪天藍色的水，隱約倒映出天空和浮雲。我回過身來，走到床對面的梳妝台前。除了一面鏡子，台面上空空的什麼也沒有。我又打開下面的抽屜，裏面是一些書本、信簽和一把髮刷。我細細地尋覓着，妄想看到女人在這裏生活的痕跡。確實我看到幾根頭髮的夾子和一瓶油質搽臉油。我拿起這瓶油在陽光中觀照着，裏面的油脂像水一樣透明，我又晃了晃，它們究竟是搽在哪些人的臉上的呢？我來到浴室。浴室的牆壁碧藍碧藍，正中央是一個很大很深的浴池，足以容納六個人同時沐浴。在牆上的雪亮的架子旁掛着一件嶄新的女式睡衣，這是為我準備的嗎？我情不自禁走過去，把臉貼在光滑的絲綢上。啊，我愛這兒的一切，愛從窗口射進來的清澈明亮的日光，愛那又寬又厚的床鋪，愛這藍色的浴池。我像一個陰謀家一樣閉起了雙眼，忘了自己蒼白的病態，心裏湧起一股近乎歇斯底裏的激情。

6

待我回到麥太太的家時，看到幾個陌生人正擺弄着攝像機。私炎也在，但他陰險着臉沉默在一旁。麥太太趕緊說：

「去準備一下，電視台要採訪你和芬。」

「採訪？我不接受。」我突然驚慌起來，像一個小偷正被人用手捉住似的。

那幾個陌生人對着我上下打量了一番。其中一個約三十歲的男子，長着連腮鬍子，他說：

「我們絕對是善意的，只是想了解你們中國留學生在這兒的生活情況。」

「可為什麼要找我們呢？」

「我也是給你們一個自我宣傳的機會，這不，他們都是我請來的呢。」麥太太搶着說道，「快去打扮打扮。」

我鬆了一口氣，心裏卻厭惡極了。只見私炎對着我不懷好意地笑起來。芬的門洞開着，裏面有響聲，一股濃鬱的香水味傳出來。我探過頭去，芬正大包小包地收拾着東西，憔悴的面容和慘白的膚色使我吃驚。看見我，她把我拉到裏面，關上門說道：「已經判了。」

「什麼判了？」

「那椿殺人的案子。判了那個女孩坐三年牢。」

「那麼是私炎輸了？」

芬責怪地向我噓了一聲，生怕外面聽見。我不說話了。一會我嘆着氣小聲說道：「好像我一來這個地方，甚至在上飛機的時候，這件事就像一陣陰影一樣籠罩我，好像跟我休戚相關似的。現在盡管這個案子判了，但壓在我身上的陰影依然沒有消散。你說它跟我有什麼關係呢，真奇怪。」

芬好像沒聽見我的話似的，停下手中的活說：「我要搬走了。」

我吃驚地看看她放在地上的大包小包。

「你身體這樣差，總得等病好了之後再走。」

「不行，今天是一號，剛好又住滿了一個月，再拖延一天，就得交整一個月的房租了。」

「那你搬哪裏去？」

「靠海邊的一個組屋區，那裏便宜，一個月才二百五，」她說着，笑了起來，那慘白的臉色中夾着絲絲紅暈，我知道這是因為極度虛弱的緣故，「不過那個房間是空的，得要自己買床買衣櫃，我還得買一個梳妝鏡……」

我沉默在一旁，心想：那她借我的五百塊錢什麼時候還？我希望她至少提一下，讓我心安些，可她就當沒有這回事似的，她是不是忘了或者不還了？我要不要提醒她一下，我說：

「你……」我的臉突然紅了，只好改口道，「你的房主是個什麼樣的人？」

「一個男人，沒有老婆和孩子，很老了。」

她已打好包，開始收拾化妝台上的粉脂、梳子等雜物。她又拿起桌上的香水，在手裏晃了晃，對我說道：「我很喜歡這個牌子的香水，我想你也喜歡，送給你。」

我拿着這瓶香水，湊近聞了聞。那是玫瑰和梔子花混合的味道。

「你還是留着吧，它已成了你的一種象徵。」我把香水放在桌上，「你真的不跳舞了？」

「不跳。」

「你真愛那個男人？」

她有些發窘，盯着我的目光既局促又有些恍然。過了一會，才用輕微而又平靜的聲音說道：

「我知道那是火炕，是深淵，但也該跳則跳，沒有別的選擇。」

「那他連付房租的錢也沒有嗎？」我不禁悲憤起來。

「有些人的錢是不能要的。」

「為什麼？」

這時，麥太太在門外大聲地說：「快，別人等急了。」

當攝像機對準我時，私炎暗暗地笑，并像觀看動物一樣地望着我。雖然我有些自愧，但面對他的笑，我猶如一個被剝了皮的青豆裸身在這裏毫無藏身之處。我冷漠地對他說：「你是不是避開一下？」

「都上電視了還怕難為情？反正我總有一天要看到的。」

他知趣地離開了，也許到了芬的房間裏。芬正在打扮，準備下一個接受採訪。那位連腮鬍子的眼睛裏閃爍出一種幽光，他盯着我看了很久。我不知道他為什麼要這樣看我，便低下頭去。這時他問：「你為什麼從中國來到新加坡？」

「學習。」

「喜歡這兒嗎？」

「當然，這兒是花園城市，是聞名於世的一幅風景畫嘛。」

「那你想在這裏長久地住下去嗎？」

「不，如果我真的要在這兒長住下去，我就會像一個玻璃缸的魚痛不欲生，我渴望到更加廣闊的河流裏。」說完我笑了一下。

「中國不是很廣闊嗎？」他也笑了一下，眼裏有某種嘲弄的意味。「所以我最終是要回去的，中國不僅廣闊，也確實比新加坡強大，也比一些西歐國家更有前途。」

「你的經濟來源怎樣？是不是像其他留學生一樣偷偷地打着一份工？尤其是你們女人，辦法很多的。」

我瞪了他一眼，這確實不是個招人喜歡的男人。

「不，不是的，雖然我也是從中國來的，但我是特殊的一個。」

「你的特殊是不是因為你的家庭背景？」

「不完全是。」

「那你有生存的壓力嗎？」

「我來就是想學好英文，然後再回去。」

「你的錢到底從哪兒來的？有沒有人資助你？」

「沒有，在中國時我有積蓄。」

「在中國你是一個報社的記者，收入微薄，會有多少積蓄？」

我微微笑起來，向他問道：

「在這樣一個文明的國度裏，我想你們總不是在審問吧？」

「喔，當然，」他又笑了，眼裏依然是嘲弄的神色，「再問你最後一個問題，你對生活抱有什麼樣的態度？」

「神秘的微笑，像蒙娜麗莎一樣。」

「似乎你們中國女人都會這樣笑，不過要看誰笑到最後了。」

「看誰能笑到最後。」我同意地重複着這句話，心裏卻顫然一驚。

第九章

1

「有一個男孩看見一只雞死了，雞兩腿朝天。他不知道為什麼是這個模樣，就問他爸爸，」柳一邊開車，一邊對坐在車裏的姑娘們說，「他爸爸告訴他，那雞被上帝帶去了，上帝抓住它的腿，所以它是兩腳朝天，你們說是這樣嗎？」

有姑娘附和道：「也許是吧，上帝要是想帶走什麼，首先就是抓住它的腿，讓它再跑不了。」

「那個小男孩聽了他爸爸的解釋後，也認為他爸爸的話是對的。他摸着腦袋說，怪不得我那天放學回來看見媽媽躺在一張床上，兩只腿朝上，幸好有隔壁的叔叔在她身上一直壓一直壓，所以媽媽才沒有被上帝帶走。他爸爸一聽就急了，問是隔壁的張叔叔還是李叔叔。」

車裏的人早就吃吃笑開了。我也笑了。但柳不笑。其中一個姑娘說：

「故事的結尾應該是這樣的，那男孩告訴他爸爸，不是張叔叔也不是李叔叔，而是隔壁的柳叔叔。」

柳這才笑起來。

這當兒，車已穿過鬧市來到一條僻靜的街道。柳臉上的笑慢慢凝固起來。他壓低聲音說：

「你們看，那就是新加坡的紅燈區，每到傍晚，每戶人家就把一只點着蠟燭的紅燈籠掛在門口，這就表示營業。喔，不行，我的車得繞着走，離它遠點。」

我好奇地探過頭去，覺得那兒除了更加安靜之外和別的街道沒有兩樣。我很想看看那裏面到底是怎麼回事。於是我對柳說：

「我很想看看那裏的女孩子。」

柳皺起眉頭，臉上是一副嚴肅和生氣的表情。

「不去不去，那些專門陪男人的女人，哪怕跟她們喝上一杯咖啡，我都嫌髒。」

他把車倒過來之後，開得飛快。

「就是太髒了，」後面一個姑娘說道，「不知道她們是怎樣想的，難道就不怕碰上自己的哥哥或爸爸……」

「這也不奇怪，如今女人想開了，男人想通了。」柳說。

她們都笑起來。我不知道這有什麼可笑的地方，便問：

「什麼想開了想通了？」

但我一問出口便立即明白了「開」和「通」的含義，馬上後悔不迭。果然他們又一陣轟笑。我依然裝出不懂的樣子，盯着嬉笑的人們。我又看了看柳，看到他快樂得臉上的肌肉全都在活動。我回過頭去繼續盯着夜景，心中真切地感覺到他只有置身於這種時刻，置身於一群女人當中，他才是最開心的。我不由得沉重起來。

我們來到了香格里拉。

「這裏的自助餐不錯，我帶你們來嘗一嘗。」柳說。

來到一個大廳，廳正中擺着各種各樣的西餐、中餐、甜品和水果。我們圍着一張桌子坐下。每個人挑選着座位。從表面上看起來她們都漫不經心，實際上都在心裏盤算着柳將會挨着哪一位。我把我的包放在一張椅上，然後去洗手間。我心裏產生一種想法，即當我回來的時候，我一定會看到柳就在我的包旁。他一定是將他的身體靠着我，向我散發出他的氣息，就像剛才和姑娘們上他的車就座時，他點名讓我坐在他的前排，而他在一旁親自開車。

當我從洗手間回來，正如我所料，他不僅靠着我的位置，還在我的台上放了一大盤生蠔。他也有一盤。待我坐下，他對姑娘們說：

「這兒的經理每次看到我來都很高興，但他又說如果沒有看到我來，他會更加高興。」

「為什麼？」我問，知道他又有開心的下文，便先笑了。

「你們看，這生蠔是從澳大利亞進口的，每一只五塊錢，」他豎起他的一只手，「可我每次來至少要吃一打，即十二只，這樣就六十塊錢了，可我們每人吃一頓才交五十塊，這樣酒店不就虧了。」

「一個要五十元？」我驚訝道。心想我們一共六個人不就要三百塊了？

「錢無所謂，只要高興，」他用刀撥出一塊生蠔肉，又在上面灑了些檸檬汁，送進嘴裏，「告訴你們我在最窮的時候也是這樣，笑看人生。」

「你有最窮的時候嗎？」有一個姑娘問道。

我悄悄看了他一眼。他一邊吃着一邊笑開了。

「現在流行幾句話，還是那個她——」他又轉過臉對着我說，「就是那個關在牢裏的姑娘，她跟我說的。」

「她到底說的什麼？吞吞吐吐的。」

「她雖然在牢裏，但她的話令人難忘。有一天她讓我猜成語，問小男孩裸體跑步是什麼，我想半天也沒想出來，她便說是來日方長。她又問我，中年人裸體跑步是什麼，我還是答不出來，她說是吊兒郎當。你們知道嗎？我最窮的時候就是中年人裸體跑步——吊兒郎當。」

桌面上又響起一串清脆響亮的笑聲。有一個女孩問：

「那老年人裸體跑步是什麼？」

「永垂不朽。」

這回連他也笑了。我又偷偷看了他一眼，他會不會為最後一個問題感到尷尬和不安？他已有了六十歲，算不算是到了「永垂不朽」的階段？

「你是什麼時候的跑步？」剛才問話的女孩冷不丁又問了一句。

氣氛頓時靜下來。但柳的臉上依然煥發出光彩，絲毫不介意。他說：

「我是小孩子跑百米——來日方長。」

一片笑聲中，他便不住地朝我碗裏夾着菜，問喜不喜歡，不喜歡的話，他再去拿別的。一會，他起身和另兩個姑娘去取菜。我默默地吃着。待我一轉身，只見他和她們挨得很近，那兩只明亮充滿溫情的眼睛看看這一個又看看那一個，又挨在她們耳邊說悄悄話。那兩位立即都笑開了。

他坐回來，看我低頭不語，便剝開一只橘子放在我面前。他問：

「你的包呢？」

包掛在椅背，他也看見了，便迅速從上衣口袋拿出一疊錢，悄悄放到我擱在兩腿的手上。

「快放進包裏，今天是一號了。」

我迅速掃了其他人一眼，幸虧她們什麼也沒注意到。但儘管這樣，儘管這是我盼望的錢，但我的臉還是忍不住熱辣辣起來。為了轉換話題，我問：

「那個讓你猜成語的女孩怎麼樣了？聽說她判了？」

「她呀，」他拍了一下手掌，對那些姑娘說，她們都凝神盯着他，「今天報紙你們看了嗎，整個審理過程都在上面。最後經過查證、核實，事情的經過是這樣的，她的男朋友從公司裏取來一把手槍，裏面是空的，沒有子彈，他們兩個人經常用這把手槍相互對準。有一次男朋友從公司裏又拿來一些子彈裝上，準備第二天去泰國打獵。女的不知道，在男朋友又跟她開玩笑時，她就拿起手槍向他開了槍。所以被判是誤殺。我說，那樣一個女孩子是不會殺人的。」

「那她要被關多久？」

「三年。三年很快就過去的。待她一出來，我將兑現我的諾言，送她去美國。」

2

很長一段時間，柳和芬分別代表着我的黑夜和白天，就像虛幻和真實的不斷交替。我告訴芬和 Taxi，當我在眼睛上塗上金色的長睫毛時就說明我晚上有約會。所以每次一見面，她們首先看我的眼睛。這天我們仨又一起來到華沙快餐店。面對各種各樣的菜，選擇便成了令人頭疼的問題。我很快選中了芬過去常吃的五塊錢的清燉烏雞。Taxi 朝我看了看，嘴角浮起不經意的笑容。她從我的清燉烏雞中看到了我經濟上的變化。她說：「有錢就不頭疼了。」

芬卻要了一份蛋炒米飯，兩塊錢。Taxi 最大方，她又要了一份人參燉鴨，八塊錢。待我們買好了飯，端在手上卻找不到一張空着的桌子。這個快餐廳裏一瞬間就擠滿了人。我們狼狽地端着盤子從這頭走到那頭，又從那頭走到這頭，就是看不見可以坐下的地方，引得別人紛紛向我們看。我們只好在一旁等着。待我們終於坐定時，湯差不多已經涼了。

Taxi 邊吃邊說：「在這裏永遠是中國新來的學生，來了又來，老面孔消失了，新面孔馬上就聚集起來，像一條循環的河流，流過來，又流回去。」

我看到這裏的學生有許多是男生，安小旗依然夾在其中，他看到我們時晃了晃他的腦袋，笑了。芬說：

「現在看來，我們女的來，目的當然很明顯，可是那些男人也來到這兒，他們有什麼資本在這裏生存呢。僅僅為了到這兒做家教？」

我捅了捅芬的胳膊說道：「也有一個男生，還想約我去喝咖啡，可笑不可笑？儘管沒來新加坡之前他在國內是個小有名氣的詩人，還寫歌詞，可是在這連人都不是，還要請我喝咖啡。不過被我拒絕了以後，他知趣多了，見了我也只是遠遠地點個頭。」

我又向安小旗看了一眼，然後和芬一起笑了。芬吃着飯，也不嫌蛋炒飯乾巴，只管往嘴裏送。我知道她是為了那個男人從麥太太家搬出來，再不跳舞，再不喝烏雞湯，這一切總該有所回報？我說：

「我們都會回去，不管有沒有本事，但也許芬能成為這條河流裏的一顆石子留在這塊土地上，結婚，生子，當太太。」

她不好意思地笑了。「為什麼？」她問。

「你是為了他才這樣節約的。」

她的臉上泛起了一陣紅暈。

「其實也不盡然，我現在住的那戶人家，男房東經常從市場上買菜回來做火鍋，請我和我隔壁房間的一個女孩吃。所以我不太饞。」「真的？吃火鍋？」我和 Taxi 都羡慕起來。

「不過有一點不好的是我給我男朋友打電話，他就在門外偷聽。」「那也沒什麼，聽就聽唄。」Taxi 說，「你男朋友長得什麼樣，帥不帥？」

芬回答說：「帥不帥是次要的，關鍵他是新加坡人，那個請你喝咖啡的男人長得倒是好，可惜是個中國人。」

Taxi 直點頭。我心想那樣一個新加坡的好小伙子她是怎麼碰上的？芬說：「你沒來的時候他曾經跟麥太太學過一段時間的聲樂。」

「喔，那還是麥太太的功勞。」我說。

芬用眼睛瞄了我一眼，說道：

「最近她不是也幫你介紹了一個？」

「那人雖也是個單身，但和我不是同輩人，不過，更重要的是他的女朋友太多了。」

「那你喜不喜歡他嘛，如果還喜歡，你就做點小游戲，讓他只有你一個女朋友。」Taxi 說着，一邊向我詭秘地吐舌頭。

吃完飯，Taxi 建議逛商場。於是我們三個一起來到商業區烏節路。在一個商場裏，Taxi 把我們帶到內衣部。胸罩和內褲構成了一個隱秘的世界。Taxi 說：「現在有一種胸罩，在西方稱為魔術胸罩，即 Putup，只要穿上它，再小的乳房也能高高地隆起。」

芬好奇地一件件看起來。她說：「怪不得大街上的女人的胸那麼大。」

Taxi 挑了一件，便鑽到試衣間裏。我問芬：「你想買嗎？」

芬拿起一只粉紅色的胸罩，看着，搖搖頭，嘴裏說沒錢，但她也不把她手中的放回架上。我想她是沒錢，她要有錢也該把欠我的錢還上了。在內衣部的盡頭，我看見有一件深藍色的棉布小短裙，我立即走過去，在身上試了試。

她們一人拿了一只胸罩，Taxi 買了，芬竟然也買了。我看了看芬，她的臉溫和而靦腆。我有些不高興。但是我狠狠地盯着手中的小裙子，恍惚覺得心裏撲閃着一對翅膀。我想了一會，於是望了望芬和 Taxi，不懷好意地笑起來。

3

轉眼又到了唱歌的日子。沉寂了一個星期的公寓被喚醒過來，連空氣似乎都變成了金色的。她們唱啊，笑啊，不停地唱，不停地笑，在一片歡樂氣氛裏，她們沒有來處，沒有去處，只是一些零碎的光在這裏閃現。我看着，目不轉睛地盯着她們，某一瞬間，一種不知未來的惶然的感覺猛地襲上心頭。再去看柳，他正微笑着，臉上依然發出悠悠的黃光，一雙溫情的眼睛像夜晚的月光，清淡而柔潤。此刻這雙眼睛正盯着我，大聲問：「誰跟我唱《心雨》？」

順着他的目光，姑娘們大聲喊道：「海倫，海倫。」

這名字本身就是一個虛假的外殼，一時間，我窘迫起來。我不住地搖頭。柳過來拉住我的手，但我還是推卻了。

另一個姑娘站起身和他合唱。唱着唱着，柳覺得這樣不夠刺激，於是光着腳從地毯上站在沙發上，輪到女孩唱時，她也站到沙發上，和他并排。柳看了看沙發椅背，便抬起腳站了上去。女孩也不甘示弱地爬了上去。他們誰也不看誰，認真地嚴肅地深情地對着屏幕，一個字一個字地唱。在一片笑聲中，他們猶如一對稻草人懸掛在牆壁上。我突然為之一震，似乎我就是個稻草人高高地飄在空中等待着審判。

唱完了，柳走下來，坐到我身邊。此刻他在我的身旁就坐，對我來說似乎是一種榮耀，有些姑娘不斷地朝柳看着，想引起他的注意。雖然身邊有他在旁，但我還是顯得孤零零地沉默地盯着屏幕。

「你怎麼了，不高興啊？」他問。

我膽怯地看了他一眼，說：「我……怕，很害怕。」

「怕誰？」

「麥太太。」我終於說了出來，因為室內音樂聲太大，所以我緊挨着他幾乎是向他耳語，「我怕她，不知為什麼，我第一眼看她就覺膽寒，怕她慘白的臉，怕她的眼睛，怕她說話的聲音……」

「那為什麼又要在她家住呢？」

「不住那裏又住哪裏？她是非常勢利的，眼睛一直瞄着我爸爸。而且還經常讓男人到她家去，然後讓我陪着他們說話。那些人都很喜歡我，三天兩頭往她家跑。他們知道我很想留新加坡，都說幫我，要把我介紹到報社或者是電視台，其中有一個就是電視台的，總叫我去試鏡頭。」

聽着我的話，他的臉慢慢陰鬱下來，眼光中露出茫然若有所失的神情。我微微低着頭，兩手交握着，四周似乎沒有一點聲音，只聽我又說道：「那個人每天都寫信給我，每天都寫。」

「他的信呢？」他的目光筆直地盯着我。我也看着他，但很快又閃開了。

「每封我都把它撕了。我才不要看他的信。可他今天給我買了一條裙子送給我。」

「裙子？」他驚詫道。

我把它從書包裏拿出來。

「你是不喜歡他嗎？」

我搖搖頭，身體挨着他，感覺着衣服的帶着某種神秘意味的輕微的摩擦。

「你把裙子給我，讓我扔到垃圾堆裏，」他打斷我道，「以後你的衣服我幫你買，你的簽證我幫你辦。」似乎說漏了嘴，他馬上又補充道，「不過，簽證確實很難，得碰機會。」

「你真的會幫我辦簽證？」我問，聲音不由得那麼膽怯起來。

這時，屏幕上出現了一首歌的名字。所有姑娘都看着柳發笑，仿佛這歌是一個典故似的。他很快忘記了我，快樂地連笑了幾聲，站起來，一手拿着話筒，另一只手像正在操練一樣地前後甩動，雙腳在原地踏步。

「五星紅旗，迎風飄揚，革命歌聲多麼嘹亮……」

4

我感覺我的計劃有些眉目了，所以在洗漱間裏一邊梳頭一邊大聲地唱着歌。麥太太突然出現在門口。我轉過頭一眼看到了那陰沉的臉，心裏不由得懼怕起來。

「你是不是總在打電話？最近一個月的話費比過去的多了十塊錢。」

「我沒有，」我連忙辯解道，「就是打也是短途，就新加坡。」

「當然就新加坡了，如果是長途，我非死不可了，芬在這裏的時候，也是沒完沒了地打電話，常在夜裏偷打，我的衣服她也偷，冰箱裏的麵包她也偷，還有我不知道的不知偷了多少呢，搬出去也好。」

她數落了一陣芬後突然又說道：「要不，你就重新去申請一根電話線好了。」

「我真的沒怎麼打電話。」我說。

「那就這樣，現在芬搬走了，那個房間空着，你就進去住吧。」

我一時停下手裏的梳子。「我……我沒有那麼多錢。」

「我會跟私炎說，讓他來付。」

「不要，我根本就不要見這個人。」

「那你想見誰？他？」

我渾身一驚，這個「他」是誰？只見她緊盯着我，眼光裏有某種奇怪的神色。我把梳子放回梳妝台，局促地說：

「我真的不敢住，我一直沒有跟我的爸爸聯繫。」

聽到我提我的爸爸，她的臉色也柔緩下來。她說：

「也不着急跟你要錢，等你爸爸給你寄了，再還給我也行。你有沒有把你的詳細地址告訴他，或者打進我的賬戶也行。」

我突然想起了自己曾寫過的一封信，顯然她已悄悄看過了。我說：

「不到萬不得已，我不會跟他要錢，這是我的個性。」

「好吧好吧，我也不急着向你收房租，你先搬過去住。」

我默不作聲，但也找不出推卻的理由，便只好點了點頭。

待麥太太一離開，我便推開芬的房間，裏面似乎還留有玫瑰和梔子花混合的香氣。但是我的心再次緊張和惶恐起來，一個月八百塊的租金，我實在是付不起，我想到了那封信，似乎這又是這封虛假的信給我帶來的麻煩。

按約定的時間，我下了樓，奔馳已停在那裏。在我上車時我無意中抬起頭，在上面的某個窗口我隱約看到了一張慘白的臉。

我的心再次沉了下去。我說：

「有些人躲都躲不掉。一大早就按門鈴。」

「是誰？」那原本高興的臉一下子顯出驚詫狀。

「是糕點店的服務生。手上捧着一個大蛋糕。」

「是誰？」

「不知道，送蛋糕的說是那人沒有留下姓名。」

他把一只手伸到腦後去枕着，陽光照着他綢緞一樣光滑的臉。我默默看着窗外，一邊想着麥太太的臉，一邊想象那個蛋糕，假如它存在的話，它一定是散發出獨特的清香，上面的奶油既漂亮又新鮮。我想了想，在我一生，長這樣大，在每一次的生日，都沒買過蛋糕，也沒有人為我買蛋糕。

「你想去哪裏吃飯？」他問道。

我驀地一驚，突然發現他在朝我看。我不禁慶幸起來，他可以看見我的臉我的眼睛我所有外在的一切，但無論如何看不見我的大腦。

在他的凝視下，我問：「你就請了我一個人嗎？」

他回答說當然。

「再沒有別人了？」我依然不放心地追問道。

他再次點了點頭。

「那我們就簡簡單單地吃一頓。」

「為什麼？」

「你只請我一個人，這對我而言就是一個盛大的宴會了。」

他微笑了，轉而又去注視外面的陽光，嘴裏卻不慌不忙地問道：

「還有別的原因嗎？」

「假如還有，那就是我不想讓你為我花那麼多錢，我也不要你給我買衣服。」

「你是真的這樣想？」

「我這樣想你會瞧不起我嗎？」

「為什麼？」

我低下頭去沒有說話。

他用手摟住我的肩，用那沙啞而溫存的聲音說：「你看，今天的陽光真好。」

我朝窗外看去，零亂的光線在跳躍着，猶如無數條銀白色的無法網住的小魚兒。

我們真的去了一個小販中心，他說帶我吃福建蝦麵。這是一個臨街的餐館。剛剛坐定，遠處有兩個女孩在喊柳先生。我們循聲望去，是經常唱歌的兩個女孩。看到她們，柳馬上有些窘迫。他請她們坐下，賠着笑說：「我也是偶然遇見海倫的。我在街上開車，她在路邊上走，就把她順帶了過來。」

我覺得血直往臉上衝，兩個姑娘都看了我一眼。這時柳又說道：

「我過去很喜歡吃蝦麵，現在我們一起吃『下面』，來來來。」

女孩們嗔怪地笑了，我也佯裝着笑容，注視着那兩片閃着黯淡光澤的顫動的嘴唇，像是受到非同尋常的恐怖的襲擊。我重新被置於不透明的位置上。我默默低下頭去。周圍是嘈雜的人群，明亮的陽光，而這正是被拋棄的黑夜的無限重復……

吃完午飯，來到學校坐在教室裏，有兩個陌生男人站在講台上。旁邊還有我們的女校長，她沉悶地望着我們，說：「這是移民官。」

我帶着幾份恐懼看着他們。兩位移民官的眼睛從我們一張張臉上掃過去，眼光裏露出既嚴肅又鄙夷的神色。

「希望你們一個個老實讀書，不要歪門邪道，一旦發現，和你們其中的一個一樣，立即遣送回去。」

他們走後，同學們都相互問道：

「是誰，是誰的簽證被取消了？」

我也剛要問，突然發現我的身邊空蕩蕩的，Taxi不在。莫非……

下了課，芬過來找我。她告訴我，Taxi昨晚在夜總會裏被移民廳抓住了。

「沒有辦法了？」

「沒有辦法，這是個法制國家。她也不準備上訴，想明天回去。」

「明天？這麼快？」

5

Taxi的飛機是早晨八點鐘。我和芬必須在七點以前趕到機場。但我一夜沒睡，和芬很早就到了。

老遠就看到Taxi坐在一張椅子上，耷拉着腦袋，一只手撐在臉上，就像一個哭累了的孩子把身子埋在座位裏。看到我們，她微微一笑，雖然眼底有着明顯的黑影，但那笑容使我們在一刹那找回了她往昔快活的影子。我想起了她的「小游戲」，心想此刻她是不是又在做另一個游戲？

我坐在她旁邊的椅子上，芬則在她的另一側。在我們正對面的是一扇窗子，這使我們清楚地看到窗外一片廣闊的空間裏開滿了殷紅的花。

「行李已經托運了？」芬問。

Taxi 點點頭說：「所有手續都辦完了，只等上飛機。」

她又不說話了，似乎處於一種麻木狀態，不知道過去，不知道未來，就像一個人受傷之後的瞬間沒有任何疼痛一樣。望着她的臉，我想起了在餐廳裏在教室裏在某條街道上，曾留下的我們的思想，我們的心境和一種難以名狀的東西。我看了看她的手，她手上的指甲油全被抹掉了，她又害怕了？

我又因為困倦而愁形於色，所以望着她的目光是黯然的。Taxi 生氣地說：「我又不是去坐牢。」

「那你回去能幹什麼？」我小心地問道。「該幹嗎幹嗎去。不過面對家裏的親朋好友我確實感到羞恥，我讓他們失望了。昨晚我已經編好一套詞，回去我就跟他們說是我不喜歡新加坡，新加坡的發展環境不如中國，在這裏我感到的只是壓抑，我不能把我的青春浪費在這裏，再說這兒的食品也太難吃了，這兒的人太沒知識太沒文化，所以我要離開。」

我們一起笑了起來。

「只能這麼說了，有什麼更好的措詞呢？」

Taxi忽兒又想起了什麼，蒼白的臉龐上泛出絲絲紅暈。她繼續說道：

「跟我住在一個房間裏的女孩是從上海來的，我看，她既不漂亮，也沒有魅力，剛來的時候也和我一樣連上公共廁所都記賬，可人家交了個男朋友，這個男朋友一下子就在她的戶頭上存了十八萬美金，也不知她有什麼訣竅。你們看我吧，錢沒掙上幾個，還被趕了回去。」

「每個人有每個人的運氣。」芬說。

「可運氣是什麼東西啊，即使到現在我要離開這兒了，我還是不服氣，死不閉目。」她說着，使勁甩了甩手，又把手伸給我們看，「你們還記得這裏的五顏六色嗎？為什麼我就不配談運氣？」

她說着，瞄着機場越來越多的人群，喉嚨裏也像爬滿了恐怖。

我呆然盯視着那雙被洗淨的指甲，往日的喧聲笑語在上面緩緩地傾瀉，又慢慢沉寂下去，我可以感覺着那兒蒼白的絕望。我抬起頭又一眼看到了窗外那大片大片的鮮花，便問：

「那是不是新加坡的國花胡姬花？」

芬看過去，點了點頭，感嘆道：「好像是啊，真漂亮。」

「我來的時候，麥太太教我唱：『胡姬花，胡姬花，風吹雨打都不怕，善良的人們在講話，請你快開花。』說是花一開，我們要什麼就有什麼。」

我和芬都笑了，Taxi卻問：「這是什麼花？」

「胡姬花。」我回答道。恐怕她是第一次聽說這個名字。

「是雞巴的雞，還是妓女的妓？」她認真地問道。

我們再一次笑了起來，而Taxi望着我們，似乎在等着回答。那是雞巴的雞？還是妓女的妓？

這時某一個出口處的燈亮起來了。時間到了。

Taxi拎起隨身帶的包，目光卻再一次落在窗外大片的胡姬花上。一會兒，她通紅着臉向我們囁嚅道：

「雖然我沒有掙上錢，但我希望你們倆能夠有一天真正地成為有錢人，你們都比我有文化，有涵養，我相信你們有好運氣。我寧願這一輩子不再見到你們，你們屬於這個國家，屬於這塊土地。」

說完了這句話，她朝我們笑了笑，向後退兩步，就轉身走了，一直走了很久，她也沒有回頭看一下。直到她消瘦的背影完全消失，我和芬仍站在那裏，仿佛在這一刻時間凝滯了。我心裏暗暗有些後悔，後悔自己剛才就在她說完最後那句話時沒有擁抱她一下，雖然我還從沒有擁抱過同性，但就這樣看她走了，心裏感到悲涼。芬輕輕說道：

「為什麼我們要掙扎着改變自己的命運呢？」

我沒有做聲，和她一道走出機場。此刻，望着被胡姬花染紅的天空，我們都害怕和對方分開。

「在你沒來新加坡前，你是一個報社記者，不是很好嗎？」

「我？」我看了芬一眼，說，「在報社裏我有一個男朋友，名字叫李輝，他的專業就是新聞，我們倆想結婚但又沒房子。」

「沒房子你就出來了？」

6

我們一起到了鬧市中心，又到了曾和她一起逛過的商場。不知不覺間，芬又在仔細看着貨架上的那雙曾讓她煥發出光彩的童鞋，一邊對我說：「哪天有錢了，我一定要把它買下來。」

她的口氣中包含着諸多失望與無奈。我說：

「為什麼要和一雙小孩穿的鞋過不去？」

「你不懂。」

「就因為你沒有在童年時穿過這樣的鞋？」

「是啊，但是我發誓一定要讓我的孩子穿上。」

她說着，又和我一起走上裏面的天橋，和那天一樣坐在椅子上俯視下面的電視屏幕。我們的眼睛盯在上面，卻彷佛什麼也沒有看到。「前天我打了我的房東，對準他的臉一巴掌。」

「為什麼？」我驚訝道。

「他給我買了一包巧克力豆，然後摸了我的腿。」

我沉默了，良久，我嘆息道：

「其實他摸了你的腿又怎麼了？如果我們要談什麼尊嚴，又何苦到別人的土地上呢？而且我對你再不跳舞感到不理解。」

「你不知道我有多愛我的男朋友。」

「這跟跳舞有什麼關係？」

她沒有回答。我也不說話了，只覺時間慢得讓人心煩。

「你知道我跳的什麼舞嗎？」一會她低着頭說道，「上一次也是在這裏我跟你提到我的姐姐。我姐姐是一個男人的情婦，那個人每次在我姐姐給他口淫時，就要看我跳舞。你知道讓我們姐倆去伺候一個男人時是什麼感覺？我姐姐非常愛他，可他要我看着我姐姐是怎樣在給他口淫。不過，突破第一次的防線後，慢慢地就習慣了，何況那人是很大方的，出的價很高。」

芬的面部表情很平和，仿佛在說一件別人的事。為她的話我深深地膽怯了，除了抓緊她的手，不知道再說些什麼。而她抽出手從包裏翻出她的黑色筆記本，在上面記起賬來。一會她翻到了幾頁黑麻麻的字，我探過頭去。

「有一天我看了一場電影。是關於一只豬的故事。」她忽然說道，「這樣我就又多了一個朋友。」

「誰？」

「那只豬。我現在也希望它是你的朋友。」

我拿過她的本子，在上面黑麻麻的字上看了起來：

有一只小豬，它和它的小伙伴們在一個房間裏生活，而它們的爸爸媽媽在另一個房間裏。有一次，爸爸媽媽都被裝到一輛大卡車上，別人告訴它們說，它們的爸爸媽媽要去天堂了。那只小豬和別的伙伴們都擠到窗口看，心裏想，「我什麼時候也能像它們一樣去天堂呢？」吃飯時它就大口大口吃，一邊吃一邊說：「只有多吃，才能快快地長大，長大了就能進天堂。」

後來它們的這個豬場毀了，有一個人好心收養了那只小豬。他是個牧場主，家裏有一批小動物，有羊，有雞，有鴨，還有貓。貓是牧場主最寵愛的動物，它可以睡在主人屋裏，其它的全都睡在門外的棚子裏。小豬在那裏很受冷落，主人也覺得是白養着它。因為它整天無所事事，發揮不了任何作用。雞對它說，我可以打鳴，每天早晨把主人叫醒；鴨子說它可以下蛋；貓說，我可以陪主人玩；羊都不用自誇，一看就知道它們身上柔軟的毛不斷地為主人換取錢財。小豬想想，覺得自己真的很多餘。有一次它看見一只年老的母山羊，就走上前去問：『我可以叫你媽媽嗎？』母山羊把它摟在懷裏，小豬流下了眼淚。每天晚上它睡在母山羊的懷裏，也學會很多羊的語言。白天，母山羊領着羊群走了。小豬想讓自己也變得有用，於是就想出了一個方法。第二天它趁公雞還沒有出來打鳴，就站在雞籠上學着公雞的模樣，大聲喊起來。公雞很生氣，但小豬每天都搶在它之前學着它的聲音打鳴。但過了幾天，主人買回了一個小鬧鐘，再不需要任何叫聲了。

它又無所事事地東逛西游。在山坡上它看到了母山羊能命令那麼多的羊，就想，我為什麼不能管管在草地上覓食的雞呢？於是它走到它們面前，對它們講了什麼，小雞果真聽話地排成了行。小豬又說：白色的站到前面，黑色的站在後面。於是白的就站到前排，黑的站在後排。主人在家裏透過窗口看到了這一切，知道這是一只聰明的小豬。剛好這個鎮子上比賽牧羊，看哪個牧羊倌最好。主人覺得母山羊已經老了，於是決定讓這個小豬來擔任牧羊倌。小豬有了用武之地，每天都很高興。主人也對他格外喜歡，也讓它睡在了裏屋，和貓在一起。但是貓非常不服氣。有一天，它問小豬：你知道你長大了是什麼樣子嗎？小豬說我長大了去天堂，和我的爸爸媽媽一樣。貓哈哈笑了，把它領到廚房裏，打開裏面的冰箱。冰箱裏懸掛着一條條香腸。貓說：你爸爸媽媽全都變成香腸了，你長大了也會被送到屠宰場去變成這個樣子，給我們吃。

小豬驚呆了，它不相信，就去問母山羊，母山羊無奈地點了點頭。小豬衝了出去。它沿着河邊跑了很遠，很遠，一直到它再走不動才躺下身子。它就這樣一動不動地躺了一天兩天三天。主人也找了它三天，終天找到它把它抱回家。但它什麼也不吃。

為了讓它吃，主人做出各種逗人的動作，它還是不吃。主人又誠懇地對它說：這次牧羊比賽對我很重要，非常重要，在我們的一生裏只要做了重要的事，生命就有了價值，不管活着的時間是多麼短暫。聽了這話，小豬便埋頭在碗裏吃了起來。

到了比賽的那一天，別人的牧羊倌都是訓練有素的狗。當擴音器裏傳來將要上台表演的是一只豬時，所有的人都笑了。「啊，一只豬。」

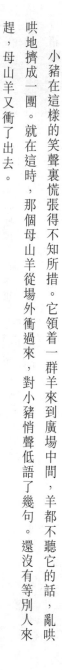

小豬在這樣的笑聲裏慌張得不知所措。它領着一群羊來到廣場中間，羊都不聽它的話，亂哄哄地擠成一團。就在這時，那個母山羊從場外衝過來，對小豬悄聲低語了幾句。還沒有等別人來趕，母山羊又衝了出去。

小豬大聲地對羊們說着什麼，羊們一下安靜了，然後按照小豬的命令做動作。小豬又說：回柵欄去，女士優先。於是所有母羊全站在前面，公羊尾隨其後一個接一個進了柵欄。這時，全場響起了熱烈的掌聲。

小豬在人群中和主人默默對視，眼裏都閃出了淚花。小豬跳過柵欄跑出場外，越跑越遠……

我合上筆記本，心想，從此這只小豬也是我的朋友。當我把本子還給芬時，芬卻在流淚。我說：「芬，不管我活得有沒有價值，但是命運是會改變的，在這幾天我一定要有所行動，所有的事都會水落石出的。」

芬不相信地盯着我。面對她含淚的直視，我的臉紅了。委實我想要得到的東西太多了，如同樹梢間瀉下的秋日那樣難以捉摸。

第十章

1

我和私炎在一家臨街的酒吧裏就坐。在電話裏我告訴他有很重要的事要跟他談，他居然有些緊張。他遲到了。他的遲到使我的臉色平添幾絲倦怠。我感到在今天這個早晨我有些老。

透過窗戶，可以看見逶迤的薄雲緊貼着湛藍的天空，清風撫過街面，微微卷起行人的頭髮。

我看了看坐在對面的私炎，一件黃色T恤竟使他的臉上閃耀出珍珠色的光。他用手撫着下巴，好像沒睡醒似的對我説：

「你知道嗎，夜裏做夢我看見了七八歲時的自己，我還從未向你提到過我的童年，對吧？事實上我也很少回憶我的過去。」

説到這裏，他朝我一笑。

我鬱悶地坐着，他竟然跟我提什麼童年。他察覺到了我的不快，便將一只手放在我裸露的肩頭上。這只手在發熱，這種熱量曾使我產生過希望。我微微斜過身子，手滑落了，像水中的魚打了一個漂。

「當然，你讓我到這兒來一定不是聽我童年的故事的，但我說說也無妨，而且我知道你想講的話肯定沒我的好聽。」

他喝了一口咖啡。

「想想我也和你們一樣，是個苦孩子出身。我的童年是在馬來西亞度過的，是在一個山區。我八歲的時候，就每天夜裏三點鐘起床，跟着我父親到山上割橡膠，每一天，每一天，你知道橡膠嗎？它是一種樹，是我最恨的一種樹，會無緣無故地流出一種汁，白白的，跟牛奶一樣，我想恐怕我的恨長在裏面了，所以流起來就沒有止境。我記得我小時候的頭髮是棕紅色的，是被太陽曬的，先是變成黃的，然後變成紅的。那時我弟弟還沒出生，每天我跟着我父親去割橡膠，記得最清楚的就是一早上的太陽，先只看到一點點，父親說一直等到眉毛，眼睛，鼻子，嘴巴全露出來了你才可以休息一會。我每天就等着看它的眼睛眉毛嘴巴。大了，上學的時候我還跟人家爭論太陽是有眼睛眉毛的，和我們人的臉一樣，一個不差。你說可不可笑？」

我低下頭，啜着咖啡。我要講我自己的事，但頭腦裏充塞着一個紅頭髮的小孩。我抬起頭，朝他張了張嘴，卻終沒聲音。他依然沉浸在他的故事裏，臉色微紅。他問我為什麼不說話。我說：

「我的話與你童年恐怕風牛馬不相及，而且確實不好聽。」

「不好聽那也得講，說吧，沒關係，反正我已說過我的故事了，這樣，這個早晨無論如何都是美好的。」

「我懷孕了。」我的聲音輕輕地浮在空氣中，卻又像一絲風很快消遁，致使人對它的出現不得不感到懷疑。所以私炎驚詫地問我怎麼了，他歪着頭像是詢問一個生病的孩子。看我不回答，他又隨手從口袋裏掏出一根煙，待他噴出一縷白煙後，我又說了遍我懷孕了。我的聲音夾雜在繚繞的煙霧裏又一次使人覺出它的不真實。我低下頭。

他一手夾煙，一手端起杯子喝了一口。

「怪不得我夢見我小時候，這說明今天有喜事，你覺得這算不算是樁喜事？」

「我需要三千塊錢。」

「幹什麼？」

「去醫院做手術。」

他向服務員叫了兩杯咖啡，又要了一盤腰果。當腰果送上來時，他用手捏了一個放到我面孔前，嘴裏笑着，但眼睛裏浮着顫動着的光。

我沒有接他遞來的腰果，只說：「你怎麼緊張了？」

他把那腰果放進自己嘴裏輕輕咬起來。

他又抽起了手中的煙，再一次把霧絲絲縷縷地吐到空中，不慌不忙地說道：「去做手術為什麼要找我要錢？」

「因為你使我懷了孕。」

「你大概是付不起麥太太的房租吧？如果少錢，你就明說，不要拐彎抹角，這不文明。」

「那你把孩子留在我肚裏就文明嗎？」

「你真讓我受寵若驚。假如是我的孩子那你就證明吧。」

「我可以把醫院證明送給你，送給你妻子，或者貼在你學校門口。」

「都可以都可以，你甚至還可以貼在汽車亭裏或者某地鐵口。」他向我認真地獻計道，然後把目光定定地落在我的衣領處。

「老實說，我確實喜歡你。在那天晚上我說我要供養你，雖然我沒有多少錢但我會盡力。但是你一扭頭跑了，你的背影在我的記憶中是那麼美好。至於你今天，想以這種方式來索要金錢，我一分錢都不會給。這就是我的答案。不過如果你真的缺錢，我以後會有辦法讓你得到。但現在不是時候。」

我木然地聽着，猶如有一艘船正在沉去。但我掙扎着問道：「你真的一分錢不給我嗎？」

「既然這樣渴望金錢，為什麼不去找姓柳的？我聽麥太太講，這些天你是一直躲着他的。你看這就不明智了，他老了，如果你跟他結婚，過幾年等他一死，你會有一大筆遺產呢。」

「這是我的事，跟你有什麼相幹？」

「當然是你的事，跟我有何相幹？我要走了，」他掐掉手裏的煙，站起身，「下次要再說懷孕的事，千萬別找我，不過我今天的心情真的很好，我居然夢見了我小時候的模樣。」

說完便向門口走去，我呆呆地望着那背影，突然叫道：

「站住。」

他的背影猛地一顫，似乎預感到我將要拿刀衝上去。他回過頭來。我說：「你還沒有付賬。」

他走向服務台，我首先溜出門去，心裏真希望這一切是戲台上的一個片斷，那個女人不是我，而是個演員，過一會就要落幕。可是陽光直接射過來，耀眼的光點透過樹葉斑駁地灑了我一身。

我低下頭望着我的影子。

這時另一個影子和我同時停住。我回頭一看，一個穿青色短裙的女人。初次看去，只覺那眼睛是一個奇怪的三角形，每個角都有着尖銳的而又不同的神情。

「別怕，別怕，我還以為是誰那麼早就把我先生喊出去了。」

女人略微沙啞的聲音如同一張網把我擒在其中。我又一次看到了垂在她耳邊的藍寶石的圓形耳環。

「老實說，我今天在跟蹤我先生時，心裏確實不踏實。我不知道他是和哪一個女人約會，但一看是你，我就又放心了。」

「什麼意思?」

「我知道只要是跟你們這些小龍女在一起，我的家庭是不會出現任何問題的，雖然你比我年輕，也許還比我漂亮，但我完全放心。」

「你不是彈鋼琴的嗎?為什麼做出跟蹤這種有失體面的事?」

「那是為了將我的琴彈得更好。」

她這麼說着，看也沒看我，向前方的道路走去。那扭動的臀部是那麼有力和自信。我快快地拐了一個彎，在確信不會再看見那個女人時，這才又緩緩地向前走去。肅穆的聖歌飄蕩在上空，小機器人們站在街道兩旁的商場頂端正表演着一個又一個的童話，鳥雀飛過來了，女孩子穿着花裙子在唱歌，山羊們一個挨着一個向人們祝賀聖誕快樂。我這才意識到今天是聖誕節。聖誕節裏芬肯定去了教堂為一些美好的願望祈禱，而我做了什麼呢?就在今天早晨在麥太太的洗漱間裏，那化妝盒的碰撞聲就像是手術室裏那些冰冷器械所發出的聲音，這聲音也許預告了今天的失敗。啊，我怎麼能失敗?幾天前我就策劃好了的計劃豈能是一座架空了的樓塔?

前方是一個很大的廣場，裏面像落滿了蒼蠅一樣地坐了許許多多人。他們都是從菲律賓、泰國、馬來西亞來的，在新加坡當傭人和建築工。從那裏隱約傳來了嗡嗡聲，隨着微風吹過，他們身上的衣衫都在簌簌抖動。這使人不由得懷疑他們究竟是人還是不知死了多少年的人的靈魂。今天的聖誕節也是他們的節日嗎?

我繞過廣場，心裏盤算着什麼，又在路邊上打了一個電話。這是我的第二個計劃。遠處的聖歌像是嗚嗚的哭聲，也像是呼喚聲，一會高一會低。這些流貫在空中的叫喚平息了我心中的恐懼。

2

他的公寓的門洞開着，裏面靜悄無聲，百葉窗就像是舞台上的幕布緊緊閉合着，似乎只要稍稍打開，就能聽到往日的歡聲笑語。我朝裏走着，只感到雙腿發軟，內心陰暗如同這屋子。我站在客廳裏，出神地東張西望，牆上的掛鐘清晰地響着，像巧妙的和聲敲打着這片寧靜。我又向裏間走去，看他是不是在那兒。

這時，背後有腳步聲，回頭一看，正是他剛從廚房走出來，手裏端着兩只水杯。他沒有看我，徑直向沙發走去，那輕微的沙沙的腳步聲使空蕩蕩的客廳顯得有點荒涼，握着水杯的手似乎沒有一絲熱氣。離他有兩米遠的我，凝望着他，卻仿佛第一次看到了他內心的影像。

「我打電話給你你不接，今天又要見我？」他把杯子放在茶几上，說完話又抬起頭看我。我張了張嘴，想說些什麼但沒出口，我就先笑了一下，返身坐在沙發上。他伸手打開燈，這使我使他使這間屋子有了強烈的現實感。我回身從那客廳的鏡子裏看到自己又醜又老，我害怕了，這一瞬間我便輕易地忘卻了我來的目的。我要向他說什麼，向他希求什麼呢？我的頭腦一片茫然。

他在對面的沙發上坐下，不苟言笑，直勾勾地望着我。我低下頭去，兩手放在膝蓋上，我向那個男人要的是錢，向這個男人要的是什麼？假如也是錢，那麼他已給我了。我看了看在明亮的燈光下投在地上的他的一團濃重的陰影，突然明白此行的目的。我是來向他索要秘密的。這秘密如同他的陰影，我渴望和他共同擁有。只有秘密才能把我們兩人緊密結合在一起。我渴望同他分享秘密，就像分享着一件日用必需品。

「我是來向你告別的。」我抬起頭猝然說道。

他沒有表示出任何的驚訝——這出乎了我的意料，使我不禁在刹那間惶惑起來。

「告別？什麼意思？我不喜歡捉迷藏。告訴你我剛才正在談生意，要不是你的電話我是不會到這裏來的。」

「我要離開新加坡了，我要結婚了。」我說得這麼流暢，我的聲音使我有了一點自信。

「結婚？」他的眼神終於變得古怪起來，「和誰結婚？是天天給你送禮物的那個人？」

我重又低下頭去。

「怪不得那麼多天你不曾和我見面，原來是要結婚了。不過像你這樣的，正適合嫁人。」他朝我笑了一下。

他為什麼要笑？我思慮着，他也許才不會在乎我呢。想到這全身涼颼颼的，就像是貼着全身的衣服突然沒有了一樣。

「我沒想到你會這樣冷漠。」我說。

「我的冷漠和你的結婚有什麼關係？再說了，我又什麼時候冷淡了你？」

「那麼我結婚了，找到了歸宿，你為我高興嗎？」

「這應該問你自己，你如果真的覺得幸福，那就不需要我為你祝福，別人的高興或不高興與你有關嗎？」

「現在，我的未婚夫要在今晚七點在機場裏等我，將一起去另一個地方，離現在還有四個小時。」

「四個小時。」他笑了一下，重複着這幾個字，眼睛朝窗口看去。雖然那兒有百葉窗擋着，但是我能感覺一絲絲風擦過窗櫺弄出滋滋的響聲。這時他轉過頭來，目光盯着我始終不離去。

我沒有朝他看，而是低垂着眼，朝地板看去。我暗自想，他是不是了解我的恐懼和希望，是不是也遇到過這種弄虛作假的把戲？就是在今天，另一個男人不費吹灰之力就識破了我，那麼他呢？那雙盯着我的眼睛能看見什麼？

我抬起頭朝他笑了一下說：「我走了。」

我從沙發上站起，走到門口，旋那把手，心裏只等他來阻止我。但是他沒有。他真的沒有。我打開門，一縷陽光強烈地照過來。我下意識地抬頭看了看太陽。私炎是對的，太陽有眼睛的，它一下看穿了我的把戲。

我不禁想起上午飄蕩在街頭的聖歌和那個廣場上的人群，想起了私炎在走出那家咖啡廳時是懷着怎樣的心情，他有沒有遇上他的太太？當他看到小機器人在屋頂上演戲時是不是覺得我就是其中的一個？

我走出了門外，又一次感到自己萬有皆空了。

3

我獨自在海邊徘徊。夜幕降臨，燈光重又籠罩了新加坡。就像是一場戲結束了，我從白天的舞台上走下來，讓海風吹拂着我的面頰。遠處濤聲陣陣，海水沖到沙灘上，泛起一陣白沫，又害怕一樣地縮回去。我帶着一絲彷徨，找到那天和芬一起游泳的綠色長椅，但并不坐下，只是站了一會，又向別處走去。我只想到一個什麼地方。我朝四周望了一下，看到一個燈光密集的地方，那兒正是和私炎第一次吃飯的地方。想到這裏，燈光便顯得十分醜惡，我的眼睛也火辣辣起來。

但是我的雙腳不由自主地朝那兒走去，步履又輕盈又愉快，甚至是連蹦帶跳地穿過一大片沙灘。那兒是一條輝煌的街，許多年輕人站在一旁。他們都是泰國、菲律賓一帶的，臉上帶着黑的沉默盯着我。我朝他們投去友好的一笑，一邊踱着步，探頭向兩邊的餐館裏面張望。望着望着，感到飢腸轆轆。但我頂多只能吃五塊錢的飯。

我又向前走去，差不多走到了這條街的盡頭，也沒有發現有什麼地方是可以讓我坐着既不顯得寒傖又不用花太多的錢。為了不惹起別人注意，我盡量隱在一片陰影裏。我走着走着，突然全身有了某種顫動，并下意識地貼在牆邊，心裏嘭嘭跳。

我看到在離我不遠的後面，一個身影在燈光照耀中昏黃而恍惚，那張臉上有着非常熟悉的歡笑，那微微上翹的眼角也有着無聲的溫存。他領着三個姑娘，大聲說話，一邊把手搭在其中一個姑娘的腰上，這是那寬臉盤的女孩，正忽閃着一雙大眼睛，衝他微笑。

我倏地一動不動。他們正往這邊走來，我痛苦得全身沒了感覺。

「喔，海倫。」寬臉盤一下子驚呼起來，然後轉身對他說道，「好啊，你還在這裏安排個埋伏。」

他看到我，沒有一點驚訝，只是狠狠瞪了那個女孩一眼，然後對我說：「你不是去機場了，去結婚了，在這兒幹什麼？」

我什麼也說不上來。他摟着姑娘們進了餐廳。

我依然站在那裏，好像身上沒有衣服。是的，這才是真正的赤身裸體。但我不知道他看見我為什麼一點也不驚訝，難道他早就知道我不會離開？難道他……我不願再想下去了，只一心等他出來。他會出來嗎？會出來聽我的解釋嗎？他如果出來了，我還有什麼樣的語言能作為我的護身符？

我等待着，他一定會出來，隨便什麼，他都要說上幾句話。街邊的年輕人不再沉默，向我吹起口哨，間或傳來幾聲放蕩的嬉笑聲。在他們的眼中，面前的這樣一個女人，是不是某些地方像一個瘋女？

時間一分一分地過去，十分鐘，二十分鐘，他沒有出來。我再不能站在這裏了，我無法再忍受這種羞愧的空虛感。我向海邊跑去，海風把我的頭髮高高揚起，我忽而大笑起來，笑聲被風吹得四分五裂。

4

一連幾天我的耳畔都清澈地迴蕩着在海邊的那陣破碎的狂笑。有時在沉沉的黑夜，在睡夢中我突然感到這碎玻璃的笑聲一顆顆掉落在我的肌膚上。在那一刻我沒有疼痛，沒有血肉，如同被父親追趕的童年在那條閃着光亮的河流旁的飄浮。我不記得我是怎麼回來的，只感覺在打開麥太太的門時，燈光照着我，使我醜態畢露。麥太太驚異地望着我。

我迷迷糊糊地躺着。第二天當太陽漸漸沉落時，我依然沒有起床，麥太太的目光在我身上警覺地掃來掃去，她什麼也沒說，給我拿了麵包，我默默地毫不推諉地接了過來。這兩晝夜我什麼也沒有吃。

夜晚，門外靜靜的，一陣輕微的開門聲使我抬起頭來。我沒有開燈，一個在我恍惚中難以辨認的影子走過來，向我俯下身子，我這才看清是芬那張蒼白的臉。

「我想你生病了，我已向老師替你請了病假。」

我哆哆嗦嗦地依偎着芬，仿佛害怕什麼，接着便迅速地不連貫地向她說道：

「我又回到了那個綠色長椅前，然後又返回身走向遠處，到了遠處又折回來，我來回走了很多遍……」

說着我哭起來。芬緊緊抓住我的一只手，抓得很緊，她莫名地望着我，又用手摸我的額頭。

「你在說什麼，究竟發生了什麼事？」

「就是那個晚上，一下子就被他整個揭穿了……可我這兩天一直在等他的電話，他不打，他再不要我了，我怎麼辦呢？」

「別說話，你在發熱呢。」她伸出一只手擦我的眼淚，然後站起身，去摸索電燈的開關。我懇求她別開燈。

芬重又坐回床上時，我的眼淚又一次流下來，我回憶着那個時常散發出光彩的臉蛋，回憶着他看我時那漠然平淡的目光。

「你說的是那個上了年紀的人？」

「是他。為什麼他的臉是一個陷阱，一掉進去就再出不來了？」

「因為他的錢太多了。」

我緊緊握住芬的手，突然像明白了似的。我說：

「我才不愛他，我愛的就是他的錢。」

「那你沒必要再哭了，就讓過去了的都過去吧。」

「可是我……」

「你在發燒，在生病，你在海邊吹了一夜的風。」

「我以後每個月的兩千塊錢從哪裏拿呢？」

我說完這話，眼睛出神地望着窗外，夜是那麼寧靜，明亮，而那個晚上它一定也是這麼明亮過。這時芬從隨身帶來的包裹掏出一疊錢，說：

「這是五百塊，還你。」

她把錢放在我的手上。我把錢捏得緊緊的，對芬說：

「在我把錢借給你的時候，你就是打算要還的，是嗎？」

「我當然要還你，」芬依偎着我，溫情脈脈地摟住我的脖子，又輕輕說道，「你是擔心我不還你嗎？」

「是啊，很擔心。你從來沒問過這錢是從哪裏來的，你怎麼不問問？」

「從哪裏來的？」

「那晚上我又跟私炎睡了覺，是他給的，算是給我的補償費。他一共才給我這麼多，我想再要一點，他不給了，什麼也不給了。」

她低下頭去，臉上是一副難過的表情。

「海倫，你說，為什麼我們活得這麼可憐呢？」

她說了這話，不禁哭了起來。我幫她抹去眼淚。

四周靜靜的，一陣陣清風從窗口刮進來。芬理了理頭髮，又幫我掖好毛巾被。她說：「再過幾天就要過元旦了。」

「又是新的一年了。」

「三年前的元旦你是在哪裏過的？」

「三年前，」我思索道，然後記憶便清晰地浮了上來，「三年前，元旦的晚上，我剛從大學的圖書館出來，手上夾着書本，其他同學都在電視室裏看節目，等待那個十二點的到來。我站在圖書館的門前，一眼看到罩在頭頂上的青天，那蒼蒼茫茫的夜色使我心生感動。我忽然對自己說在這個美麗的世界上此生一定要好好過。當時我還有一個幻想就是能有一個男人把我請到一大飯店裏用餐，只有我和他兩個人，旁邊有樂隊為我們伴奏。」

芬專注地聽着，眼睛忽閃着，窗外的燈光照着她的額頭，臉頰。她說：「那個晚上我在跳舞，我的舞伴是我的哲學老師，那時他一邊跳一邊還在跟我講尼采、康德和海德格爾。他在講的時候，我清楚地看到在他周身繚繞着一種光圈⋯⋯」

「那你有沒有跟他上床？」我突然笑了起來。

但她沒笑，兩只眼睛像兩口深井。只聽她的聲音像嗚嗚的泉水在深夜中流淌。

「不僅上了床，還跟他做了人流。人流的費用是我掏的，他說他會給我買一只雞補身子，但他一直沒買。就為了那個雞，我和他分了手，我不知道我為什麼會那麼在乎那只雞。分手的那一天我的眼淚就沒有斷過。他也知道我會為了那只雞而提出跟他分手。但他也不願去買。我心想我對他的情意在他看來根本不值得也不配他去花那個錢買雞。到現在想起他心裏還是有一些恨呢。」

「也許是窮吧。」我難過地看着她，對她説，「你還記得我跟你提過我過去的男友嗎？叫李輝，我非常愛他，我們想結婚，卻沒有房子，報社説要先領了結婚證。於是我們就去領了證，打了要房報告，李輝平時愛收藏古董，為了房子，他給分房小組的組長送了好幾件古董。那個組長長得很壯實，臉膛很紅，他收了古董，又看上了我。他悄悄摸到我的筒子樓裏來。我想，為了房子，為了和李輝結成婚也就依他算了。後來房子真的分到了。再後來當那個組長又一次到我的筒子樓來時，被李輝撞上了。他狠狠地打了我一頓，然後房子也沒要，兩個人又去把結婚證給退了。」

「退了？把那張結婚證真的退了？」

「退了。」

我們默默地凝望着窗外。一會我又説道：

「你看我們上大學，讀書，學知識，聽老師講課，好像就是為了給某一圈子裏的男人叉開雙腿，……還被他們打。」

芬摸着我的額頭，又輕輕拭去我眼角的淚。

「我們能有什麼辦法？誰讓他們都是有知識有文化能讓我們愛的男人呢？」

5

第二天，我不管身體是多麼疲乏還是上學了，在家休息一天，哪怕是缺一節課，移民廳都會記錄在案。在我剛剛拐過麥太太所在的這座大樓時，閃出一個人，我一看是私炎。我疑惑地看了看他，便又繼續走我的路。他來幹什麼？我心裏思忖着。

他跟上來，說道：

「我明白了，麥太太全都告訴了我。我以為你那天是說着玩的。」我停下步，審視着他，心裏立即明白他在說什麼。我對他說：

「我就是說着玩的。」

他紅了臉。「別跟我賭氣。我知道一切都是我不好。」

「你能不能走開，能不能別擋我的路，別靠近我，我跟你說我是個騙子。」我大聲說道。

「你難道不記得我們從前……」

「我只記得前天上午在咖啡廳裏你對我說過的所有的話，對於這些我永不忘記。」

「是我錯了，你不原諒我？」

「不。」

「為什麼？」

「因為我沒有懷孕，也沒有墮胎。」說着我向前走去。

「你即使不諒解我，總該諒解一下金錢嘛。」

我回過頭看他。「你真的給我？」

「真的。」他望着我的眼睛說，一邊用手摸口袋。

「也行，你把你身上所有的錢都掏出來，就算我們之間有個徹底的了結。」

聽了我的話，他的手又停住了。

「怎麼不拿出來？」我的嘴角浮起了嘲弄的微笑，「你不也是個男人嗎？」

「好，給你，當然給你，我來就是給你錢的。」說着，他的手重又摸索起來，在上衣口袋裏慢慢攪動着，然後掏出幾張皺巴巴的票子。一看是三百塊。

「還有嗎？」我問。

他又掏了掏褲子口袋，裏面只是兩張五元的和一張兩元的。我拿着那三百塊連同零頭全都放進了我的書包，然後看也沒看他就走了。

走了兩步，他在後面說道：

「我沒有開車，我回去坐出租的錢也沒有了。」

但我裝沒聽見連頭也沒回一下，心想放了學就去逛商場。

6

我買了一管口紅，一個Putup胸罩，還有兩件意大利短裙，再沒有錢了。我背着書包，沉甸甸地低着頭，猶如被一只剪了翅膀的小鳥。商場裏突然響起了樂聲，依然是空洞而迷茫的聖歌。這就像是一把尖利的刀在我身體的某一處緩緩地切割。驟然間我嘴唇微微顫動，兩只腳也不知往哪兒走去。一會我便逃離了這家商場。

清澈明亮的夜色像以往一樣在飄浮着，周圍紛亂的人群也恍如夢中。我又看到了立在路邊的電話亭，它像一個幻影似乎特地在此等我，它等了我很久。我一步一步向它走去，心怦怦直跳。我不顧一切而又驚恐地握在手裏，就像它正是他一樣。我抬起頭，灰色的雲塊在天空浮動，起風了，女人們的短裙被風吹得緊貼在身上，前額上的頭髮隨風飄揚。

「為什麼要給我打電話？你以為你比別人高明，是嗎？實際上從一開始，我就知道你在跟我說謊，在沙灘上我果真得到了證實。那個男人根本不存在，你說，你重複這一句。」我握着話筒，只有嗚嗚地哭。

「說啊，你說這個男人不存在。」

我哽咽着說：「這個男人不存在。」

「既然你也這樣說了，你還想說什麼？」

「我還沒有吃飯，我一天什麼也沒有吃。」

像那個雨夜一樣，十分鐘過後，我上了他的車。一連幾分鐘，我們都一言不發。他好像很疲乏，視而不見地凝視着前方，兩只手有些出神入化。面對他一言不發，面對他那沒有厭惡沒有怨恨也沒有傾訴愛的眼睛，我的心確實畏縮了。

他把我帶進一家酒店。而他的臉上依然沒有任何表情，仿佛所有的一切苦也好悲也好都煙消雲散了，他早已蛻化成另外一種東西。

「你要吃什麼？」他仰起臉問。

還沒等我回話，他便向侍者說：「一份特大冰淇淋蛋糕。」

我一看價錢，大的是五十八元，小的是二十八元。

「不，小的。」我垂下眼帘說。

侍者走了。我們不得不面對着面坐着。我悄悄抬起眼睛，只見他縮在他的黑西裝裏靠着椅背神情漠然地朝別處看去。他懶得注意我或揣度我的心境。他的面孔上曾經發着的絲綢一樣的光彩消失了，他的眼睛裏也沒有了歡樂。我和他是兩個陌生人。

這時，那個年輕人過來了，他推着餐車，餐車上的冰淇淋蛋糕正燃燒着，發出一種藍色的光燄。我出神地看着，當侍者把它置於我的面前時，蛋糕還在燃燒發出滋滋響聲。我望着這溫暖的火光，把臉靠近去，一下想起我度過的所有的生日。在那一天，日子從來都安安靜靜，從沒有人對我來到這個世界感到由衷的高興。

此刻我真希望這一天就是我的生日。待火光漸漸熄滅之後，我大口大口吃起來，眼淚頓時噴湧而出。我低着頭吃着，淚水便滴落在蛋糕上，好像只有哭泣才能使我陶醉和忘形，只有哭泣才能使我得到片刻的滿足。

這時他突然向前傾過身子，說：

「又來這一套了，你說自從我們認識之後你一共哭了多少次？你說。每一次的眼淚有幾成是假的幾成是真的，你心裏清楚我心裏也清楚。你在演戲。所以你別再哭了。聽到你的哭聲我直想笑。你看，你不撒謊，你就活不下去嗎？」

「活不下去。」

「為了什麼？為錢嗎？錢我已經給你了。」

「不單單是為錢，還為像這樣柔軟的蛋糕，像這樣藍的火燄，像這樣溫和的夜晚……」

我說不下去了，聲音哽咽，就連我自己也開始厭惡起自己的眼淚。但它們像河流一樣狂奔着，我怎麼也止不住。為了掩蓋，我低着頭把最後的一點蛋糕也放進了嘴裏。裏面充滿了咸味。我不禁用舌頭舔着唇。

這時他從桌上拿起潔白的餐巾紙替我抹淚。這一突如其來的舉動使我的眼淚更加往外湧。我一動不動，任他輕輕地抹着。我想這也許是個幻覺，整個畫面只是他沉靜的眼睛鼻子嘴巴以及那黑西裝領裏的那條暗紅色領帶。我可以聽到他的呼吸，他的氣息似蒙蒙細雨飄落在我的臉上、頭髮上，他的眼神柔和多了，面孔再不是灰暗的。我依稀辨認出在那個神秘的喪禮上他對我露出的微笑，他影影綽綽地站在那兒，看着我拖着緩慢的步子向他靠近。

7

他攙着我的手把我引進他公寓的臥室，床頭旁邊是一盞光線柔和的燈，在這樣的場景裏，好像不需要任何暗示，我便坐在床上自己脱起了衣服，他在一邊看着，嘴角浮起一絲笑容。

我脱了上衣，兩只裸露的乳房像苦澀的果子凝望着他。它們不認識他，從沒有見過他。我用兩手抱住胸部，覺得無地自容，便又哭起來，哭出了聲。

他也在脱衣服，也脱了襯衣，露出白皙的皮膚，那細密的汗毛像女人。看到我哭，他又重新要把衣服扣好，眼睛慌忙地向兩旁躲去，仿佛意識到自己這樣的行為是卑下的。

「要不我就送你回去吧？」他的聲音輕輕的，飄蕩着一種糖果的氣息，同時裏面又夾雜着一種憐惜，這種憐惜使我的眼淚再次湧出來。我坐起來，幫他把衣服扣一個一個解開。我緊緊挨着他，感受那皮膚的鬆軟，這是一個老人的身體。我抹去淚，對他說：「把褲子也脱了。」

他猶豫着，拿不定主意。而我脱了裙子，赤裸着等待他。他低着頭，動作緩慢。我閉上眼睛，耳聽得衣服的窸窣聲。但是久久的，我的全身一片空虛。我睜開眼，看到那衰老的身體上還穿着內褲，一件像女人穿的絲質內褲，再看那身上白皙的皮膚，我不禁笑了。　他也笑了，翻開內褲上的商標，說：「這是MAN，是男人用的。」

「你難道只是向我展示你的內褲？」我聲音低低地說。

他兩手放在腰部，下決心要脫。但一會，又把手放開了。他站起身去關床頭上的燈。

「不要關。」我請求道。

他忽而又用兩只眼睛盯着我的臉和我的身體。我再一次看到了那副平和、與世無爭的而又無奈的模樣，但他依然坐在床沿上，深深地曲着身子，像是一個未開煮的白蝦。我心神不定，把手指交叉在腹前又移開，但是目光卻貪婪地盯着他，心想：這個從眾多女人的笑聲中孤立出來的他，就像一個妖怪顯了形，這是不是他最真實的模樣呢？在這平淡和衰老的表象後面，是一連串費解而又傷痛的溫馨的文字。那究竟是什麼呢？

他站起身來，臉一片臊紅。當他終於脫了的時候，我看到了一個孩子般的稚嫩的生殖器。他站起身打開梳妝櫃的一個抽屜，拿出我曾見過的一瓶擦臉油。

「你以為這是擦臉的嗎？」他說，臉上浮出生澀的笑容。

那瓶子在他手中呈現出淡淡的藍色。那厚實的手掌托住它，在燈下閃爍着美麗的光芒。那裏面的液體隨着他的手掌輕輕晃動着。

我想，他拿這個是幹什麼呢？我的目光緊緊盯着他，他打開瓶蓋，取出一些，直接揉在生殖器上，又放回抽屜裏。這使我驚訝不已。

「我就用它抹在這上面。」

我盯着他，他在這樣的視線中不好意思地向別處看去。我想，這就是我和他之間的秘密？就是我一直向他希求的帶着危險性的秘密？而那瓶擦臉油是不是他悲愴的自白？

「你會笑話我嗎？」他趴在我身上時向我這樣耳語。

我感覺不到他的身體，但我緊緊抱住他，說：

「我很愛你。」

為了鼓勵他，我裝出一副激動的表情。但他依然柔軟如泥。他摟着我竭力想從虛幻裏走出來，變成一個有血有肉的真人。我不斷吻着他，像蛇一樣游動着他的整個面龐。

這個在微暗中蠕動着的軀體不時呻喚着。我不知道這呻喚表示什麼。他難道會快樂嗎？

我閉着眼睛也跟着他一起呻喚起來。

這時，他顛覆着身體，猛地一聲叫喊，然後拿起床頭櫃上的紙包裹住自己。他說他射了。

那是幾張白色的柔軟的紙，他用它們把它擦淨，便又隨手揉成一團，扔到地上，我聽到一聲輕微的聲響。他下了床，走進浴間。我有些疑惑，看着他把浴間門關緊，便悄悄從地上把那揉皺的紙打開，我用手觸摸着，又湊過眼睛去看，發現上面乾乾的，什麼也沒有，只有擦臉油的淡淡的幽香氣息。

他哪裏會射精啊——我推開浴間的門，緊緊摟住了他，把臉貼在他身上，親着，吻着，在彌漫着的水蒸汽中，我看不清楚這個老人的臉部表情，只想把自己的身體溶在他的身體裏。四周藍色瓷磚被掩在飄忽的白色後面，浴池裏的水深得齊及腰部，在頭頂上方，從某個管子裏流出來的神秘的水像是夜晚天空純一的光帶，傾瀉而下。他撫摸着我的年輕的肌膚，臉對着我喃喃着，我不知道他在說什麼。他的聲音仿佛也充滿了水蒸汽，輕輕地透出疼愛。

他又耷拉着腦袋，望着自己那沒有力氣的生殖器。那淡漠無奈的模樣重又像針刺了我。我突然很想對他說說我的父親。小時候他給我哥哥洗澡的時候，在他身上輕輕地抓輕輕地撓，使得哥哥快樂地大笑，但他給我洗澡時，卻是沉悶地在我身上澆水，他一臉的淡漠使我感到難過。當時我全身赤裸一無所依地坐在小木盆裏就像置身在荒漠上。而現在一樣置身於那小木盆裏沒有依托，那荒漠從沒離開過我。

我靠在這個老人的胸上，再一次流下了淚水。

第十一章

1

這天晚上，在陰暗的客廳裏，我給柳打電話。說着說着，我猛然發現一個人影投在過道裏。這是不是只是一個陰影？當我這樣想着的時候，這個陰影在微微晃悠，我一下明白這是麥太太。這麼說來，這幾天我每次打電話，每次激動地出門，她始終在一旁觀看。她知道我最近天天和誰出去，她也許還會在某個餐廳裏遠遠注視着我和那個男人是怎樣手握着手。

在一股突如其來的衝動之下，我放下電話，向她那兒走去，那條影子匆匆轉去廚房，打開煤爐，火光頓時映紅她的臉，隨即我擰亮了燈。顯然那張白慘慘的臉上有幾份不安。我拿起杯子倒了開水。我說：

「麥太太。」

「什麼事？」她用一雙上了年紀的眼睛打量着我。

「這麼晚了你還不睡覺？」

「你不是也沒睡嗎？」

我一時無言，便走出來。

剛剛走到門口，她說：「你莫不以為那個姓柳的在愛你吧？」

我回過頭去。

「我正是這樣想的。」

「喔。」她盯着我，鄙夷地一笑，「為什麼要找一個父親當情人？」

她的慘白如死灰的臉上泛起了紅暈。

「你看我已經是這樣老了，海倫，你告訴我，你今年多大？」

我不做聲。

「二十五歲吧？哈，」她一手摟住我的肩頭，朝客廳走去，「你知道他有多大了嗎？他六十歲了，且不說他的年齡，且不說他的女人像換幻燈片一樣一個接一個，就說你自己，你不是要找個人結婚嗎？他雖然單身，但不可能和你結婚。」

「我沒想着要跟他結婚。」

「那你跟着他幹嗎？」

「你不是當初把我介紹給他的嗎？」

「那時你走投無路，我只是想讓他幫你辦簽證，但沒想到你會……不過他是有本事，賭馬競選議員黑白兩道他都吃得開，但他的女人太多了，他不會滿足你一個。」

我魄散神移地望着她，心裏知道她的話至少有一點是對的，他有許多女人。但我強硬着說道：

「你說這些話證明你在嫉妒。」

「我不想跟你說這些，我只是不希望看到你被他丟棄的那一天，我要幫助你，」她又一把抓住我的胳膊，「明天我約幾個朋友和你見見面，他們雖然沒有他那麼強大，但比他年輕。」

「像私炎那樣的已婚男人？」

「已婚的也有可能離婚。」

「可我沒有那麼多時間。」

「也有單身的，我可以給你介紹。」她幾乎是在向我耳語。

我幾乎按着她意思來了。那個男人飄飄忽忽地彷彿被一片濃霧遮住了，而在我身體的另一處有一種邪惡的欲望升騰上來。我想回房間去，可她擋着我的去路。慘白的燈光像一片茫茫海水托浮着我們。

「你來新加坡就是要長久地待下去，你只有這一個目的。而他實際上也不需要你，他從來不會真的愛上某一個女人，」她把我推到窗口，窗外是一片閃爍的燈火，依然像女人一樣招搖着。「往那兒看，在那兒有你所需要的一切，你為什麼不試一試？你就像一個游泳員只在沙灘上行走，從不下到水裏一顯身手，卻又夢想着要渡到對岸去。你年輕漂亮又是高幹子弟，去跟一個壓根就不愛你的老頭子，把時間白白地浪費，這有多可惜，也許你的一生就被他耽誤了。你爸爸在信裏再三讓你別自我毀滅，你難道就想傷他的心嗎？」

說着，她把窗口打開，一陣悶熱的夜風吹了進來，拂在我的臉上。

「在你這個年紀，我曾經就是被他迷惑，像吃了鴉片一樣整天蜷在他的房裏，但是到頭來我發現這僅僅是一場春夢，我像一只鳥一樣從空中跌落下來。幸好有我丈夫，他伸出雙手輕輕地接過了我。你看，新加坡的人口不是很多，但總有一些男人會像我的丈夫一樣伸出雙手把你接住，可是你如果跟了他，沒有一個人會再要你了。」

我望着遠處的燈火，如果我像她所說的那樣，在茫茫人海裏尋找着一個人，無論他是老是少性格古怪還是暴躁只要合乎婚姻法就行了。他跟我結婚，我就能取得綠卡，就能以不慌不忙的態度悠閑地度過這一生，這不是我來的目的嗎？

是跟他還是跟別人，我深深思慮着。我站在窗口，身邊有着麥太太，她還在說着什麼，那壯實的身體使我心裏漸漸有一種踏實感。就在這時，電話鈴響了，它尖厲地穿破短時的沉寂，并且把我剛剛和麥太太之間形成的整體撕成兩半。我呆呆地望着麥太太，她也警覺地盯着電話機。眼睛雖然看不到，但是我和她的心裏都明白這究竟是誰打來的。

「別碰。」麥太太說。

但我一把握住電話，側耳諦聽，果真是他。我急急地對他說：「我要搬出去。」

2

從我們教室的窗口俯視，下面是一排不高的樓房，有一條街貫穿其間，我們一直沒有注意過這裏，這裏的車輛也很少。課間，取代了Taxi位置的芬帶着我趴在窗台上，她指着一間紅色小樓房，說：「我的男朋友已經到這家公司裏做，他在這裏很受重用，專門做市場營銷。」

我好奇地問她他長得什麼樣，芬說：

「他呀，他喜歡在身上打一條背帶，領口上紮一根灰色的領帶，頭髮長長的，興許你還能從這兒看見呢。」

「真想見見他。」我說。

「我的男朋友你要見什麼？他愛上你了怎麼辦？」

「那我就讓我的男朋友去愛你。」

「你說的是那個柳？」

「對。這樣公平了吧？」

「好，一言為定。」她拍了拍我的手掌。

我們一起笑了。我說：「今晚我要搬出去了，從麥太太家裏。」

「去哪？」

「不知道。他會來接我。東西全收拾好了。」

「今晚可是元旦啊。」

回到家裏，裏面空寂無人。我推開麥太太的琴房，像來這兒第一晚那樣又一次凝望牆上的那幅遺像。此刻這張臉若有所失地盯着我，我不知道我的未來，而他知道，他手上香煙的氣息似乎正化作團團微雲，向空中升去，又在四周消散，落在我的頭上身上，仿佛在向我告別。

我回到自己的房間，行李早已打點好，所謂的行李也依然只是一只紅色皮箱，我重又打開它，像今天上午一樣撫摸着麥太太的咖啡色長裙，我不敢把它送回去，一旦那樣，麥太太立即會發現那個小偷是我，而不是芬，我必須把它永遠留在身邊。當皮箱啪地上了鎖之後，這件長裙就和我一樣已經屬於昨日，屬於往昔。我望着這個空蕩蕩的房間，所有我生活過的痕跡都被打掃乾淨，簡直就像壓根兒沒在這裏存在過一樣。

我看了看時間，猜想着柳也快到了。我輕輕溜過客廳，把大門打開，留出一絲縫隙，這樣他稍一推就進來了。我重又走回房間，倒在床上用毛巾被把自己蓋住。房間以至外面的客廳還是和平時一樣，只要是僅我一人，我就讓它們色調灰暗，沉寂無聲，陰森嚴峻，如同是子夜時分的大海。

我沉沉躺着，一心等待他的到來。我要他在黑暗中摸我的臉，平靜地握住我的手，他的氣息吹來，似乎帶着一種悲情，直逼我的心坎。只有在這樣的時刻，我彷彿又回到了那條河的堤岸，像一片乾枯的樹葉，也像是一只飛行的無依無靠的鳥兒一樣感受着淒涼和疼痛。我睜開雙眼，突然發現四周有雪白的牆，燈光透過窗戶，飄來了風聲，剎那間我從床上站起來，雙手摸索着，我要出去，我要走進另一扇門，我要通過這扇門看到我的父親像我的記憶中一樣依然向前追逐着，他依然要看到他的存在猶如不存在猶如沒有一樣，或者就像那枚時鐘掛在牆上，那嘀嗒聲正是他奔跑的腳步聲。他的聲音飄起又落下，像巧妙的和聲敲打着窗戶。他就是時間，就是永恆，他的死就像他的生一樣兩不相離。啊，他是死了嗎？他也變成了那書房裏的遺像生活在另一個空間？不。我突然覺得一陣暈眩，渾身悶熱難受。這時門外閃進一個人來，我便沉重而軟弱地倒在他的懷裏。

我張開嘴貪婪地吸吮着他，要把他吸進我的身體裏去。在我恍惚的思緒中，空氣好像更凝固了，有一只什麼東西在窗口旁飛，東闖西撞，發出煩躁的咕咕響聲，我脖子上好像淌下了汗水，形成小細流，順着前胸流下去。我的雙手也汗津津的，緊緊摟着同樣汗濕的那個身體。

這時，我聽到門外有腳步聲，他停在門口，看着一對身體緊緊摟着，便發出啊的驚嘆，隨即他打開了燈。

房間裏靜極了，蒼白的燈光在廣大的空間裏似乎發出了樹葉般的輕微摩擦聲。我想我的眼睛肯定在這樣一種摩擦聲中出現了問題。我看到緊緊貼在我身旁的私炎，他的雙手依然撫在我的肩上。我望着浮在門外的那個驚駭的面孔，既不覺痛苦也不受恐懼折磨，心頭沒有一點岌岌然的感覺。我想我的眼睛馬上會恢復正常，或者就像做夢一樣清醒過來，那樣我會望着窗外新鮮的太陽輕鬆而愉快地從床上起來，對這夢中的一切只是淡然一笑。我想一個人如果死了，會像我現在一樣并不感到自己已經死去。

柳走進來，我想看清楚他的面孔，但是他將我一把推開，我打了個趔趄，頓時意識到了一切，血直往臉上衝，哽塞了嗓門，不知不覺中我伸出雙臂抱住柳，我說：「這不是真的。」私炎的臉也變得通紅，他膨脹的臉上微微起伏。只見柳走到他身邊問：「你是誰？」

「他叫私炎。」我替他回答道。

柳回頭看了我一眼，好像不認識我一樣。從他目光裏我知道他再也不會帶我走了。

「我叫李私炎，是那個受害人的哥哥。」

「受害人？哪個受害人？」

「你難道忘了你曾昧着良心去保護過一個女人，讓她免受了死刑的懲罰？她殺死的那個人是我的弟弟，我弟弟只穿了一條褲衩，他幾乎是精光着身子走的。」

「這跟我又有何相干？」柳冷笑一聲。

「是嗎？如果她不是你的情婦，你又憑什麼幫她找律師？她是你什麼人你非要去保護她？」說着私炎抬起手向我一指，「現在你又把她當作你的玩物。」

我渾身一顫，繼而哆嗦起來。

「真奇怪，我和女人們的關係用得着你來指手畫腳？你是什麼人，你也不想想。」

「可你剛才也看見了，我和他的身體是怎樣挨在一起的。」私炎冷笑了一聲。

我嚇得魂不附體，只得向私炎投去乞求的眼光。我又轉向柳說：「我以為他是你……」

「沒讓你說話。」他慍怒地向我吼道。我只好用目光再次哀求着私炎，私炎也看到了，他張了張嘴，還想對那個男人說上幾句，但他碰到我的目光，突然一轉身，跨出房間。走了幾步，他回過頭來，對那個男人笑了一笑又猛地發出凶惡的聲音：「我弟弟的血是不會白流的，只要我還有一口氣。」

說着，大踏步向前走去，把客廳的門摔得砰砰響。

我立即像一只落水狗身子打着顫，臉上還堆着微笑，眼睛卻不敢抬起。我知道他是不會再帶我走的了。我動了動嘴唇，想要說什麼，只聽他一聲嘆息：「走吧。」

我不知道他說的是什麼，究竟是什麼意思，便依然呆立在那裏，他卻抓住了我的胳膊，狠狠地說：「我叫你跟我走，你聽到了沒有？」

我心裏一陣欣喜。他在我前面走，我拎起箱子在他後面跟着，像一個木偶。客廳的燈不知誰打開了，發出一種可怕的慘白，就像麥太太的臉。我暗自慶幸幸虧她沒有在家。但是就這樣離開了心裏又有虧欠她的感覺。我在客廳裏再次看了看那張《蝴蝶夫人》，那妖艷而肉感的美在空氣中無限地擴張着。

走到門邊，正當柳旋開門把時，麥太太從外面進來了。她看到他立即變得驚愕起來，但是馬上她笑開了。我說：「麥太太，我要走了。」

「你帶她走？」她問他，像一個少女緋紅了臉龐。

「你不是看見了？」他說。

「我是看見了，」麥太太緩緩走到我身邊，上下打量着我，「只是我看不見她身上有哪一點是值得你喜歡的？要我還不如去逛妓院，又利落又省事。」

我瞪眼望着她就像不認識她一樣。我似乎突然明白了剛才私炎的出現正是她的設計。是她，她一方面要我離開柳，一方面又對他精心策劃剛才的一場戲。她正冷冷地笑着，而我感到喉頭乾澀，仿佛被人卡着了一般。

這時柳一把拉過我的手，要跨出門去。

「既然來了，就該有一點風度說會話。」麥太太說。

我轉過身去，費力地咽下一口氣，我對她說：

「你是不是怕我搬出去，怕我跟了他，怕我從他身上吸取力量？我跟了他，你就再不能控制我，我爸爸就再不能為你服務了，是不是？不過你放心，等我哪一天高興了，我還是會讓我爸爸幫你的。」

說完我跟着柳走了出去。我閉着眼睛，覺得自己得了重病，腦子糊塗一片，一直到他的公寓裏我才真正地清楚過來。

3

可是我不願意清醒。我要怎樣向他解釋？怎樣才能使他明白？待我放下箱子時，四周突然悄無聲息。我轉過頭想看清楚他在什麼方位，他在幹什麼，是什麼樣的表情。在我張望時，大廳裏寬大的鏡子把我映在其中。待我再要將自己看個仔細時，突然一陣風吹在我臉上，還沒等我意識過來，一個巴掌打在了臉上，隨後是一陣劈裏啪啦的聲音。我搖晃着腦袋，身子卻并沒有倒下來，而是下意識地嗚咽了幾聲，那不是哭，不是呻吟，而是臨死的人喉嚨裏堵了一口氣，這口氣只要一出來便撒手人寰。我全身軟軟地躺在地上，但是馬上我的頭髮被揪起來，使我不得不挺起胸脯，臉也高高抬起，耳聽得他的喘息聲。他說：「哭啊，你不是喜歡哭嗎，怎麼不哭？」話音落地，他的手他的腳如槍林彈雨一般落在我的身上，旋即而逝的風一次一次掠過，我的臉很快沒有了，我感覺不到了，但我還知道我的身子的某些部位已經迅速腫脹起來。我想看看他是什麼樣子，但好像一下碰着了什麼，我兩眼冒出火花。我明白他是在用他的腦袋撞着我的腦袋。我的肚子裏好像有什麼咔嚓一下斷了，小便一下噴湧出來。

地上是嘩嘩的水，這一剎那，感到又舒暢又快活，我迷迷糊糊地看了一下鏡子，那裏面的人嘴上流着鮮血，牙齒暴突着，顴骨高高聳起，上面還有一層胭脂一樣的鮮紅。我的衣服也被撕破了，裸露的乳房上是幾道深深的血印子，在我的下體還繼續湧出黃色的液體，整個模樣猙獰而醜陋。

我往旁邊爬去，衣服濕漉漉的。但是我剛爬到沙發上，他一腳把我踢了下來，我整個人重又滾落在地上。我躺在地上看他的倒影，但是看不清楚，於是我閉上眼睛，又往沙發上爬，他重又把我踢開。他說：

「為什麼不哭？只要你哭，哪怕是裝的，我也就不再打你。」

我掙扎着起來，仿佛他的聲音裏有許多個聲音，在我周圍好像盡是人，地板上是朦朧的零亂的腳步聲。

「哭。」他吼道，聲音撕裂成無數片。

我很想說，我哭不出來。但是我沒有嘴。我的嘴在哪裏？我伸手去摸嘴，但摸不着。於是我又往沙發上爬去。我要爬到一個沒有水的乾燥的地方。可我實在沒有力氣了。

不知過了多久，他還在說什麼，我聽不清楚。我一會模糊，一會清醒。清醒的時候，我聽到有一個聲音像蒼蠅一樣盤旋。我又聽了聽，意識到那是他絕望而衰弱的哭泣聲。這是一個老人的哭聲，他正輕柔地摟着我的身體。這種輕柔好像觸到了我的痛處，使我感到了無法說出的疼痛。

我想睜開眼睛對他說：我沒事，我一會就能好，我也不疼。但是我什麼也說不出來。我因為不能安慰他，因為不能看一看他，因為只能無奈地聽着他傷心的嗚咽聲，我的淚水竟一下子嘩嘩地往外湧。喔，我真的哭了。

不知道自己什麼時候又睡過去了。迷糊中，我的全身又像在下連綿的霪雨。我辨認出這是一種熟悉的感覺。許多年前我曾經在這樣的霪雨之中度過一個又一個漫長的夜晚。那是一種飄忽不定難以名狀的感覺，好似害怕和恐懼交織起來的一種液體，一絲一絲飄在我的臉上，頭髮上，身體裏。那是一張固定的面孔，始終在我身邊追逐着我。

他的雙手和他的目光一起輕輕觸着我身上的每一塊肌膚，所到之處所激起的駭怕就像那雙死去的手，手指的寒冷在滲透，在擴張，混雜在沉悶的空氣中。我突然顫抖一下，睜開雙眼，但是針刺一樣的疼痛使我禁不住喊叫了一聲。

他把我攬在懷裏。我重又睜開雙眼，看見了他那惶恐和茫然若有所失的面孔。那張發出絲光的臉上有火光在顫動，恍如一灣池水，飄浮着星星點點的光芒，望着它，我真想跳進去，跳進另一個世界。

他盯着我說：

「我打了你，你就是我的女人了。」

我把頭向着窗口側過去，靜靜躺着。他打了我——我費力地回憶着。喔，但願我沒有記憶，但願我的頭腦一直是一片空白。可是想起了昨晚的一切。昨晚，也就是一九九八年的元旦。在這個元旦之夜，外面肯定有着藍藍的天穹和閃亮無比的星星，那莫大和透明的空間肯定和我剛從大學圖書館出來時所見到的一樣，讓人感到心顫。此刻，我緊緊依偎着身邊的這個老人，想委身於他，想和他的身體融成一體，再一次去掌握我們的秘密。這秘密有時竟可以作為生死的賭注。

我又一次朝他看去，無意間卻看到他梳妝台上的鏡子，我驚呆了。我又看到了昨晚曾見過的猙獰而可怕的面孔：腫脹的雙眼，青黑的臉頰，嘴唇翹得高高的，白色的牙隱約可現。我失聲哭了起來，這猝不及防的哭聲像狂風吹落的樹葉在空中喧囂着。我一邊哭一邊用手擋住臉。

他把手放在我的手背上，說：「我想跟你做愛，你肯嗎？」

我哭得更凶了。我為我的容貌羞愧無比。

第十二章

1

「我打了你你就是我的女人。」——許多個夜晚許多個白天我都想着這句話，它是不是用鮮花做成的保護網把我圍在了其中？

我和芬又趁課間趴在窗台上朝下面那條僻靜的街道看去。我問：「他會出現嗎？」

「我不是等着要看他，只不過想看他每天所走的那條街道而已，他的眼睛曾看着光滑平整的路面、站立在一旁的大樹，還有感受過吹過來的每一縷風……」

下面靜悄悄的，同上回一樣，沒有一點聲響。我問：「你們什麼時候結婚？」

「等我這個學期結束，還等他爸爸媽媽從美國回來，不過他也沒有明確告訴我。」

「那你還是得問他個清楚。」

「要問清楚嗎？」

「當然，一定。」我着急道。

「不過他對我真好，他父母總想讓他去美國定居，但因為我的緣故他始終沒答應。」

她朝我一笑，又轉過頭向窗外看去。

「你現在還做家教嗎？」我問。

「做，不做一分錢沒有，因為他也很年輕，在闖事業打基礎的時候，而且去教教小孩子，我心裏也很愉快。你知道嗎，教小孩子的時候，我就想給他生個孩子。」

「真的嗎？給他生個孩子？」我不禁艷羨起來。

「可現在我們沒錢，」說着，芬拿眼睛看着我不懷好意地笑了，「你已很久沒有去華沙快餐廳了。他每頓飯都帶你吃嗎？是不是都吃的好的？」

「你想不想見他？」

「我？」

「晚上他接我時，我們一起去吃飯，好不好？」

芬的臉一下紅了，趕緊說：

「我沒有時間，我得趕去上課。」

「吃完飯，就讓他送你，之後我們還要趕一個宴會。」

「什麼宴會？」

「今晚上的總統慈善畫展。」

柳親自駕着車，在他身後坐着兩個男人，都是他的朋友。他身邊的位置像以往一樣是專門給我留的。好像自從認識他以來，我就在和其他女人悄悄地爭奪着這個位置。

但是當我和芬站在一起時，竟有些猶豫，要不要讓芬坐在前面？她畢竟是客人。芬卻直接打開了車後的門，坐在那兩個男人身邊。柳驚異地望了她一眼，臉上立即露出自卑的神態，隨即用手把頭髮向後抹了抹，好讓自己變得年輕一些。我向他介紹：

「這是芬。」

他回過頭來對芬又看了一眼，那眼神既慌張又緊張，我的心往下一沉，意識到自己犯了一個大錯。我也看了一眼芬，發覺她好像從未像此刻這樣漂亮，皮膚那麼白皙和嬌嫩，她的黑色瞳孔的周圍發射細微的光線，車上所有的人還能聞到她身上的香氣，那是玫瑰和梔子花混合的味道。

柳問：「你從哪裏來的？」

「上海。」芬答道。

「你們是好朋友啊？」

芬笑開了，聲音低低的竟是那麼獨特與無邪。柳發動了車，不時從反光鏡裏看她，好像他一直沒把她看清楚。

一路上，一股奇妙的香氣在我們之間慢慢升騰。

下了車，芬在前頭和那兩個男人邊走邊說着話。她穿了一件短裙，上面是一件乳白色短袖衫，腳蹬一雙高幫黑皮鞋，模樣既俊俏又時髦。我和柳走在後面，和我一樣，他也默默地盯着芬的背影，竟一句話也不想跟我說。突然他趕上前去對她悄悄說了什麼，只見芬用雙手摸了摸自己的裙子。她又回過頭看我，滿臉通紅，等我走上前，她說：

「這個柳先生可是個天真的頑童。他剛才說我裙子後面的拉鏈沒拉上，我嚇了一大跳。」

我也被逗笑了。

在飯桌上，我和芬坐在他的左右側。黃色的燈光顯得每個人都生氣勃勃，尤其是他，那臉上又煥發了一種黃銅一般的色彩。當第一盤菜上桌時，我注意他首先把菜夾給誰。以往的那些日子，縱然有一桌子女人，我都享受着第一個的特權。

這是一盆魚翅湯。他勺了兩小碟，一碟給我，一碟給芬，而後雙手端着，不分先後。他轉過頭望着我，看看我的眼睛，嘗試着衝我作一個微笑，但一下子彷佛把我忘了，重又把視線右移，去跟她說話。只聽他問：

「你和海倫都一樣是大學生嗎？」

芬點點頭，說是的。

「我看你素質氣質都非常好，我給你猜幾個成語，你肯定知道。男人裸體坐在石頭上，打一成語。」

芬歪着腦袋竭力去想，想了一會，她説想不出來。我也在思考着，男人裸體在石頭上，究竟和什麼樣的成語有關呢？

「以卵擊石。」他不動聲色地解答道。

我們剛要發出笑聲，他又問道：

「女人裸體坐在石頭上，打一英語單詞。你看你們每天都在上課，用功，背單詞，這個總不會又不知道吧？」

芬説：「不知道。你就直説吧。」

「Because」旁邊的男人答道。

我又要笑，臉卻又在發紅，芬瞄了我一眼，臉上似乎也有一些窘迫，芬對柳説：

「我只想快快吃完飯，還要趕家教呢。」

吃完飯，走向車場的時候，柳趕着替芬打開前面的車門，一邊向芬説着什麼。我在後邊聽不見，但能猜出他是讓芬坐在前面，以表示他對她的親昵。芬似乎搖了搖頭，依然坐回她剛才的位置。

我的心像撕裂了一樣疼痛難忍。

把他們一一送走，車上只剩我和他時，我默默地望着窗外。窗外是一陣陣樂聲，如泣如訴，好像黑夜裏的烏鴉在喊叫。他溫和地用一只手握住我説：「你為什麼不高興啊？」

他問得聲音很低，因而在我聽起來就像他在床頭對我耳語一般。我紅着臉衝他做出一個酸溜溜的微笑來。我撫弄着他的手指說：「我在考慮我穿什麼樣的衣服去參加宴會。」

「哦，的確是的，你不能穿着牛仔褲去。你會穿什麼？」

「當然會很漂亮。」我一邊說，一邊思索着。箱子裏所有的衣服在我眼前一一閃過。頃刻間我突然看見了一件非常適宜今晚宴會的衣服。想到這兒，我的心情快樂一些了，於是我對他說：

「芬要結婚了。」

「誰？」

「剛才那個女孩。」

他恍然地「哦」了一聲。「她叫芬嗎？」

「難道你把她忘了。」

「我的記性不好。」

「是啊，有時把我也忘了。」我傷感地說道。

2

我飛快地打開那個紅皮箱，把那件咖啡色長裙拿出來，透亮的燈光下，我又看見了那個漆黑的夜晚和他盯着我的神情，我聽見了烏鴉在展翅的聲音。

他看到我身上的裙子，臉上稍稍有些驚訝。當初，在那個喪禮上他也是這樣的表情。我問：「好看嗎？」

他一邊開車，一邊又在倉猝之中好奇地盯了我幾眼，他說：「你穿這條裙子？」

「你不是很喜歡嗎？」我衝着他的臉説。

「你不害怕？」他反問道。

他的話使我心中猛然一顫。我很想問清楚我害怕什麼，但又問不出口。可是隱隱地，我發覺周身的血衝到了臉上。我很想回去把它換掉，但轉眼間，車已停到一幢鋥亮的大樓面前。

這是萊夫士酒店，是英國風格的近代建築。我們剛要上樓，一陣音樂像風似的飄蕩下來。我們上了二層，進到一個大大的客廳裏。屋頂是尖形的穹窿。地上鋪厚厚的地毯，踩在上面，竟像置身在海底的水草上。燈光并不均勻地鋪展，而是一小團一小團地照射着，有些地方淡淡地浮現陰影。但是牆四周很亮，掛滿了畫，每張畫都有很強的光照射。

兩個穿着西服的男人走過來迎接了我們，然後握住柳的手説起話來。我在一旁顧不上看畫，而是悄悄而怯懦地看着滿客廳的人，裏面大都是男賓，但有不少衣着華麗的太太小姐們。我從那些臉上一張張掃過去，沒有發現麥太太。這使我立即感到一股清涼的氣味，夾雜着花香和酒香。我仰起頭看穹頂，是一些多面體的水晶，正在不規則的燈光下折射出淡淡的光輝。在大廳的一角，有一張長長的餐桌，上面鋪滿各種盛着食物的器具，幾個侍者穿着燕尾服微笑着立在一旁，還有幾個端着有酒杯的餐盤穿於客人中間。我拿了一杯紅色香檳，只聽得有人悄聲說道：「總統馬上就來了。」

柳不斷地和客人寒暄着，談話間客人總會朝我深深地瞄上一眼。這時他和我都不說話，僅僅微笑着，然後又領着我來到另一些人的面前。他們說總統已過了約定時間。我看了看四周，人們似乎根本沒有為此焦急，而是緩慢而不動聲色地喝着，吃着，交談着，欣賞着牆上的畫。趁客人不注意我說我們也去看畫吧。

牆壁上是一張張的油畫。都是本地畫家的作品。其中有一幅很大，畫面上是層層疊疊的鮮花，一律綠莖紅花，幾乎鋪滿了整個畫面。他說：「這是我們的國花，胡姬花。」

「我知道。」我說。

「你怎麼知道的？誰告訴你的？」他笑了起來。

「是我。」這時從後面閃出一個人來，正是麥太太。她似笑非笑地盯着畫，說道，「我曾教她唱一首歌叫『胡姬花，胡姬花，風吹雨打都不怕，善良的人們在講話，請你快開花。』現在胡姬花果然開放了。」

我嚇得失魂落魄，緊緊盯着她。她穿着一件黑色套裙，脖子上掛着一長串瑪瑙項鏈，有綠的，有紅的，使她的全身都在閃爍着光彩。她把目光從胡姬花上移到我身上。我心想，這會兒，她唱完了歌，是不是要向他揭發了？她肯定會告訴他，或者告訴所有的人——我身上的長裙子是她的。

「你來得正好，總統馬上就到。」他客氣地向她說道。

「今晚有比總統更有趣的事。」她說，目光依然盯着我。

「喔？」他揚起眉頭，臉上露出驚訝的神色。

「今晚上我看見了漂亮的胡姬花，但是海倫身上穿的這件裙子比胡姬花更漂亮，更有品位，你不覺得嗎？」

「是很有品位，我非常喜歡。」柳說。

「那一定是你買的了？」她望着他。

「是我買的。」

他笑了一聲，她也笑了一聲。我站在那裏身上像爬滿了螞蟻。

這時，整個場面肅靜下來，在人群中間自然讓出了一條道。瘦高的臉色蒼白的總統出現在門口。所有的人都拍起了手掌。我也不禁拍起了手，心想總統來得正是時候。

我悄悄瞄了瞄麥太太，她正朝總統看去，不住地點頭。總統已來到了客廳中間。

我移動了一下身子，盡量離麥太太遠一些。我聽到總統在說着什麼。他戴着一頂鴨舌帽，兩片蒼白的嘴唇微微張着。據說他前兩年得了一場病，總算治好了，但頭髮總愛掉，所以公共場合下不得不戴頂帽子。

柳牽着我離開了麥太太，向總統那個方向走去。我使勁抽出了手。他說：「沒關係，他知道我喜歡女人。」

總統看見了他，朝他微笑，他把我推到他面前說：「這是中國來的，美不美？」我一下窘迫起來，臉紅得像個西紅柿。但是總統朝我親切地笑起來。我也機械而又緊張地咧開嘴。有許多鎂光燈在閃爍，隨着每一次的咔嚓，我的心臟都在顫慄，仿佛是我身上的衣服在作無聲的告白。待他們開始說些我聽不懂的話題時，我又用目光尋找起麥太太。我想與她和解，我要請求她放過我，不要讓我在他面前丟臉。

空氣仿佛非常悶熱，我的頭腦發脹，呼吸也有困難。我不由自主地離開了他們，來到陌生的人群中。周圍的嗡嗡聲不絕如縷，和空中飄蕩的樂聲混合在一起，如同大海在漲潮。我悄悄尋視着，從一個身影到另一個身影。我身上的咖啡色長裙在黯淡的光線中仿佛滲透了一種神奇的東西，使我和它一起不住地顫抖。這時我看到了她。

她正端着酒杯在唇上輕碰，有兩個男人陪着她。我只注意她的臉她的嘴，注意她在說什麼。她一會發出笑聲，一會又沉思起來，臉上是那種自豪和尊嚴的神情。我離她只有幾步遠，這時她也看見了我，但又裝作沒看見，把目光移過去，繼續盯在男人的臉上。顯然她不想和我說話。

但我固執地向她靠近，我想跟她說一聲對不起，哪怕是在她的背後說，只要她能聽見就行了。我一步一步地走着，心跳急促，血液在皮膚下像一條洶湧的河流。我終於走近了，可是待我定睛一看，她已轉向別處。

我難過地站着，我覺得我的胳膊和腿都麻木了，失去知覺了，身上的衣服卻像揭露了一切謊言一樣緊裹着我的身體。雖然麥太太躲着我，但在每一個人縫中，我又都能感覺到她嘲弄的目光。我紅着臉，低垂着頭。這時，柳來到了我的身邊。他說：

「這是總統慈善畫展，我總得給個面子買一幅畫。你說買哪張？」

「那幅胡姬花。」我漫不經心地說。

「你真的喜歡？」

「喜歡。」

我們又來到胡姬花面前。我望着這幅畫，在裏面選定了一朵最不起眼的，看看這朵花有多少花瓣，花瓣上有什麼樣的鋸齒，有多少葉脈，但是看着看着，那朵花就變成了麥太太。我用手壓住雙眼，但是麥太太臉上的冷笑怎麼也驅之不盡。與其等她告訴他，還不如我現在向他坦白。於是我轉過頭膽怯地說：

「你知道嗎？我的衣服……」

「衣服怎麼了？」他的臉衝着我看，忽而又笑起來。　我又低下頭，他為什麼會笑呢？我囁嚅道：

「我的衣服是不是很好看？」

「好看，當然好看，你沒發現麥太太在嫉妒你？」

「不是，這衣服是——」

我不說了，合住嘴巴只定定地看着地面。

「是她的，對不對？」他說。

我吃了一驚，臉更紅了。

「你怎麼知道的？」

「我第一次見你穿這衣服就眼熟，第二次見你，知道你住在她家，這麼一聯想就什麼都明白了。」

他不再笑了，而是陰沉地望着牆壁上的畫。

我恍惚地望着他。

「不過我想問一問這衣服是她送給你的還是你自己從她房間裏偷出來的？」

他看了我一眼，又道，「不過算了，我不要你回答。」

我望着面前的胡姬花，一邊數着那花瓣，一邊說：「偷的。」

第十三章

1

在我的臥室裏胡姬花吐蕊盛開，像是太陽的道道金光。即使在睡夢中這幅畫也猶如閃電把我引進深邃的時空。

我把這幅畫告訴了芬。芬說：

「也許胡姬花真的會為你開放。」

「也為你開放，你不是要結婚了嗎？」

芬低着頭不說話，用手把玩着她的書包。她又向教室門口看去，對我耳語：「趁現在老師還沒來，我們去逛街吧。」

「胡說。移民廳會來查的。」

她懇求地看着我，眼睛水汪汪的，那麼透亮，在她白皙的皮膚裏像是飄動的月亮。我問：

「你是去買衣服？」

她點點頭。

「錢帶了嗎？」

「全帶來了。」

我迅速地收拾好書本，跟她一起貓着腰走出了教室，然後像兩個私奔者直奔商場。對我來說，出門遊玩并不等於快樂，它只有在特殊時刻，當某種情緒將身體照亮使之變得美好而令人神往的時刻才是這樣。在這一刻，我的快樂仿佛沐浴在亮光之中。

芬買了一件又一件，她出手如此大方，更增添了這個下午的美好性。我想她的男朋友最近給了她不少錢。當我們走出商場時，黃昏的暝色降落了，天邊的夕陽穿過大廈與大廈之間的縫隙，零星地照射在那個偌大的廣場上。廣場上又一次密密麻麻地坐滿了人，好像一個龐大的團夥，一個組織。但是看不出誰是首領，沒有首領的組織似乎又是不成立的。他們坐着，靜靜地看着街道，看着樹葉，看着夕陽。

打從他們身邊繞過時，她們看着我和芬提着大包小包，眼裏都露出艷羨的神色，裏面有一些男人，臉上的表情顯得既苦悶又失落。芬說：

「在他們之中也有情人你呼我應的。」

「當然，這是他們的權利。」

我們在經過一個酒吧時，芬站住，朝裏看着，她說：

「我今天真想喝酒，我跟你打賭，我可以喝整整一瓶威士忌。我們進去好不好，我有錢。」

芬大方地説着，再看她的臉卻是那麼難以置信的頹喪，膚色蒼白得像一尊蠟像。我心裏有一種不祥的預感。我問：「你怎麼了？」

「我只想喝酒，」她微笑起來，眼睛依然盯着裏面的酒吧，「喝完了酒就有一種光輝的幻覺，它能深入我的心靈，你知道嗎？上個禮拜天我去教堂，當聖歌響起時，我真的看見聖父在一片蔚藍的天空中，坐在黃金的寶座上，并且伸出胳膊要把我接到天上去。」

「哦，芬。」我叫了一聲。

她溫情脈脈地摟住我的肩，幾乎向我耳語道：

「進去喝酒，好嗎？」

「一會他要在學校門口接我，我不能喝。」我認真地説道。

「你就失約一次吧，為了我，我今天還真不想離開你，要不，我把今天買的衣服的一半送給你，好嗎？你一件也沒買啊。」

「芬，衣服對我來説不重要，重要的是我不能失約，我在這個新加坡不能沒有他，你是知道的，他給我錢，還給我辦簽證，而讓他幫我幫到這個地步，是我花了很多心血的，你知道我好不容易才碰上一個他，沒有他我還真活不了⋯⋯」

「算了。」芬打斷我，皺了皺眉頭，又朝前走去，我默默隨着她，她又以絕對傷感的聲調說道，「我真不想離開你。」

我暗自思忖，她說這話是不是暗示想跟我們一起去吃飯？我盯着她那白皙的柔韌的脖頸，心想，無論如何我不能再犯錯誤，絕不能讓他們再見面。

我們到了學校門口，那輛奔馳已停泊在那兒了。芬失落地看着我，忽而又把視線投在天邊最後一片紫絳色的雲彩上，說：

「你去吃飯了，我去哪裏呢？」

那就跟我們一起去吧——芬似乎就是等着我說這一句話，但我緘口不言。我說：「我走了。」

這次是司機開的車。我和他坐在後面。他握住我的手，眼睛卻透過玻璃窗盯着立在路邊的芬。他問：「她為什麼不一起來？」

「她在等她的男朋友。」我說，想了一會兒，又道，「她的男朋友很年輕很帥。」

「我的女朋友也很漂亮很美。」

我們都笑開了。這時我朦朦朧朧地想起了一個問題，於是大着膽子問道：「你待那個殺人的中國女孩真是像待女兒一樣？」

他反問道：「你說呢？」

他斜着眼睛看我。我覺得他這模樣很逗人，於是咯咯笑起來。

他領着我來到一座陌生的大樓前。他說：

「這兒有我另一套公寓，但是沒有你現在住的大。」

他開了門，擰亮燈，空氣中發出潮濕的味道。我恍惚地看着，這套公寓確實沒有我住的那間大，裝潢也很舊了，地上是暗色的地磚，四周牆壁已經泛黃，桌上落滿了灰塵。推開臥室門，一張大床空空的，如同幾十年前的怨魂執拗地等待着。

「很久不來看了。我女兒過兩三個月要回來，她就喜歡住你現在的那間公寓，到時候你搬到這兒來，好不好？」

「好。」我嘴裏應着，在床上坐下來。床立即呻吟起來。

吃完飯，他把我送回公寓，又像突然想起了什麼似的，說道：「今天我在開會的時候，秘書說麥太太給我打了好幾個電話，說有急事。」

「那你打個電話問問她。」

我望着牆壁，望着室內的燈光，似乎覺得讓人羞恥的事情又一次來臨了。他拿起電話撥號，聲音像針一樣一下一下刺痛我的心。

我悄悄走進浴間，關上門，拿起分機，把它緊緊貼在耳邊。只聽麥太太說道：

「……她那晚穿的裙子實際上是……」

「是我買給你的，我早就知道那是你曾穿過的衣服。三十年前，你不就是穿着它第一次到我的房間裏來的嗎？」

「可她是偷的我的。」

「我知道。你是從不送人好衣服的。你就為這個找我？」

「還有，你要聽好，她先告訴我說她的爸爸是外貿局局長，我們一調查，外貿局根本沒她爸爸這個人，她又說是為了掩飾她的身份，他爸爸實際上是某個省的省委書記，而且自己還揑造了一封信，我信以為真，上了她的當。前天我因為不放心特地托朋友調查，原來她根本就是在撒謊，全都是她信口胡編的。」

電話裏沉默了，柳似乎有些驚訝。麥太太得意地笑了幾聲，繼續說：「我看你也是容易上當的。」

「她說她爸爸是什麼什麼我從沒在意過。不過，她說她爸爸就是中國人大常委會主任或者是國務院總理，我也不會感到吃驚。你說，她爸爸不是省委書記，難道你爸爸就是省委書記了？她頂多不就是撒謊嗎？你年輕時不也這樣？」說完，他笑了。

「還笑呢，以後你連哭也來不及，我跟你說，這也是我找你的主要原因，你千萬要防着這個女人，中國來的你都要防，而且這個女人的眼睛裏和別人不一樣，你知道裏面藏着什麼嗎？那裏面始終隱着一股殺氣，我第一次見她就感覺到了。」

「你看，我們的談話是不是到此為止？」

電話裏沉默了一會，麥太太彷彿自知討了個沒趣，於是說道：「她還欠我的房租，你既然對她好，你就替她把房租還給我，本來說好她爸爸會給我，看來是沒有這一天了。」

「她欠你多少？」

「三千塊。」

我急忙放下電話，對着鏡子假裝往臉上抹粉，但是血在那兒湧着，一時還蓋不住。燈光聚集在鏡子的上方，使我更加清楚地看見那雙眼睛裏的恐慌。裏面有殺氣？有殺氣？窗外隱隱傳來汽車行駛的聲音。

他打開門，從鏡子裏看我。

「你的臉怎麼紅？」

「也許是燈光的緣故吧？」我說着，聲音有些顫抖，呼吸出的氣息在鏡子裏結成薄薄的水汽。他把手放在我的肩上，盯着我的眼睛，我不禁避開他的目光。只聽他問：

「你爸爸究竟是幹什麼的？」

「為什麼要這樣問？」

「隨便問問。」

「那你希望他是幹什麼的？大官、平民、富翁、窮人？你希望他是哪一類？」

「無所謂。」

「既然無所謂，還要說什麼？我父親是烏蘭家族的直嫡，他在那個省是省委書記，我在上海讀的大學，在北京工作，然後瞞着我家裏人到了新加坡。你看這就是我的一切。怎麼，難道麥太太在說什麼？」

「不，她什麼也沒有說。」

我撫摸着放在我肩上的雙手。我想告訴他我沒有欠麥太太那麼多錢，頂多只是一千多塊。但我什麼也說不出來。我小心地看了他一眼，問：

「我給你帶來麻煩了嗎？」

我的聲音裏藏着過多的膽怯，聽起來像是乞求。他從鏡子裏默默盯着我，那目光恍恍惚惚地飄出一種愛意。接着他摟住我的脖子說：「為什麼要這樣問？」

2

夜裏，我又想起了那件咖啡色長裙。幾十年前穿在麥太太的身上，現在以一種極不光彩的方式回到了我的身上，兩個截然不同的女人在這件衣服上突然重合，他會不會為此感到興奮？在那個喪禮上，他盯着我的眼睛裏發射出細微的金色光線，而在許多年前麥太太跨進他的房間時他也是以這樣的眼光盯着那件幽靈似的咖啡色長裙？

我時睡時醒，四周是黑夜和喁喁之聲，仿佛那全是麥太太的聲音。她是通過什麼樣的途徑去調查的？事後又怎樣和私炎一起懷着緊張的心情議論此事？而他在和麥太太的電話裏，以那樣一種口氣調侃就好像去揭穿一個他早就知道的騙子委實沒有什麼新鮮和驚訝。

這時床頭櫃上的電話鈴聲大作。我嚇得在床上縮成一團，以為被人逮着了。我雙手顫抖地拿起電話，裏面有一個沙啞的女人的聲音。我問誰。她說她也不知道她是誰。

我以為打錯了，剛要放電話，突然明白這是芬，便鬆下口氣看了看窗外，那兒漆黑一片，離天亮還早着呢。她問：「他在嗎？」

「誰？」

「姓柳的。」

「哦，他從不在這兒過夜，你在哪，你怎麼了？」

「告訴我你的門牌號，我想去。」

放下電話，心裏升起一股怨氣，她這樣半夜三更來究竟要做什麼？出了什麼事？

我打開門，芬依然穿着昨天的衣服，手裏提着昨天的紙袋，那臉灰灰的，頭髮像長了刺一樣向空中擴展着。我問：「你難道沒回家？」

她走進來，笑開了，想用笑形成一張蜘蛛網把我擒住，使我對她糊裏糊塗。她敏感地察覺到了我的不快心情，所以一邊笑，一邊用刺眼的目光望着我。她說：

「昨晚在克拉碼頭聽女孩們唱歌，聽得很晚，然後就順便在路上逛了逛，不知不覺就到了深夜，沒有打擾你吧？」

她又環顧了四周，説：「你有這麼好的住房，怎麼不早點對我説呀？」

聽着她的話，我心裏有些懊悔接那個電話。我想待會柳過來接我去吃早飯，會不會碰上她？

「你為什麼不回去？」我的耳邊響起了怨恨聲，心情沉悶地説，「大黑天的在外面遊蕩，像什麼話。這好像不是你了。」

説着我就進了洗手間，把水弄得嘩嘩響，仿佛是我忿滿的心在高漲着，待我出來時，她已躺在我的床上酣然入睡了。

天亮了，輕柔的陽光開始靜靜地照射進來。我推了推芬，她沒有任何反應，只是微微地皺着眉頭深深呼吸着。我拿過她丟在地上的紙袋，因為沾了夜露，摸在手上是軟綿綿的。她真的在外面呆了一夜？新加坡的夜色竟然會這樣讓她留戀嗎？我的目光又落在那張困倦的臉上，對着她望了很久，心裏想着，馬上那個男人要來了，這該怎麼辦？

我不安地站起身對着窗口向那塊綠草坪看去。那發着藍色的游泳池在陽光中金光閃閃，遠處有一條道，每天他的車都從這條道上行駛過來。對，給他打一個電話，告訴他我不去吃飯，上學也不用他來接。既然芬不能走，那他就不能來。

中午，芬還沒有醒，靜靜的，連身子都不翻一下。因為快要到上課的時間，我不得不狠狠地推了她一把。

她睜開眼睛，一邊詫異地認出是我。「啊，我睡着了？」然後坐起身開始沉思。我想她是不是做了許多夢，而此刻正在回憶哩。她的眼神惶惶不安，這時她打了一個寒噤。

我拿來了兩塊麵包，她就吃起來。我發現睡眠好像沒有使她恢復生氣，她的臉依然蒼白，嘴唇毫無血色，也不想跟我說話。我問：

「你，昨晚是不是和男朋友一起？」

她望了我一眼，點點頭。

「他知道你深更半夜的又去了哪裏嗎？」

「知道。」她咽下一口麵包，又說，「你的那個朋友不會馬上就來吧？」

我說不會。但看得出來，她想改變話題。我全神貫注地看着她，她也盯了我一眼，發現我好像在窺視她，研究她，便氣憤地又盯了我一眼。我說：「快吃吧，要上課了。」

她聽了我這話，好像又打了一個寒噤。但她隨即微笑地捏住我的膀子，說：「我今天不想去，我還是很累。」

「你總得做家教吧？」我說。

她也搖了搖頭，眼光低垂。我還想說什麼，但想起剛才她曾出現的氣憤的眼光，我便不再出聲了。但又一想，她不上課，我一定是要去的，我沒有理由陪着她，再說昨天已陪着她逃了一個下午的課。我說：

「待會我上課，你也該回家了。」

她茫然地看着我，似乎不知道我說的什麼意思。我說：

「我們一起出去。」

「能不能不讓我走？」

我沉默不語，睨視着她，心裏猜想她究竟是打着什麼主意。我說：

「當然，如果這個房子是我的，作為朋友，我會考慮。但是……」「我就呆一會，一小會，你走了之後我馬上就走，真的，我只想再獨處一會兒。」

我好一陣子才抑制了心中的怒氣。我問：

「你究竟是為什麼？」

她不說話，低下頭，好像在使勁忍着眼淚。她說：

「等一下我還要去男朋友那裏，他在公司裏等我呢。」

看到她這樣，我只好說：「你走的時候，把門帶上，一定要關死。」

我來到街上，外面的一切都籠罩在透明的陽光之中，我卻鬱鬱不樂，就像秋天的風吹過一片荒地。

3

晚上放了學和柳一起去酒店。我們找了個臨窗的桌子。外面已經斷黑了，又升起了無數的燈火，飄飄搖搖的，像有許多手指在我心上抓了又抓。我失落地盯着窗外。這時，他又在唱：「……我在流水我在流水沒人知道我……」我看了他一眼，那臉上詼諧的表情使我忍俊不止。

「為什麼不高興啊？」待我收起笑容又面朝窗外時，他說，「怎麼樣也要把飯吃好啊。」

我向他溫和地一笑。我們吃的是薄餅，是新加坡的特色菜，類似中國未下油鍋之前的春卷，只是裏面的內容不太一樣。我看着柳拿起一張面皮，在上面放一葉生菜，在生菜上又沾一層黑色的甜醬，然後在上面鋪了菜餡，再灑上花生粉，最後捲起來。他把這捲好的遞給我。我咬了一口。

「也許你吃不習慣，但要了解一下我們新加坡的風味，怎麼樣？」我把嘴裏的咽下去，連連點頭，說：

「和你們新加坡人一樣地好。」

「新加坡人多了，那個人的哥哥也是新加坡人，他叫什麼來着，叫私炎？」

我恍惚地點了點頭，又咬了一口。

「他是你的前男友？」

「我……」我不知說什麼好，像一個演員忘了台詞一樣，臉刹那間紅了起來。

他局促地盯了我一眼，又出神地把目光落在盤子裏的菜餡裏。我一邊吃着，一邊凝視着整個餐廳，對人來人往的情景視而不見，似乎整個世界只有對面坐着的這個老人與我有關。這時他也動手為他自己捲一個。

「當然在這個問題上你也沒必要對我說真話。」

「你怪我嗎？」

他只笑笑，不說話，把包好的餅又放在我面前。我說你自己吃吧。他又在重複包餅的過程。

我說：

「說實話，我很希望自己是個又純潔又不撒謊的人。」

「女人哪有不撒謊的。」

「你是不是在心裏常常竊笑我？」

「竊笑你？有時也許是這樣，但更多的時候在你撒謊時，我不動聲色地看着你，總在想我年輕的時候。」

「你年輕的時候？」

「我也曾年輕過，不是一生下來就這樣老，就這樣功成名就，或者說就這樣乾淨。我知道什麼叫做骯髒，什麼叫做罪惡。我和一個女人好，并不是因為這個女人比別人純潔，別的女人會撒謊，就她從不撒謊，不是這個，我看重的是其它的東西，你知道嗎？」

我搖搖頭。

「吃完飯，我帶你去挑幾件衣服，要不要？」

「我不會再穿麥太太的衣服，你放心。」

「我不是這個意思。」

「我不想花你太多的錢，」一想到麥太太昨晚跟他索要的房租，我的臉又一次火辣辣的，「不過，你要真的把我當你的女人……」

我猶豫着，他一邊吃一邊認真是等着我的下文。我望了望窗外的燈火，像下了決心似的回過頭來對他說：

「我想在新加坡長久地待下去，我不想跟你很快地訣別……」「你是說長久居住證啊，最近我也在動這方面的心思，我想先跟電視台洽談洽談，如果不行再去找報館，我想沒問題。」

「是真的？」一時間我興奮起來。

他望着我發笑。突然間我意識到這一切都是有可能發生的事情。我的雙腳將不再虛幻地浮在半空中，而是真的在這塊土地上長久地行走，呼吸着這兒的空氣，沐浴着這兒的陽光，而在國內所有認識我的人，無論是我的朋友還是跟我有過節的都會像芬曾說的那樣，將把我看作一個神話。尤其是我學校裏的人，當我和分房組長的事敗露後，他們曾是怎樣地譏笑我啊。這麼想着，眼淚湧了出來。停了一會，我對我面前的男人說：

「我真是愛你，非常非常地愛。」

我說這話時，低着頭，顧不得去看他的表情，我想他是嘲笑也好，諷刺也好，我一點也不想弄個明白。我也知道在這時候作這樣的表白是顯得最不真誠的。

他伸手幫我抹去淚。

「不要這樣，你在流淚的時候我最知道你。」

我一邊哭一邊笑，卻又做賊心虛地朝他看。他又包了一個薄餅遞給我。「快吃，涼了就不好吃了。」

4

回到公寓，我緊緊依偎着他，想再一次委身於他的願望越來越強烈。這是我表白的最好方式。此刻房間裏寂靜無聲，牆上的胡姬花使整個房間染上了淡淡的粉紅色。我親着他的脖頸。他說：「我去一下浴室。」他砰地關上浴間的門，裏面隨即傳出嘩嘩的水聲。我脫了衣服，哼着歌，准備換上那件他曾為我準備的白色絲綢長睡衣。這絲質睡衣仿佛是一首樂曲飄蕩在裸體上，彌補着某種不足與缺陷。

我打開立在窗口邊的櫃門。一打開櫃子，我渾身突然喘不過氣來，隨即發出「啊」的一聲尖叫。裏面躲着一個人，正畏畏縮縮地朝我看。這時後面浴室的門也打開了。他問：「怎麼了？」

我慌慌張張地重又關上門，我說：「嗓子突然痛。」

「我看看。」

我走到燈光強烈的地方，張開嘴。他向裏看了一下，問：

「裏面倒沒什麼，還沒你的臉紅呢，你怎麼還發抖？」

「着涼了，我得趕緊穿上衣服。」說着我把脫在床上的一件黑色線衫往身上套。

他止住我。「我去關冷氣。」

他找到遙控，對着牆上的空調捏了幾捏。我心裏面是說不出的氣憤和別扭。她怎麼能夠這樣，怎麼能躲在櫃子裏？面對裸着身體的柳，一陣陣血往臉上湧。他回過身來坐到床上，把我抱往。

「怎麼還不脫衣服？」說着用手要脫我的上衣。我按住他，說不。「怎麼了？」他不安地問道。

我用手撐往腦袋，另一只手抓住他的肩，哀求地看着他。

「你不想了？」他問。

我無力地朝他笑了一笑，說：「全身非常難受。」

他站起身，從椅子上拿起衣服，重又走進浴室。一會他穿好衣服走出來，看了我一眼，關切地問道：「要不要我送點藥來？」

「不要不要，千萬別，」我急急地說道，「我也許睡一覺就會好。」

他不再說什麼，走了。

我迅速穿好衣服，打開櫃門，芬的一雙驚恐的眼睛像求饒似的盯着我。我把她從櫃裏拖出來時，心中對她的出現依然感到震驚和憤懣。而她身上穿的正是我要換上的那件白睡裙。我說：

「你不能以這樣的方式來害我。」

我的聲音大大的，裏面包容了我思想的一切。她不說話，只哆哆嗦嗦地靠住我。我立即感到她的身子正發燙，便向她俯下身去。

「你怎麼了？病了？」

「可能是病了，我渾身沒有一點力氣，我本來要走，去會男朋友，他肯定等我等急了，可我實在走不動。」

我讓她上床。她躺在床上，久久地看着我，接着悄悄地像暗笑似的微微扯一下嘴角。她說：

「他對你真好。」

「你是什麼時候躲在櫃子裏的？」

「大約六點鐘，我估計你們要回來，就進去了，我在裏面等了很久，恐怕有兩三個鐘頭，我又不敢出來，裏面黑黑的，不知不覺就睡着了。」

她說着，把一只滾燙的手伸給我。我握着這只手，心中升起了對她的厭惡。她怎麼一點也不像我第一次見的那樣美麗，那麼高不可攀？只是在她身上還遺有玫瑰和梔子花混合的味道。

「睡着了，居然還睡得着。」我帶着驚訝和不屑的神氣望着她，心中又想到她病得這樣厲害，要趕她走，恐怕真的不妥。只見她的濃密的黑髮像圈光環似的烘托着她的臉蛋，那臉被燒得紅紅的，眼睛又大又亮，全不像早晨那麼灰暗和難看。她身上的睡衣緊緊地貼在她胸前的乳房上，顯得嬌小而美好，可此刻我是斜視着她，我多麼厭惡她、厭惡她的身子。她的手又觸着我，使我禁不住打顫。我暗自思忖：她的病能否在明天好起來？

這時我突然聽到了門外有開鎖的聲音。我一時驚呆了，豎着耳朵，只聽客廳裏傳來腳步聲。與此同時，芬一骨碌從床上逃到了櫃子裏，迅速得幾乎沒有過程。我眨了眨眼睛，怔怔地看着他拿了好幾盒藥走過來。他微笑着對我講解哪一盒是消炎的，哪一盒是專治喉嚨的。顯然他沒有聽見剛才櫃子關門的響動。他用手摸摸我的額頭：「沒發燒，還好。」

他的手觸在我的額上使我不住地顫抖，就像剛才芬使我顫抖一樣。他說話的聲音很低，口吻親昵，我不知道他在説什麼，但那又低又纏綿的語調像細雨飄灑在我的臉上。

「我今天是那麼想和你做愛。」他一臉的誠懇。

「你不累嗎？」

「不累。」

「我擔心你不快樂。」我望着他，輕輕地說，生怕被芬聽了去。「如果你不快樂，今晚就不做了。」

他受不了我的凝視，耷拉下眼皮。

「那麼你是要我走嗎？」他軟弱無力地躊躇着說。

他的身上又清晰地浮現出衰老的痕跡。這使我心中一陣刺痛。我無法抗拒，任那細雨一絲一絲地落在我的額上、我的唇上。這時他的身體離開了我，不用看，就知道他又拿起那瓶擦臉油往自己身上抹。我睜開眼，悄悄瞄了瞄那個櫃子，在昏黃、悠忽的燈光下，那個櫃子顯得虛幻而陰森，我彷彿看見芬正從那櫃子的縫隙間向外窺視。那兩道目光斜斜地插過來，像飛舞的蜜蜂緊緊俯在那柔軟的性器上。

我摸着這個老人的臉，像他第一次請求我時一樣，我說：「把燈關掉，好嗎？」

「我今天特別想看清楚你的臉你身上的雪白的皮膚。」

我不做聲，雖然這些話說得很輕很輕，但也肯定被芬統統聽了去。我再一次感受他那柔軟的身體，但是心根本不在這兒。我彷彿看見芬的臉上沒有一絲驚訝，那兩只蜜蜂從容不迫地飛着，繚繞在床上糾纏在一起的裸體的上空。我甚至聽到了她的呼吸聲，帶着那種病態的玫瑰和梔子花混合的氣息溢過櫃子彌漫在整個房間。不知為什麼，我輕輕呻喚起來……

他觸摸着我的身體，繼而把臉貼在上面。

「實際上很多時候，我就怕你跟我在一起覺得自己在受罪。」他抬起身子望着我的眼睛說，臉上發出疲憊的光澤。他的沙啞而溫存的聲音聽起來反而讓人更加感受到肉體的衰老與頹敗。他那凹陷的鎖骨處蓄着一攝光，亮晶晶的。

我忽兒把他抱得緊緊的，熱切地說：

「我只是擔心你不舒服，不快樂。」

他露出了幼稚的滿足的笑容。

「我哪裏會不舒服，你把我抱得這樣緊。我只是覺得我不能……」

我用手握住他的嘴，臉頰感觸着兩只光潤的胳膊的彈力，卻又偷眼看了看衣櫃，向他沒來由地笑了。

「明早你不用來接我去吃飯，中午上學也是我自個兒去。」

「為什麼？」他驚詫道，一邊穿好衣服。

「我想休息休息。」

5

當他走出去門砰地一聲關上時，我依然裸着身子躺着，對於那櫃裏的一點也不想搭理。她自己走了出來，把放在梳妝台上的藥拿起來細細地看着，又丟到一邊。

她也同樣脫了睡衣，貓一樣地躺在我的身邊。

夜裏，她身上的溫度更高了。我找來被子裹在她的身上。她哆嗦着突然抓住我的手往她乳房上按。她高聲叫道：

「就這樣摸我，狠勁地掐，像他一樣……」

我驚訝地盯着她，嚇得抽出我的手，手上依然留有她乳房上的體溫。我説：「你在胡説什麼。」

「我要離開這兒，我要去他那邊。」她沒有睜眼，只是挺起身子。

我把她按下。

她依然説着，斷斷續續地。

「……去找他，他説要跟我結婚，如果錢不夠，他就跟他爸爸媽媽要，或者乾脆把我帶到美國去，他不會一個人走，他很愛我，我現在要去，去他那……」

「你在生病，發着燒，不能去他那兒。」

「不能去他那兒，對，他會把我折騰死，他會毀了我……還是去吧，讓他毀讓他折騰去，我也不嫌他窮，也不因為他沒有錢就恨他，只要他真心真意地對我，跟我結婚，我要穿漂亮的衣服，讓他見了我就離不開我。我買了好多衣服了，是不是？」

她終於睜開了眼睛，也許燈光刺得她疼，她又一下緊閉起來，她的胸脯起伏着，兩只乳房像是受驚的鳥一顫一顫的。她又一頭偎着我。

「可是我把錢都買衣服了，我一分錢也沒有了，沒有錢付房租，沒有錢買飯吃，我明天還是

去跳舞吧，跳那種下流的舞，這總比沒飯吃的好。」

我吃驚聽着她的這些話，不知怎麼辦好。於是下了床給她弄了杯水，拿起梳妝台上的藥，逼着她吃。她緊緊閉着嘴唇，使勁搖頭。水灑在她的肩上，滑溜溜地流下去，弄濕了毛巾毯。

她又睡着了，睡得不安穩，常常哆嗦。她終究要去找她的男朋友，至於錢，我想我是可以給她借的。

第二天當我醒來的時候，已近十一點了。我頭腦昏沉沉的，發脹，鼻子也堵着，這回可真的要從她那兒感染病菌了。我看了看身邊，是空的。她走了？我心裏不由得高興起來。就在這時，從客廳裏傳來一種聲音，像是有人在抹地板。我出去看了看，只見芬穿着她自己的短裙趴在地上一下一下地抹地板。我看到窗玻璃已擦得亮亮的，桌子上一些零亂的唱片已收拾得整整齊齊，我昨晚脫下的衣服包括內褲和乳罩已被洗好掛在窗口邊。芬抬眼看了看我難為情似的笑了笑。我說：

「芬，你在幹什麼呀，我怎麼會要你替我做這些事？」

「我既然在這裏睡了一夜，就必須有所回報，況且這些小活我也很喜歡幹。」

我走過去把她從地上拉起來。

「你還在生病。」

「我已經退燒了，你看。」她把我的手往她腦門上按。果然那上面涼涼的，這使我放下心來。

她終於可以走了。

她在廚房裏熱了牛奶和麵包。於是我們一起用餐。我說：

「你的男朋友一定等你等急了。」

她低頭喝牛奶，也不說話，也不點頭，只是朝我含糊地一笑，然後收拾碗筷，又乾淨又利落。

我沉思地回到臥室，坐在床沿上，回憶她夜裏所說的話。這更加增加了我的自信，她肯定是會走的。

這時她走進來，打開櫃子，把她昨天藏在裏面的紙袋拎出來，一副要走的樣子，這使我的心情在剎那間快樂起來。不料她說：

「送給你，統統送給你。」

「為什麼？」我覺得這很可笑，便笑了起來，一邊伸過手去翻起裏面的衣服。

她一會看看牆上的胡姬花，一會看看窗外的那一大片草坪。而我盯着手裏的衣服，考慮哪一件合適我。這時，她坐在床沿上漫不經心地說：「我不想走。」

我像被燒着一樣猛地扔掉手裏的衣服，它們散在地上，散了一地。我又狂怒地用腳踢着它們。我說：

「芬，你難道就不能可憐可憐我？」

芬已經紅潤起來的臉又變得煞白，她站起身，身子卻又幾乎要倒下去。她急急地說：

「我就躲在櫃子裏，絕不出聲，你就當我不存在，就當我是個茶杯，是那盒藥，就當我是個死人，這還不行嗎？」

「他偶然打開櫃子怎麼辦？」

「你那麼聰明怎麼會讓他打開櫃門？」

「我不聰明，我是個可憐的人，你看，這兒的一切都是他的，牆上的畫是他的，床是他的，櫃子是他的，我怎麼有權利阻止他打開他自己的櫃門？」我哭了起來，哽咽着對她說，「你不知道我是付出了多少心血才和他走到今天的……」

她驚訝地看着我，看着地上被我踩髒的衣服，又垂下頭。沉默了一會，說：「好吧。」

她真的走了出去，也沒有把她的衣服帶上。對着她離去的背影，我的心隱隱作痛起來，彷佛那兒被弄傷了一樣。我又禁不住趴到床上使勁地流淚。

第十四章

1

我的頭越來越痛越來越暈，吃了藥不見效。芬的離開并沒有使我的沮喪有一點點好轉。她有兩天沒有上課了。我曾打電話到她的房東那裏，那人說，芬在幾天前就搬走了。那麼她去了哪裏？去找她的男朋友了嗎？課間我一個人趴在教室的窗口向下看，看到了芬曾指給我的那座紅色小樓房。

我決定毫不拖延，下面的兩節課我不打算上了，便收拾起書包匆匆下了電梯。出了大廈的門，我便搞不清那條街道的具體方位。我一邊回憶着那個窗口的位置，一邊繞來繞去。街邊的店主看我走走又回頭的樣子，便不懷好意地笑起來，眼睛都陰暗地盯着我。也許他們認為我是故意在引起他們的注意。我只局促地低着頭，向剛放學的孩子們問路，但我又說不出那個街道的名字。他們轟地笑開了，老遠還回過頭向我張望。

不過，我最終還是找到了那個紅色的樓。我一邊走的時候，一邊回想起芬所說的曾被她愛人見過的樹葉，踩過的小路。我抬起頭，迷惘地張望着，下午的陽光耀眼地照過來，在颯颯作聲的樹葉上編織出意想不到的圖案，樹的陰影傾覆在我的身上，使我更加感到僻靜的周圍脱離了現實感。芬的男朋友大概也會有同樣心情吧？

我來到那座樓的大門前，朝裏望着，裏面是用木板隔開的一個一個寫字間。我在裏面尋找起那個長頭髮穿吊帶褲的青年。但由於豎立着的木板，使我的目光無法一覽無餘。我的鬼鬼祟祟的模樣立即引起了一個女人的注意。她走出來。

我把那個青年的模樣向她描述了一遍。她問：

「你是不是說史密斯李？」

我點點頭，芬沒告訴過我他姓李。

「他已經回美國了。」

我被她的話着實吃了一驚，臉也緋紅起來。我說：

「不會吧，他快要結婚了，怎麼就走了，是出差吧？」

我又一次期望着。

「不，他再不回來了。」

「可他快要結婚了啊。」

我走出那幢樓，渾身都害怕得顫抖起來，猶如從水池着剛爬上岸的落水狗。那曾出現在芬的眼裏的恐怖此刻傳遍了我的全身。她那張曾出現的灰綠色的臉、失神的眼睛和一副病態，在我面前久久浮現着。為什麼，為什麼事情是這樣殘酷得不可收拾？是不是這整樁事情打根上就錯了？這個根在哪兒？

芬究竟去了哪裏，她能否從這種打擊中熬過來？實際上從那天逛街我就應該有所預感，她發瘋一樣地買衣服，發瘋一樣地跟我打賭她會喝酒，然後半夜中突然闖進我的公寓，這一切不正是說明了某種問題？可是即使我知道了，那又能怎麼樣？難道說她就可以不痛苦了，難道說我就會把她留在公寓裏讓她躲進櫃子裏？

我回到學校門口，夕陽已經西下了。芬莫非真的要失蹤，或者又想辦法去到某個遙遠的地方而不再見我？我曾把她趕出門去，這意味着我和她之間的友情已喪失殆盡。我低着頭，對那樣的自己感到羞愧，便嘶啞着咳了兩聲。

但是當我抬起頭要跨進大門時，無意間看到芬遠遠地站着。

2

她正望着我，那張安詳蒼白的面龐後面，還能看到劇烈的疼痛和在寒意侵入時才打的寒顫。

我走上前去，一把抓住她的手。她說：

「海倫，我真的很愛很愛他，很愛很愛，可他不能和我結婚。」

她的眼淚一時間順着蒼白的臉頰往下淌。她抬起一只手擦去。我說：「我知道，我懂。」

這時，樓上的學生放學了，往外湧，他們都看到了我們，看到了芬在哭泣，便驚愕地停下腳步。兩旁的店主也看到了，都伸長了脖子。

芬卻毫無顧忌，看也不看他們，只拿眼睛盯着我，潸潸地流淚。我問：

「他為什麼不跟你結婚？」

「因為我是個中國人，他要跟一個中國人結婚，首先就得向移民廳交錢。他沒有那麼多錢。」

「沒錢就可以不要你了嗎？」我憤憤然地說。

「但是我不恨他，真的，一點也不恨，我真的很愛很愛他。」說到這兒，又向我笑一下，眼淚大顆大顆地掉下來，彷佛是兩條奔流的小溪。她又輕輕喚道，「海倫，海倫，你知道嗎？我很想穿着長長的婚禮服和他走進教堂，我想親自體驗一下教堂裏的婚禮是不是像電視裏演的或像小說裏描寫的那樣，倆人一親吻，然後在場的親朋好友都拍手鼓掌。我總在想那鼓掌的聲音一定非比尋常，一定是很動聽的⋯⋯」

她哽咽得說不下去了，我緊緊握住她的手，不知說什麼好。我問：

「那你這兩天在哪裏？」

她抹去眼淚，說：「我姐姐那兒。可是我很難過，我不能把這事告訴她，她活得也不輕鬆。白天和黑夜，我就獨自看着窗外……」

她乾脆用雙手捂住臉哭，指縫間是她灰白委頓的臉。她又說：「其實，這幾天來我還是第一次哭。」

我焦躁不安地看着四週，柳要像往常一樣要接我去用餐。我對芬說：「別哭了，我們一起跟他去吃飯。」

3

就在這時，一輛車輕輕滑到身邊。朝裏一看正是柳。前面是司機，他在後面坐着。他打開車門，站出來，看了看芬，問：「出了什麼事?」

我們都沒有回答，和他一起鑽進車裏。我想告訴他些什麼，但是礙着芬，我張了張嘴，說不出話來。他也就不問了，默默地看着窗外。芬這時已經把眼淚全都抹去。

我們吃的是日本料理。光線黯淡中，日本廚師像個婦人似的笑容可掬地站在我們面前噼里啪啦地炒着豆芽、洋蔥和大蝦。蝦的顏色由白逐漸變紅。我坐在他們倆中間，右邊是芬，左邊是他。也許是受了芬的傷感情緒的感染，我們都只是默默吃着。其間，他也許明白了什麼。芬一邊吃，一邊盯着窗外，好像還時而聽到她的啜泣聲。她的臉上，一刹那熄滅了一盞燈似的。對我來說，再次意識到婚姻對我們長久地在此生存的重要性。對此，我感到說不出的失落與傷心。

他在我耳邊悄悄低語：「一會我們去一個酒吧，好不好？」

我把這話傳給了芬。芬說：「我寧願去海邊。」

柳說：「不行。」

夜早就降臨了，從陰霾的天空，吹來一股帶雨的暖風。我們三人停在車前，只見芬離我們稍遠一點站着，向着空曠的遠處望去，顯得虛弱和孤立無援。那件緊裹着身體的白裙子仿佛在赤裸裸地坦白她自身的處境。柳向我詢問去哪一個酒吧。

我就我知道的胡亂說了一個名字。他立即瞪了我一眼，說：「不行，去那兒要經過紅燈區，如果有人認出我的車在那兒通過，他們會以為我⋯⋯這將是奇恥大辱。」

我們來到一個就近的酒吧。不大，燈光似乎透着裊裊青煙，一間間的小花門孤立地洞開着，每一間都有兩三位年輕女孩垂立在一旁，微微笑着，眼睛裏透出企盼。柳厭惡地瞥了她們一眼。我們只在大廳裏一張正中間的桌旁坐下，依然右邊是芬，左邊是他。他又用手機邀請他的朋友。台上一位菲律賓女歌手正半閉着眼睛唱一首美國老歌「FEELING」。傷感和憂鬱的氣氛似乎很適宜此時此刻的芬。她的眼睛像是受了傷的小鳥迷惘地盯着女歌手，但又好像什麼也沒有看到，她坐在那裏，成了一個荒涼的空殼，懸浮於空中。柳不斷地看她幾眼，又對我笑一笑，那笑容掛在他臉上像早晨的露珠隨時都會消失，沉思的眼睛裏更是透出某種不安與困惑。

燈慢慢黑了，只見一個穿着中國旗袍的小姐點了一根蠟燭放在大廳的邊緣上，光線飄飄忽忽地伸展過來，使人擔心它隨時就會消失

這時，他的朋友們全到了，有五六個男男女女，以至一張台子不夠用，便用兩張拼起來，圍坐在一起。我環顧着四周，也不知什麼時候開始，那些洞開的小花門一個一個關上了，透過磨砂玻璃隱約看見一些晃動的人影。這些人影是不是那些女孩們所期盼的？他們在裏面究竟幹什麼？快樂的調侃又開始了。大家爭相說着一些有趣的軼聞。在這樣黑的光線下，好像不必我說什麼話。我也不用笑，也不用特地擺出誘人的姿勢。我輕鬆而又隨便地坐在一旁。如果不是芬的緣故，我會感到舒坦釋然，我會覺得這細微的光線如同幽柔的月光。

那個穿紅旗袍的小姐拿來了幾瓶酒，有香檳，有威士忌，有馬嗲利，還拿來了各種水果。這時柳碰了碰我，又傾過身子伸出手碰了碰芬，芬正低着頭，看到他立即像一個夢中人露出了惶惑的目光。他讓我們注意他的談話。他說：「我讓你們猜一猜，男人淹死了之後為什麼臉朝下，而女人淹死了身子卻朝上，這是為什麼？」

顯然這是和性有關的話題。我們都笑了，我看着芬，她似乎出於禮貌也笑了一下，然後便又不做聲，纖弱地坐着。她旁邊的一個男人問她喝不喝酒，她點頭。男人便給她倒滿滿一杯威士忌。

對於柳剛才的問題，終於有一個女孩問：「你的說法有什麼根據？你有沒有真的見過？」

「連書上都這樣講，我又何必要親眼看見？」

「那書上對這個現象是怎麼解釋的？」

「它沒解釋，主要是讓各位自己去心領神會。」

女孩笑了。她說：「我是心不領神不會。」

「好，那就再講一個故事，」他又注意地看了看芬，似乎想把她逗樂，「從前，一個小孫女每天和奶奶睡在一起，每天天沒亮她就對奶奶說，我要尿尿，奶奶就起來把她尿尿。有一次他們家裏住了一個客人，奶奶就對小孫女說，明天早上你不能說尿尿，女孩說這個羞死了。小孫女問那我說什麼。你就說唱歌。奶奶這樣告訴她。以後小孫女每天都對奶奶說我要唱歌。」

故事結束了，我索然地坐着，不覺得這有什麼可笑之處，但也隨他們勉強笑了一下。台上的女歌手一連唱了好幾首歌似乎累了，便微笑着走下台去。柳馬上站起來說道：「我要去唱歌了。」想到他是五音不全，我馬上拉住他。我說：

「不要唱了。」

這時大家轟地一聲笑開了。

他真的「唱歌」去了。回來又接着說笑話。聽着聽着，我像一塊奶糖一樣坐在椅上慢慢變了形，好在沒人注意我。就連芬也沒看過我一眼。芬一直低着頭喝酒，大口大口地喝，一杯接一杯，自飲自斟，什麼話也不講，在她口中縷縷吐出酒氣，那貼在額上的頭發隨着燭光的搖曳微微拂動。那張臉也白慘慘的，沒有一絲表情，完全的一只喪家之犬。望着她，我也喝了一杯，這是蘇格蘭頭等威士忌。我的臉立即滾燙滾燙的，內心也變得極其軟弱。我偎着柳把手放在他的手上，對他說：

「我們走吧。」

他看了看錶，竟同意了我的建議。

芬勉強地撐住桌子，假如我沒有喝上那一杯，我一定會扶住她一起往外走，但是加上白天的病態，此刻我整個身往下沉，腦袋也搖晃起來。我跟着一群人出了酒吧，站在門口，一下子面對輝煌而紛亂的光線，竟顫抖起嘴唇，像是受到了無防備的一擊。我拿眼睛尋找芬，她正站在柳的身邊，似乎也被外面的光線驚嚇了一樣，睜開的眼睛重又眯住。惶惶之中，突然她把兩只手臂張開，像一根繩索勾住了柳的脖子。燈光下，她勾住他，身子軟軟地靠着他，頭低低地垂在他的前胸，像一只死去的鳥雀。

4

四周的一切靜極了，甚至連街上的行車都在悄悄地行駛。我還能聽見誰的腕上手錶的滴答聲。只見他雙手撫摸她的肩頭，并很快向我看了一眼，那臉上的神情既不畏縮，也沒有歉然，只是充滿了一種溫情。這溫情像是凝固了的某種顏料長久地滲透在他的皮膚他的眼睛裏。

不知是誰說了句「她醉了」以此來安慰我。

他們很快就散去，又剩下我們三個。柳扶着芬上了車，讓她緊挨着他，她的一頭濃濃的長髮便散落在他的膝上，他的手輕輕撫着她的背。我獨自坐着，裝出對此毫不在意的樣子，也用手撫着芬。我對他說：

「她醉成這樣，先把她送回去吧。」

「她住哪裏？」

「她姐姐那兒。」

「她姐姐在哪兒？」

我一時惑然，推了推芬，她卻沉沉地埋着頭，絲毫不打算睜眼的樣子。這時，柳對司機說：

「先回公寓。然後再送芬。」

我頓時意識到了一切，刹那間像白癡般茫茫然凝視着柳，似乎在等待他重新更正。但他把頭扭過去像沒事似的望着窗外。我便悄悄地使勁地按着芬，但她毫無動靜。我只得拿懇切乞求的目光盯着他的側影，對他說：「還是先送她。」

他轉過頭來，望了我一眼。

「要慢慢地等她酒醒，你也累了，也早點休息吧。」

說完他居然還笑了，那笑在這個夜間在這個時刻猶如一把冷酷而森然的鋼刀穿透了我的心臟。但我依然掙扎着說：

「讓她跟我一起住公寓吧。」

「這怎麼行？」

「這怎麼不行？」我單刀直入地像糾纏不放的惡女人施展出最後的戰術。

他卻傲慢地瞪了我一眼，乾脆轉過頭不再和我勞神。我感到血直往臉上衝，身體裏似乎也有個東西斷裂了。我不知道我還能說什麼，便默默望着擋風玻璃，對飛一般掠過的路景視而不見。他的聲音猶在耳邊回響。沉默之中，幾分鐘過去了，很快，我就看到那公寓所在的大廈。這時，我無法止住淚水，但是如果我用手去抹或從衣袋裏掏出紙巾，他一定會發現。我要讓他發現，於是我不斷地用手去抹眼淚，甚至抽泣出了聲。但他一動不動沒有任何反應。我膽寒了，知道這次是徹底完了，便不再用手去擦，任憑淚水去灼我的雙唇，體驗着極度的羞辱。

車停了，我打開車門飛快地跑遠。只聽後面的車刷地一下又開走了。

我呆呆地站在黑暗裏，為自己是如此的渺小與卑微失聲痛哭了起來。

我的眼前重又浮現出第一次見到的芬的模樣，她穿着半長的小睡裙，一雙小手正往潔淨的臉上抹着什麼，那皮膚那閃亮的額頭在那個晌午時分呈現出了月光一樣奇異的光彩……

5

早晨大約九點鐘我昏昏沉沉地醒來。日光從窗戶玻璃射進來，在床上交織成一幅幅圖案。我睡眼惺鬆地盯着這些奇特的花紋，好像過去從未發現過似的。我下了床，走到那個窗邊，那兒依然是一片偌大的草坪，空空的沒有一個人，草坪中間的藍色游泳池清晰地照出天空白雲。車道上的路面閃閃發光，往常他都是通過那條道行駛過來。我彷彿又看見了他，穩穩地駕着車，聽見他用力開門。可今天他為什麼沒來？我的心頭莫名其妙地一驚，然後想起了昨晚的一切。

這時，電話鈴響了，一聲持續一聲，像是沉甸甸的衝擊使我渾身一顫。我望着它，而它依然麻木地震顫着，一點也不知道這個人世間有什麼樣的苦或樂流過它的身體。我望着依托着它的床頭櫃，望着貼有胡姬花的牆壁，這些所有的一切都曾讓我得到安慰，我和他的氣息依然混合在空氣中。我摸着這床、床單、枕頭，又拉開梳妝台上的抽屜，看着那瓶擦臉油。我不禁拿起它來，就像我第一次拿起它時一樣，讓它完全裸露在陽光裏。我盯着裏面淡藍色的液體，心想，它曾是我的秘密。而現在不再是了。秘密喪失了，還存在什麼呢？我把它放回去，又來到浴室，望着那空空的浴池，我在這兒沐浴，在這兒洗手，那面牆上的鏡子曾無數次映照過我的裸體，還有他臉上溫存的笑容。我望着鏡中的自己，我的短髮顯然已經長長了，低及肩胛，我的眼睛似乎從未像今天這樣黑，深不見底，雙眸中也閃爍出盈盈的亮光，好像它再不那麼恍惚了。

我來到街上，正午的陽光透過鱗次櫛比的大廈，灑在我的身上。在我周圍，飄動着音樂聲，隱隱約約，好像小鳥在空中散落下的羽毛。我走到了路邊的一個陰暗的樹林子裏，坐在石凳上。我又看見了一群烏鴉，披着黑光，彼此溫情脈脈地呼叫着，它們像秋天的樹葉時而鼓翅，時而飄落在地上緩慢地走動，發出不絕如縷的咕咕聲，同時眼睛膽怯地盯着我。那又白又薄的眼瞼似的東西，使烏黑閃光的小眸若隱若現。喉嚨處的羽毛不停地動。它們是從哪裏飛來的呢？它們到這裏來也是為了覓食嗎？望着它們，突然一種同為天涯淪落人的感覺緊緊攫住了我的心。我和這些烏鴉是多麼的相像，好像我和它們同為多餘的，我們同樣來到了這個不需要我們的世界，我們的生命在這一片陰暗的空間裏顯得這樣卑下和微不足道。

6

我找到了柳的辦公室，年輕的女秘書把我帶進去。裏面的沙發上坐有兩個女孩，正和柳說着什麼笑話，這兩女孩都是昨晚的見證人。此刻柳一看是我，臉上漾開了笑容。他說：「我給你打電話，你沒在，等一下我們一起去吃飯，我已訂好了位。」

我像做錯了事的小學生一樣臉色緋紅地站着，女孩們注意着我的臉色，想從中看出些什麼來。我低着頭挨着她們，沉悶地坐在她們身旁。只聽柳說：

「再講一個笑話。有一家人家的丈夫是個司機，有一次車裏的收音機不響了，他也不出去做生意，就擰那兩個旋鈕，一手一個，想把它們擰好，可怎樣就是不響，他從一早上擰到晚，天都黑了，他還不回家。太太在家裏等急了，喊他回來吃晚飯，他還是不斷地擰那兩鈕。實在沒辦法了，他才回家。夜裏，迷迷糊糊中他摸着她太太的兩個乳頭不斷地擰着，嘴裏還說，怎麼就不響呢？怎麼就不響呢？她太太不耐煩了，便一巴掌把他打到地下去，她說：『死鬼，下面的插頭沒插上，怎麼會有聲音？』」

女孩們笑得歪歪倒倒，其中一個依偎到了我的背上。柳卻沒有笑。

低着頭的我也忍不住笑了一下。兩個女孩更笑得發了瘋似的。柳的臉被窗外的陽光照射着，重又露出絲一樣的光滑的皮膚。我注視着那張臉，心裏想，是說還是不說？我望着窗外那水一樣透明的空間，好像期望那兒能現出一張臉來對我做個暗示，可是那兒空空的只有陽光蝴蝶似的輕輕俯在窗檻上。四周是女孩們的笑聲。柳也終於把聲音夾雜在其中一起笑起來。可是對於他的笑聲，對於那發着絲一樣的光彩的臉，將永遠沉寂在昨晚。這時，我站起身對女孩們說我有點事要和柳先生談，請她們回避一下。

柳和女孩的笑聲隨即止住，都不解地盯着我。我說：

「只需十分鐘。」

她們從沙發上站起來，又望了一眼柳，便打開門出去了。

房裏靜極了，柳抬起頭，似乎從我的表情中察覺到了一種東西。

「我要離開你。」我平淡而又虛弱地說着，望了望窗外莫大的空間。

他驚愕地盯着我，那神態就好像昨晚的一切都沒有發生過，就好像我和他之間從沒有過危機，而只是不斷地像剛才那樣的笑。他問：「為什麼？」

我沒有做聲，低着頭站着。

他陰沉着一張臉，走到窗邊關閉百葉窗。日光頓時暗了，屋子裏顯得又昏黃又不真實。他望了望我，回到辦公桌前擺動着文件，一邊說：

「你不是又像過去一樣在我面前耍花招吧？」

「我很希望是這樣。」說了這句，我轉過身想馬上就走，我已完成了我來的任務。

他一下跨到我的面前，把門關死。

「既然來了，那就得把話說清楚一些。你說，為什麼？就因為昨晚那個喝醉酒的女孩？」

「你把她帶哪兒了？」

「你說帶哪兒了？」

我想起了他曾帶我去看過的另一套公寓以及那公寓裏蜘蛛網般的空床。

「為了她你就會離開我、離開錢、離開你日思夜想的綠卡？我昨天都跟電視台聯繫過了，約好明天去見一見，怎麼你不想見他們嗎？」

我依然站着，從他的話音裏更證實了昨晚我沒有看見的一切。我又低着頭想了一會，嘴唇顫抖着，想要說什麼，張了張嘴，卻沒有聲音。於是我想朝他笑一笑，但也沒有笑出來。我所有的表情都看在他的眼裏，我低下頭去，返過身，重又向門口走去。

「你真的不要錢了？不要簽証了？不過，沒關係，既然你這樣，我也不強留你，但我會讓我的司機在每個月一號把錢放在你的手裏，你在新加坡的整個期間我都不會讓你流落街頭，免得讓人說我柳某無情無義。」

我轉過身去說：「不用，真的不用。」

他又笑開了。

「那你怎麼活？怎麼交房租？怎麼交學費？怎麼吃飯？再節省也得有錢啊。」

「去當婊子，賣身，賣肉。」

「有骨氣，我還不知道中國女人有這樣的精神。」

來到門口，當我旋開把手時，聽到站在外面的女孩在笑，似乎還在回味剛才那幽默的笑話。

我心裏想，從此這個男人就跟我沒關係了，同樣，他也看我是陌生人。想到這，我淚如泉湧。

「為什麼要哭？後悔了？不過看在你的眼淚上，你還可以收回你的話，我對你還會一如既往，甚至比以前更好，真的。實際上我很在乎你的眼淚，不管這眼淚是真的還是假的。現在我等你的回答。」

他嚴峻地望着我，聲音像山野裏的飽含着水分的果實那般沉重。我又聽到外面的女孩們竊竊私語，間或依然發出清脆的笑聲。

「我的時間有限。」他又說道。

聽着那揚起的語調，我走到他的辦公桌前，拿起台上的一枝鋼筆，用那尖利的筆尖朝自己手背上猛地刺去。鮮血混合着墨水湧了出來。我說：

「這一輩子我不再回到你的身邊。這就是我的回答。」

他驚呆了。臉上變得陰沉而可怕。一會他說：

「你以為你用這種方式能使我更加喜歡你嗎？你錯了。」

那臉上重又浮起淡淡的半含嘲諷意味的微笑。

7

半道上我不想再看到那群烏鴉，便繞道經過了那個菲傭成堆的廣場。一片嘈雜聲中他們有的站着有的坐着，漫不經心而又若有所思地望着遠處的大廈和街道。整個廣場猶如天底汪洋使他們的嘈雜聲隨風起落飄蕩。直到我回到公寓開始收拾衣物時，我的耳畔還有餘聲，不過這時還混雜着其它聲音，恍惚之中，說不清到底是什麼，好似空貝殼發出的甕聲。但我很快明白，這是斷斷續續的敲門聲

我打開門，見是芬。

我躊躇起來，手還是搭在門把上，默默望着她，就是這個形象曾和我一起站在人生的荒原上。而此刻我看她就像看一個陌生人，我想起昨天在夜晚降臨，露水輕輕飄蕩時，這個女人絕望

而淒涼地勾住一個男人的脖子，她的兩手緊緊交叉着，懸掛在那裏。正因為是這樣的形象，我無法恨她。我會去恨她的淒涼嗎？

她走了進來，看到我放在地上的紅色皮箱，白慘慘的臉上立即愁雲密佈。我說：

「我要走了。你也不用再偷偷摸摸地藏進櫃子裏，你可以名正言順地睡在這張大床上，你看，這床是多麼的柔軟，這四周圍的一切，這空氣、這牆壁，還有那寬大的浴池……重要的是這一幅胡姬花，我想你現在是真正地得到了它。」

她仰起臉，望着胡姬花，眼淚滾落了下來。她問：「你要去哪？」

我不做聲，翻開箱子把自己所有的衣物放進去。

「你去哪兒？」她又問道。

「不知道。」

「去教堂吧，好不好？」她誠懇地說着。

「去教堂？」

「昨天我和我姐姐去了那裏，半道上她看我心情不好，以為是因為沒有錢，便勸我再去跳舞，我不肯，逼急了，我就打了她一個耳光，打得她的半邊臉都腫起來了。在教堂裏，沒有幾個人，姐姐跪在凳上，一邊看着聖像，一邊就使勁哭，一個勁地哭，我在她後面實在是看不下去了，就走到她面前對她說對不起。你知道嗎？我長這麼大還從來沒有對別人說過這三個字，儘管是我的錯我也不說。可我昨天說了這三個字之後，一想起要去跳那種舞，我也就哭起來……我不知道上帝在哪裏……我想讓你跟我一起去找找上帝究竟在哪裏……」

她說不下去了，眼淚噴湧而出，雙手捂住臉。

我看了看她，合上箱子，她依然捂着臉。我說：

「上帝在哪裏我不知道，我根本就不想知道它究竟在哪裏，你們倆哭，這倒也沒什麼，但我想不明白的是你們哭為什麼要去教堂哭呢？」

「那我們去哪裏哭？」她斜歪着嘴猝然問道。

「到廁所裏哭，到妓院裏哭，到男人幹了你們又不給錢又不跟你結婚的那張床上去哭。就是不能到教堂裏哭。」

她抹盡淚，用那雙哭泣的眼睛打量着我。她說：

「我現在就要你跟我去教堂。」

「跟你去教堂？」

「對。」她狠狠地看住我。

我笑了。我說不。

「你一定要去。」她走過來用手抓住我，「起碼在那裏我們能有片刻的解脫。」

我摔掉她的手，拎起地上的紅皮箱往門口走。她追過來。

「如果你這次不去，我們之間的關係算是徹底完了。」

我回身看她，她一臉的淚痕。我輕輕說道：「你要我去的地方果真是我們的地方嗎？」

我說了這一句，她就愣住了，沉思着。一會，她又說道：

「既然教堂不是我們的地方，那你現在去哪裏？」

「去我該去的地方，那才是我們的地方。」

「究竟是哪兒？」

我望了望窗外悄悄降臨的灰暗的暮色，又轉過頭盯着她說：

「Taxi 曾經去過的地方。」

她一下哭了起來，把臉貼在我的肩上。她說：

「難道我們就不能讓他共同養着我們嗎？我們需要錢，他有錢，他還可以幫我們辦綠卡，這就是我們在這裏的目的，你不是千辛萬苦地費盡了心機才得到他的嗎？你為什麼要走？為什麼竟會犯這個糊塗？你不是說，我們根本不配在這裏談尊嚴嗎？我們來就是挨別人日挨別人打挨別人侮辱的嗎？」她哽咽得說不下去了，我的肩頭已濡濕一片，涼涼的，我不禁哆嗦一下，抬起手，去撫摸她我多次撫摸過的頭髮。

她一把拿起我的手貼在她的臉上，久久哭起來，眼淚泉一樣滴落在我的手心裏。一會，她望了望我說：

「你為什麼不哭一哭？哭出來吧，哭出來吧，哭吧，只要哭了，你的臉就不會這樣蒼白得嚇人。」

我用手拍了拍她的臉，說：

「又不是要我去死，哭什麼呢。」

「你這是在賭氣。」

「開始時我以為我就是在賭氣。」

我抽出手，想走，她卻一把摟住了我，我把她推遠一些，抽開身子，打開門，一陣熱風吹過來。外面已黑了，遠處的燈光又開始閃爍。她站在我背後，一起朝燈火密集處看去。燈火飄搖着，依然像是無數個手指在抓撓着我的心。

「你真的要走嗎？」她用手抹着眼淚問。

我沒做聲。

「當了妓女會是什麼樣子？」她又問道，聲音怯怯的。

「很髒。」

「比我們現在還要髒嗎？」

「還要髒。」

「我跟你一起去。」

我回過頭看了她一眼，亮光印照了她的臉，她的眼睛也像遠方的燈光一樣在閃爍着，可她卻迴避了我的目光，她不敢和我對視，因為她知道她説的是一句假話。

我剛要走，她抓住我又低低説道：

「他喜歡的是你。」

聽了這一句，我心中厭惡極了，便用勁推開她，走了出去。

我拎着紅皮箱，走得很快，望着前方的燈火，對那個公寓也再沒有回頭看一眼。

第十五章

1

我拎着紅皮箱走上大街了。我驚訝地望着陌生的人群，忽然想到在幾個月前我居然想在這塊土地上砸別人的飯碗搶別人的老公，在那天去北京首都機場的路上我也是拎着紅皮箱，也是穿着今天的淡黃色長絲裙，和現在一樣思索着某種出路的問題。以前的思想，以前的目的，以前的自己如同身下的影子都從我的視野裏消失，被埋在了一個什麼地方……

但是一件不愉快的事發生了。一輛汽車在我面前戛然停住，一個紮着領帶的年輕人從車裏探出頭惡狠狠地罵了我一句。我朝四周看去，發現自己是站在一個十字路口旁，紅燈明顯地亮着，所有行人都停在一邊，只有我站到了中間。

我想退回去，但又掙扎着朝前竄去，像穿過槍林彈雨來到馬路對面。等待的人群目睹了這一切，發出一陣笑聲。幾個女人用英文說：

「中國人。」

「準是個中國人。」

「罵得好，沒長眼睛嗎？」

我低着頭穿過他們中間，又回過頭來，砸她們飯碗搶她們老公？我在心裏嘲笑了自己一聲，又茫然盯着燈火閃亮的街頭，向前走去。我只剩一個皮箱了，這一發現使我胸中突然迸發出一股恐懼。在這一天，整個過程中我只有強烈的歇斯底裏的想要結束一切的感覺，裏面甚至還夾雜着一種快感。在他的辦公室裏，我用鋒利的筆尖刺向手背時，也沒有疼痛，血湧出來很暢快。但現在夜風吹在上面我感到疼了。我把傷口放在唇邊在上面哈了一口氣。燈火閃爍的上空沒有一絲雲塊，月亮幾乎是蔚藍的，星星正悄悄地發出恬靜的光芒。遠處的七十二層大樓頂端也在閃閃發光，透過純淨的空氣，還能清晰地看到上面的「新年快樂」幾個大字，要過年了。

手背上的疼痛消失了，剛才闖紅燈的不快也沒有了，心中惟一思考的就是去哪裏。我停下腳步，看到路旁有一個餐館，裏面坐着幾個興高采烈的中學生，他們一邊吃，一邊說話，不時發出笑聲。他們快樂而天真的笑使我停下腳步。再一看，是福建蝦麵館。我走了進去，聞着一股香氣。

這個地方是他帶我來的，每次這裏都洋溢着歡樂的氣氛。而此刻，儘管依然充滿了笑聲，這個餐館卻向我散發出一股莫名其妙的寒氣。我陰暗地看着一個夥計，這是個二十多歲的年輕人，一雙眼睛裏發出光滑的疲憊的光澤，他正朝我歪着頭笑着。再一看，竟然是班上的歌詞作者安小旗。

「怎麼會是你？」我脱口而出。

面對我的驚詫，他的臉紅了，看着手裏的記菜單，勉強作出笑容。「儘管對一個詩人來説，這工作有些卑下，但比起我們，也不錯。」我説。

「你在説笑話，你……」

「給我來碗蝦麵吧，我很餓。」

「就吃蝦麵？還要什麼？」

我搖搖頭，他轉過身去，我卻又把他叫住。我説要一份雞蛋，一份油菜，一份炸魚，外加一杯鮮西瓜汁。

很快他上了菜，用計算機一算説道：

「二十二塊八。」

他看到了我放在腳邊的箱子，又説：

「出門帶着箱子多麻煩。」

我抬起頭朝他笑笑，掏出錢如數給他。他也笑了，露出一口參差不齊的牙，無意中他看到了我受傷的手，但什麼也沒問，又去招呼別的客人了。中學生們走了，留下一桌子殘羹剩菜，跑堂的在收拾，發出很響的雜音。

我吃着蝦麵，吃着小菜，喝着鮮紅的西瓜汁。過去在國內曾有一個男人對我說女人喝紅色飲料顯得很浪漫，能增加魅力，所以在許多場合我都有意無意地叫上一杯。而此刻我卻噁心這杯紅色。我的眼睛時時向外面的夜色看去，心中懊惱叫了太多的菜，又在想今晚要在何處安身？

我拎着箱子不得不回到街頭。整座城在燈光的托浮下像一塊船板漂浮着，而我是它身邊的一個雜物。走了十分鐘後，看到了一個叫「SMILL」的夜總會。一星火花突然潛入我的身體。

我先到了一個公共廁所，打開箱子翻出裏面的一件短裙換上，又對着鏡子化了妝。最後覺得裙子不夠短，便把腰部折疊起來，剛好使裙面只覆蓋了臂部。我拎着箱子又匆匆回到剛才的餐館，安小旗看到我這身打扮，驚訝地望着我。我向他笑，幾乎是央求着說道：

「我的箱子能暫時放在你這兒嗎？我一會就來取。」

2

一片煙霧繚繞聲中，歌聲、笑聲、說話聲非常和諧地混合在一起，像是海邊的潮水輕輕拍打着沙灘。我膽怯地向前走着，雙腿裸露在空氣中冷得叫人難受，我後悔把裙子弄得太短了，或者哪怕是依然穿着那件淡黃色的長絲裙，也不致使我全身發抖。我雖然低着頭，但仍能感到男人的目光。當我走完一條長廊時，不得不停住腳步以驚慌的心情偷偷看着人群。淺藍的面頰，淡綠的鼻子，旋風吹在水面上的顫動的笑容，而男人的臉黃黃的，像打了一層蠟，面前的酒杯在一片煙霧中不時露出刀光劍影的本色。這時靠我身邊的一個姑娘瞪着一雙發綠的貓眼看了我幾眼問我：

「你是要找媽咪嗎？她在洗手間裏，向右拐就是。」

她正和另一個女孩一起和幾個男人抽着香煙。倉猝中我向她感激地笑了，但這笑容浮光掠影般地閃了一下，我依然在發抖，我想我是在生病吧？

我來到洗手間，裏面又寬又大，燈光很亮，空氣中隱隱地飄着一股香水氣息。這裏也非常冷。好幾個女人在對鏡整妝。我一個一個地看過去，不知道哪一個是媽咪。我窘迫地站着。一會我向她們叫道：「媽咪。」

其中有一個約三十多歲的臉色有些憔悴的女人回過頭來，她剛剛噴了摩絲，這會兒正用木梳梳理着頭髮。她用一張紅得誇張的嘴唇問：

「誰？」

「我。」

「你是誰？是想坐台還是出台？」

我暗自思忖着坐台和出台的差別，確切地説我一點也不明確其中的含義。媽咪露出了古怪的眼神。她又問道：

「你是想陪男人説話還是陪男人睡覺？」

「做錢多的那一種。」

旁邊有女人笑開了。媽咪慢慢走過來，上下打量我。

「我們這兒的競爭很厲害，加上新加坡的金融風暴，生意更是不景氣。許多姑娘十多天出不了一次台，那裏全都生銹長霉了。」

別人又笑開了。

「你多大？」她又問道。

「二十。」我說。

「那麼你就該有二十五了吧？來這兒的姑娘一般都會瞞個四歲五歲的。有沒有經驗？」

「有。」

「以前你幹過這一行？」

我膽怯地想了一會才說：

「不是直接的。」

又有女人笑了一下。

「你會跳舞嗎？」

「不會。」

她又走回鏡台旁，從她的包裹掏出一包煙，抽出一根便燃着了，直到縷縷煙味浮在空中，她才又說道：

「這樣好的身段應該會跳舞才是，我們這裏的舞台在上半場有一個小時可以免費提供，幾個姑娘上去輕輕地扭動腰肢，讓台下的男人看看，也算是給自己打廣告。」

「對。可是，我……」

「怎麼了？」

「我持的是學生護照。」我終於說了出來。

「學生護照？」她驚訝道，抽了一口煙，說，「當然我們這也有持學生護照的，這就要看各人的運氣了，查到了就滾蛋，查不到就能發財，不過幹什麼事都會有冒險。」

我低垂着頭想到了Taxi。

「這兒的行規你知道嗎？」她突然問道，把手中的煙掐滅，丟到垃圾袋裏。「四六開，一百塊錢你得六十，我得四十，還有你這樣的模樣長得也不錯，又是新手，千萬不能把自己賣得低了。一次起碼有這麼個數。」

她舉起了她的一只手。「五百塊。」

我點點頭，把她的話默默記在心上。

「剛好，十三號房有一個客人很怪，對去了好幾波的小姐一個也看不上，你直接去，試一試吧。」

「十三號房？」我激動起來。一種強烈的好奇感也使我全身的血往臉上湧。

「就在樓上，三樓，出了樓梯往左拐。」

我轉過身去，手握着門把手。媽咪在後面喊道：「停住。」

我停住。她把我拉到鏡子邊。

「你看你看，塗那麼多粉幹什麼？口紅又那麼紅。你以為這就像妓女了？眼影還畫那麼黑，趕快洗掉。當別人是紅眼睛綠眉毛時，你就要鑽空子利用自己的本色。」

我聽話地把清水潑到臉上，台上放有現成的洗面奶。我一邊洗，一邊聽她在一旁挑我的毛病。

「以後不能穿領口這樣低的衣服，不能把你的胸輕易地露出來，也不能把你的大腿露出來，沒有格，懂嗎？」

我只管洗臉。

「你上過大學沒有？」

我點點頭，說：「上過。」

「你在大學也這樣打扮嗎？」

「不是。」

「不是，為什麼又要在這裏抹這麼厚的粉啊？」

我在洗淨的臉上抹了一點擦臉油，心裏窘迫和慚愧到了極點。

3

我喘了一口氣，用手按了按怦怦直跳的心。我通過二樓再輕輕走向三樓，樓梯上上下下的人不斷。我似乎聽不見周圍的嘈雜聲，耳朵裏死一般寂靜。但我的腦子裏想着一些不相干的事，我想着柳的辦公室，又想着芬，想着蝦麵館的安小旗。可無論想着什麼，時間都不長。現在就是三樓了，就是這扇門，十三號，可我又想起了樓下那個綠眼睛姑娘。她是誰？

我舉起手想敲門，心像要迸出來一樣。裏面有一個男人，他長得什麼樣？我看見他，會害怕嗎？我敲了敲門，沒有人答應，便把耳朵貼在門上，看裏面是不是確實有人。裏面有音樂聲，還有人在唱歌，大概沒聽見敲門聲。我又敲了起來。

這時，門開了一條小縫，有兩道銳利的挑剔的目光從光線黯淡中注視着我。我驚慌地也盯着他，但無論如何也看不清楚，只感覺那兩道目光。我想說些什麼，告訴他我是媽咪讓我來的，但又覺多餘，不禁低下頭。他會要我嗎？

他把門開得更大了些，示意我進去。我一進去，他就把門重重關上。裏面是兩張長沙發，沙發對面是用來唱歌的電視，裏面的畫面定了格。一個女人正張着嘴仰起臉朝向天空。

我坐在沙發上，向那個男人看去，他穿着一件紅格襯衫，一條白西褲。那張臉在發暗的燈光下看不太真切，加之他臉上的連腮鬍子，只覺他的眼睛裏有一種近乎嘲弄的神情，

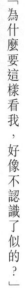

「為什麼要這樣看我，好像不認識了似的？」

我吃驚地又一次盯着他的臉，空氣也像凝固了一般。

他從煙盒裏抽出煙，點燃着叼在口中，眼睛卻斜視着。我感覺我從未見過他，於是說道：

「先生，也許你認錯人了。」

他哈哈一笑，躺在我身邊的沙發上，用手摟住我的肩。這時我從他的笑裏一下認出了他，再看那滿臉的鬍子，正是前不久在麥太太家曾採訪過我的那個電視台的記者。我慌了，心裏害怕起來。

「也許我真認錯了人，不過你的臉色為什麼這樣蒼白，你的身子還發抖呢。」

「我生病了。」

「生病了還要來？你幹這一行有多久了？是不是在麥太太的家裏你就已經是個妓女了？還記得你是怎麼回答我的問題的嗎？」

「你認錯人了，我不知道你在說什麼。」我掙扎着說道。

他把煙吐到了我的臉上，我忽然想站起身逃走，但他的手搭在我肩上，我渾身沒有一點力氣，我幾乎是癱軟着。

他掐掉了手中的煙，把手伸到我的乳房間輕輕摸着。

「那時我問你，你為什麼來新加坡，你說是學習。你現在學到了什麼？」他一邊笑道，用勁地捏了捏我的乳房，又說道，「把腿叉開一點。」

我挪動了一下腿。

「不，再開一點，我要聞聞有沒有臭味，剛才那幾個我都聞到了一股臭味，都被我打發了，我既然是花錢，那就要買上等貨色。」

他用手指在裏面停留了一會，又拿出來在鼻尖上聞了聞，沒有説話。我説也讓我走吧。

「為什麼？我不讓你走。我要你留下，當然倒不是因為你就沒有臭味，而是我覺得在這裏碰上你就像貓捉到了耗子一樣很好玩。你説你現在認出我來了沒有，海倫？」

「我不叫海倫。」

「那你叫什麼？」

我沒有做聲。

「説啊，你不叫海倫叫什麼？叫妓女？」

我依然不説話。

「把裙子脱了。」

我沒有按他的話去做。他兩手捧起我的乳房，然後又自個躺在沙發上，褪下白色的西褲。

「給我推油。」

我困惑地望着那挺立的生殖器。

「什麼是推油？」

他閉着眼睛，嘴一歪，啐然說道：「少給我裝，用嘴用手打飛機，你不知道？」

「不知道。」

「就像吃西瓜那樣要嘖嘖有聲。」他狠狠說道。

我伏在他身上，一會又抬起頭，問：「你準備給我多少錢？」

「少提錢的事。」

「我要五百。」我說。

「就你值五百？」

「五百。」我執拗地堅持着。

他一下從沙發上翻起身來，那個地方也一下縮了回去。但同時他一把拖過我去，拽下我的裙子。

「我問你，你是不是靠打工來維持經濟，你說你是特殊的一個。我還問你有沒有生存的壓力，你說你只想學好英文，然後再去美國、加拿大。我問你對生活抱有什麼態度，你說是神秘的微笑，就像蒙娜麗莎一樣。我當時還真以為你是一個有着文化和文明的知識女性。現在你再給我一個蒙娜麗莎的微笑來，快。」

他趴到我身上，看到我面無表情，便動了怒氣。

「笑啊笑啊，怎麼笑不出來？你不是還說要看誰笑到最後嗎？怪不得你來到這個『SMILL』夜總會。快，把你的臉湊過來，我要射到你的嘴裏。」

「不行。」我驚慌地推開他。

他一把拽住我的頭髮，往下按去。他大聲喘息着，霎時一股熱熱的液體噴到了我的臉上。

我用紙擦去。

「給我錢。」我說。

他從拋在一旁的白西褲裏掏出三張一百元的票子，抬起頭看着我說：

「你認出我了沒有？這是坡幣，比你們的錢值錢。」

4

下了樓梯，只覺臉上還留有帶着鹹味的精液。我又來到剛才曾去過的洗漱間，用清水仔細洗了洗。媽咪過來了。

「我看你運氣不錯，第一晚就接上客。感覺還好嗎？」

我點點頭說還不錯，從裙帶裏掏出錢按四六開付給了她。

下了樓梯我看見剛才給我指路的綠眼睛姑娘正和另一個女孩依然坐在那裏，她們身邊的男人已經走了。此刻她們正盯着前面的幾個男人，似乎正盤算着進攻的手法，一會又交頭接耳起來，眼睛裏露出倉促張惶的神態。我走過去。

綠眼睛女孩問：「看見媽咪了？」

「看見了。」

「有客人嗎？」

我低下頭，臉上一片臊熱，只想盡快忘卻剛才那可怕的一幕。

「沒有關係，剛開始都是這樣，有些怕，久了就像喝一杯茶水一樣，很順暢，沒有一點心有餘悸的感覺。真的。」綠眼睛女孩說。

另一個姑娘說：「不過你還挺幸運，第一天就能接上客。如果每晚有一個客人，就足以養活自己了。」

我沉默着。

綠眼睛女孩說：「我叫小蘭，她叫小瑩。你呢？你叫什麼？」

「海倫。」

「你住哪裏？不如搬來和我們一起住吧。我們正好缺一個人，這樣房費能多一個人平攤。」小蘭用輕快的語調說道。

我喜出望外，問：「什麼時候？」

「夜裏兩點鐘我們在大門口等你。」小瑩說，我望了她一眼，她也是漂亮的姑娘，有着柔和的臉形，鼻子尖尖的。

「就這個大門口？」我指着門外。

她們同時點了點頭，像兩只受驚的小鳥。

5

按照約定的時間，我提着箱子重又回到「SMILL」。在大門口我盡量隱在一片陰暗裏，生怕再有人認出我。我又遲疑不決地探過頭朝裏面的燈光看去，這時有人走出來，是小蘭和小瑩。

「你的箱子沉不沉？」小蘭過來用手試了試，「還好。裏面盡是些什麼東西？」

「衣服，書，擦臉的，洗頭的。」我說。

一輛紅色出租車輕輕滑了過來。裏面是一個黑皮膚的印度司機，看見我們便露出友好的笑，他的下頜處長着一顆很大的黑痣，這使我又看了他一眼。小蘭說：

「你把箱子放在前座上，我們三人在後面，好說話。」

我猶豫了一下，但還是按小蘭說的做了。我坐在小蘭和小瑩的中間，目光總是不放心地落在前面的紅皮箱上。但一會我感到襲來一陣病態的睡意，我把頭放在柔軟的椅背上輕輕舒出一口氣。

小蘭望着車外掠過的夜景，說：

「現在的生意很淡，幹這行的人每天都在增多，過去一整天連褲子都不用提。」

我睜開眼睛笑了，問：「你是什麼時候來這兒的？」

「半年前，我來這兒直奔夜總會，沒有想任何別的出路，那時我不是在這做，在別的地方做，但那個地方到現在我都不知道那是什麼地方，我只有在晚上才摸得着，到了白天我即使看到它也認不出來。」

「新加坡的男人怎麼樣啊？」

「新加坡的男人，」小蘭慢慢說道，嘴角浮起了笑意，「也不知怎麼了，那時候他們的東西總是硬硬的，現在金融風暴來了，他們即使給了錢，那東西也還是軟的。」

我用胳膊捅了捅她，說：「輕點，讓他聽了去。」

一直沉默的小瑩聲音很響地笑了。她一邊笑一邊說：「那的士佬怎麼能聽得懂Chinese，他們怎麼會知道雞巴這個詞。」

我問：「那你們今天掙上錢了嗎？」

小蘭默默地盯着窗外，不做聲。小瑩說：

「這大半夜了，她掙了二百，我掙了二百多一點。」

「可是換成人民幣就很多錢了。」

小蘭這時說道：「其實幹這行，如果不怕移民廳來查的話，我還真喜歡，白天上上學，晚上出來抽抽煙，雖然有壓力，但是哪一行沒有壓力？教書的怕教不好，被校長開除。女職員也怕自己的上司，哪裏稍有差錯就會被炒魷魚，彈鋼琴的怕沒學生來學。你看我們在這裏衣裳多了，吃得也好了，自己買飯也不用太省，還可以住上公寓房，你知道這兒的組屋區麼？簡直就跟我們中國的一樣又髒又亂。不過幹我們這一行不好的地方就是有些客人會一邊幹一邊動手打人，打嘴，打屁股，挨到哪打哪，疼倒是沒什麼，就是心裏害怕，不知道他們下面還會做出什麼事來，他們自己的東西硬不起來，就往我們身上撒氣。但即使這樣，我也不想離開這裏啊。」

聽着她的話，借着窗外的虛光，我轉頭發現小蘭的綠眼睛是用濃濃的綠色眼影構成的。此刻她依然盯着窗外，眼睛眨巴着，宛如深夜裏找不到歸途而不斷發出嚎叫和呻吟的一只貓。外面飄動的燈火一路燃燒過去，似乎沒個完。車在飛馳。因為夜車不多，所以它跑得太快，太不費力了。四下裏寂寥的大廈無動於衷地注視我們。一會，這車一個緩緩的拐彎，便停在一座同樣閃爍着燈火的大廈跟前。

小瑩付了錢。我們挨個下了車，我剛要打開前門去取皮箱時，車突然開動了。司機探出頭，用生硬的中國話說：「我知道你們這些 Prostitute 都是好人，但我不得不把這只箱子帶走。」

他猛地一個急轉彎，然後向前開去，車尾的燈光照亮了我的臉。我呆在那裏，立即發了瘋似的跟着它狂跑。

車一會就不見了。我看着空蕩蕩的四周，無法相信這就是現實中的一瞬。難道這種事可能發生嗎？小蘭和小瑩也跑過來，急切地拉住我的手。我摔開她們，捂住臉痛哭起來。

我一無所有了，口袋裏只有今晚掙來的一百八十元錢。

我跟在她們身後，在鋪着大理石的白色道路上，踏着自己的影子移步前行。進入一個寬大的門廊，坐上電梯，一直到了第二十八層才猛地停住。而我的眼淚還在嘩嘩往外流。我那箱子裏悄悄藏着我的兩千塊錢，那是我的防身錢。

6

我顧不上看這是怎樣的一套公寓，只見裏面有一間睡房，一張雙人床的旁邊是一張窄窄的單人床。我一頭伏在那單人床上，以陰暗憂鬱的聲調依然哭泣着。小瑩說：

「不能一直哭啊，我剛來的時候有一個男人把我騙到房間裏去睡了一夜，早晨連一分錢沒給我就溜掉了。當時我的心情比你還要糟。」

「你不過是跟他睡了一下而已，跟我這個不同。」

「有什麼不同的，睡了覺就意味着掙到錢了。」

「那是你預想中的錢，我這個可是到了手的錢啊。」

小蘭在一旁從她的櫃子裏拿出一件睡衣扔給我。想到自己連換身的衣服都沒有了，便更加啜泣起來。

「好了，我們談談房租。這公寓一個月是一千八，每人六百元，你有意見嗎？」

我止住哭聲，說：「我現在一分錢也沒有。身上的一百八十元還得吃飯啊，而且還要買一些衣裳。」

小蘭坐到我的床上，說：「也不是讓你馬上交，我們先給你墊上，等你掙了錢再還，至於衣服，我和小瑩都可以給你一些，你也不必急着買，衣服也許不合你意，但將就着穿吧。」

我在這種難以忍受的似乎從來沒有經受過的無限悲傷的心情中又默默度過了幾分鐘，感到頭疼，昏沉沉想睡覺，什麼也不想，然而望着周圍陌生的一切，身子一顫，覺得這一整天就像被冰塊一樣的恐怖包裹着。

她們在一旁抹妝，說話，我連抬頭的氣力也沒有，也無法弄懂她究竟又在說些什麼。我知道從芬那兒傳染來的病毒性感冒已達到高潮。一會，我感覺燈關了，四周是黑夜和喁喁語聲。我一面睡，一面受到那紅色皮箱和兩千塊錢的襲擊，不停地呻吟。忽而又想起在包房裏那個電視台裏的男人，心再一次抽搐起來，渾身冰涼。

「我這是怎麼了，竟離開了柳，幾乎是一無所有光着身子躺在這個陌生的地方？」

不一會，連這些也沉到了黑暗中，睡得深沉了。到第二天接近晌午，我才偷眼窺一窺四周。窗帘遮沒了近午的日光，使房間陰暗得如同薄暮。這房子較大，外面是一個客廳，兩側恐怕一個是衛生間，一個是廚房。小蘭和小瑩睡在大床上，當我向她們悄悄望去時，小瑩卻吃吃笑起來。想必她們早已醒來。

「喔，感覺好點了沒有？」卸了妝的小蘭宛如一只脫了皮的東西，向我探過頭，問道。

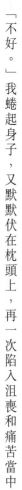

「不好。」我蜷起身子，又默默伏在枕頭上，再一次陷入沮喪和痛苦當中。

「既然事情已經發生了，就當風吹過了一般……」

「你們哪裏知道，裏面有我的兩千塊錢，是我的全部積蓄。」

「兩千塊錢。」小蘭和小瑩都沉思起來，小蘭說，「才兩千塊錢，我們還以為像你這樣的人起碼有五千塊錢。」

我不做聲了，那個男人每月給我兩千塊中，我總是省了又省，算了又算，三個月結余出兩千塊錢，就是預防着不測。而從小蘭嫌少的口氣中，好像不是我被搶而是我搶了別人。

「沒錢，怎麼辦呢？得讓她多掙一點。」小蘭說。

「我們三個人包一場舞吧。」小瑩忽而興奮起來。

小蘭馬上反駁道：「為什麼要在台上亮相？這不是明明在喊，移民廳，移民廳，你們過來吧，過來抓我們吧。即使在台下我們也是偷偷摸摸的呢。」

「可是不這樣，就不能掙上大錢。」小瑩強硬道，又把臉轉向我，「你說呢？」

我戰戰兢兢地望着她倆，搖了搖頭。我感到困惑，加上芬傳染給我的病毒，不由得自怨自艾，哭了起來。

這時門外送來一疊厚厚的報紙，小蘭赤着腳跳下床拿了報紙擠到了我的身邊。她一張張翻着，仔仔細細地看起來。我抹了淚，問：「有沒有更好的職業？」

「有什麼職業比我們的更好？」小蘭從報紙上抬起頭向我一笑，實際上她的眼睛很黑。

「那你看什麼？徵婚廣告？」

「隨便看看。」

我湊過眼睛去，往報紙上掃了一眼。那兒密密麻麻的全是訃告。

小瑩在一旁生氣地說：「還有閑時看報紙，快點做些正事吧。」

小蘭放下報紙把我帶進洗漱室裏。洗漱室裏滿牆壁都是外國女人的花花綠綠的裸體照。我不禁笑了。小蘭讓我學着她們的樣子做幾種姿勢。我試了試，小瑩說：「不對不對，得把睡衣脱了，否則看不見你的形體。」

小蘭說：「把乳罩也脱了。」

我便裸着上身，走着輕盈的步子，然後按着畫上的某一女人的樣子停住。

「臉上要有媚態，眼睛要半睜半閉。不能總想到你的錢和你的箱子，這樣你就更加掙不上錢了。」小蘭說着，語聲有些幽咽。

我穿上衣服，勉勉強強搖了搖頭，三個人相對無言。一會小瑩抓住我的一只手，手背的傷口上結了一層薄薄的膜，外圍有些紅腫，她說：「這恐怕有礙美觀，女人的手是很重要的。」停了停，她又説道：「還有，與男人做愛時，要擺出明星的姿勢，嘴巴要半張，不管你頭腦在想什麼，都要發出輕輕的呻吟，任何時候都別忘了我們是女人，我們要像女歌唱家一樣經常對着鏡子練習口型。」

第十六章

1

晚上十時許，整個大廳回響起了熱烈的音樂。渾厚的男中音也夾在其中：「男人在白天征服世界，女人在黑夜征服男人。玫瑰象徵愛情，女人最愛玫瑰。」我和小蘭小瑩就在這語聲中穿着高跟鞋，以一種非常緩慢的步子走向了舞台。燈光強烈得不由得使我的眼睛半睜半閉。我們在乳罩和內褲之外披了一層薄如蟬翼的白紗。台下一片黑壓壓的，我什麼也看不清楚，腦中只回想着洗漱間裏的各式各樣的裸體。我們一起邁着同樣的步伐模仿着那些裸體的姿勢和她們的媚笑。一個女人的聲音又輕柔地響起，用英文説着和前面同樣的話。

這時舞台突然伸展開去，這出乎我的意料，我的身子猛然一顫，整個人倒在地上，只見下面轟的一陣笑聲。我慌忙站起來，羞得滿臉通紅。我繼續和小蘭小瑩邁出同樣的步伐，臉上同樣掛着微笑，心仍在怦怦跳，直想為自己剛才的丟臉哭出聲來。

回到台下，我不敢看小蘭和小瑩，感到慚愧和對不起。她們也沒想到策劃了一天的計劃竟會這樣。小蘭拍着我的肩說：「算了算了。」語氣中帶着失落的情緒。

我默默低頭，羞愧無言。待我穿好衣服回到大廳裏的某個桌旁前時，她們已不知去向。好一會也沒有哪個客人向我走來，我盯着桌面，一副走投無路的慘狀。這時，身後傳來沉重的腳步聲，我剛要抬頭，那人坐下來，說起了話。

「很精彩，尤其那一跤摔得讓我格外喜歡你。」

說話的是私炎。光線黯淡地投在他臉上，正照射着那雙充滿了貪婪的好奇心的眼睛，這雙眼睛在仔細地打量着我。此刻我比剛才跌了一跤更加感到慌張和無地自容。像往常一樣，每每遇到這種窘迫的時刻，全身的血液都直往臉上衝。

「我很少到夜總會來，不是電視台的朋友告訴我，我恐怕一輩子也不會到這兒來。」他抬起頭環顧着大廳，舞台上又是別的姑娘在表演。「這可是三流夜總會啊，你怎麼樣也是個報社記者，要做這一行起碼也該到四星級、五星級的飯店裏吧，要不我給你介紹到那裏去？」

「請你走開，別影響我做生意。」

「你就這樣默默地坐着，哪會有男人來請你？你應該主動去找男人，假如他在抽煙，你就對他說，『先生，能抽你一支煙嗎？』」

「請你走開。」我再次說道。

「我也會給你錢的。」

「就你？是一百還是兩百？」

「哦，在這個夜總會，我想你不該值這個價，談談話，聊聊天，頂多我只能付你五十。夠朋友了吧？不過，在那一天，你把我身上的錢全搜去時，我的衣服裏面還有一個地方放有三千塊錢。」

「三千塊錢？」我抬起頭來。

「你看，一提錢你的眼睛都綠了。但那天我是真的要把那三千塊給你的。」

「那你為什麼沒給我？」

「為什麼要給你？」

我低下頭去。

「如果你的表現不是那麼迫切，我真想給你，我原本就是給你送錢的，但是我對你失望透了。」

「我對你也很失望，不過，我從沒對你抱有幻想。」

「為什麼要抱有幻想？我們聊聊天說說話作為感情上的朋友不是很好？」

「如果要跟你們這些男人談情感，恐怕你們還都不夠格。陪你們聊天時我們女人已經付出了某種代價，那麼相對地你們也理所當然要付出，因為即使從生理的角度來看，你們男人比我們女人更加需要。所以我想提醒你，既然女人不對你們抱幻想，你們男人也別對我們女人抱有幻想。」

「你還是有幻想的，要不你怎麼會跟我上山，躺在胡姬花的身邊？」

我一下抓着他的手，想張口就咬。但又摔開去。

「不過你剛才在台上可不是這麼凶狠的模樣，你走在台上，燈光下看你，確實像個小淫婦，你應該早就幹這一行了。怎麼，是老頭把你甩了？我早就勸你別跟他，這下我又有新聞告訴麥太太了，她一定也會趕來看望你。」

我站起身走開，心裏又忿懣又傷心。這時他從身後一下抓住我的手臂，低低望着我，眼裏含着怒氣。

「海倫，我看你不僅對別人狠，對你自己也這樣狠。為什麼？」

我用力甩掉他的手，徑自前去。

這一夜，媽咪又給我介紹了幾個男人，收入可觀。小蘭說：

「跳舞，給自己打廣告，還是有用的。明晚你千萬不能再摔跤了。」

「明天我不會在這家幹了。」我說。

2

「你好嗎？」

「很好。你呢？」

「好。」芬悄悄回答道，和我一起盯着老師正在講課的臉。

「昨天我碰到私炎了。」她說。

我沒有朝她看。她的口氣聽來又自然又輕鬆。

「你為什麼不說話？」她飛快地看了我一眼。

「說什麼？」

「他說你……」

「在賣X，是嗎，這又有什麼好說的，你不怕聽了嫌髒？」

「我沒有覺得你髒，你為什麼非要把自己說成那樣？」

「就是髒，又髒又臭，妓女全都是這樣。你聽誰說過有哪一個妓女是乾淨的？」

她沉默了，那對閃耀出光芒的眼睛黯淡了下去。這時老師又開始讓我們默寫單詞。我一個也默不出來，只得用眼睛看芬的。

「那你說，這個世上哪些人是乾淨的？是台上的女老師？是我們的女校長？還是我？或是沒當妓女之前的你？那時你是個記者。」

「記者？有一天，我也可能再去當記者，去作一些真正有價值的新聞報道。新聞有價值了，一個國家的腐敗就能有效地抑制，那樣，也許也真能像法拉奇那樣，去做一個名記。」

「做一個名記，我們都可以做上，只要改一個字就行了。」
「什麼字？」
「記者的記改成妓女的妓。名妓。」
我望了她一眼，說：「要當一個名妓，恐怕我們都不夠格。」
下了學，我和芬一起下電梯，那輛熟悉的奔馳正停泊在路旁。我的心上掠過一陣驚慌，臉剎時紅了。我欲從後門走，芬拉住我，說：
「難道你真不想見一見他？」
「不想。」我低下頭囁嚅道，「他曾說過他哪怕和一個妓女去喝一杯咖啡他都嫌噁心，嫌髒。」
我又向那車瞥了一眼，便迅速離開了芬。

3

從學校回來，我望着升騰在另一個窗口的夜色，再也撐不住了，便虛弱地躺在床上，心裏想着那輛車和車裏的那個人。
「昨晚一個客人出手很大方，我只陪他說會話，唱了一首歌，他也沒要求我做什麼就給了我兩百塊。我覺得他很憐惜我，一個勁問我的住房情況，和誰一起住，晚上怎麼回來，等等。」小蘭說着，一邊把報紙翻得窸窸響，一邊又用奇怪的眼神凝視着我。她又說道，「其實我知道你為什麼不再去那家夜總會了。」

「為什麼？」我睜開眼睛好奇地問道。

「開始那個男人給我錢，我以為他不僅憐惜我，還欣賞我在台上的表演。後來他提到了你，這個可笑地摔了一跤的 Call girl 。」「在那種環境下，燈光使得人眼花繚亂，認錯人是常有的事。」

「他一提到你就顯得鬱鬱寡歡的樣子，好像很喜歡你呢。」

「像我們這種又髒又下賤的女人怎麼會有人真正地喜歡，你真會幻想。」

她用一種無法形容的責備的眼光看了我一眼，又垂下頭翻報紙。

「他說他還會來找我。」

看着那雙黑黑的大眼睛，我問：

「你以前在中國是幹什麼的？」

「我？」她笑開了，「我是個田徑運動員，跑百米的。」

她忘情地甩了甩膀子。這使我很吃驚，我想起了她睜着一雙貓眼坐在夜總會裏的模樣。

「你跑得快不快？」

「我跑百米當時只花了十三秒，快得像一頭羚羊，現在就在我的箱子裏還有國家一級運動員的證書哩。」

「後來為什麼不跑了？」

「退役了，被分配在一個環保局裏，那是個非常小的城，地圖上沒那個名字，我整天在辦公室裏不是喝茶就是看報紙，太沉悶太壓抑又太窮了，每個月我只有五百塊的工資，後來這五百塊也保不住，再後來就又下崗了。」

「可你跑這麼快，為什麼不在這裏申請就業准證？你是個人才。」「這個國家會需要我？如果說我是個人才，那也只能是睡在男人身邊的時候。你呢？他們覺得你也是個人才嗎？」

我笑了，問：「那小瑩呢？」

「她倒是個人才，搞電腦的，她有這兒的長期居住證。」

「有這兒的居住證還幹這一行？」

「錢。」

我大大地吃了一驚。

「有居住證，或者是這兒的國籍那就是新加坡人了嗎？我們從上面的小鼻鼻到下面的小XX都和他們長得不一樣，但只有錢是一樣的，一樣長，一樣寬，它就像男人厚實的胸膛使我們踏實，也使我們感到溫暖。」

我又笑開了。但我的笑聲像是在呻吟。

「你是病了啊，昨天我聽你的哭聲，好像還不僅僅是失去箱子的緣故。」

我把臉轉過去，望着窗外的黑暗，心又突然發緊。

「吃藥了？」

「沒有。」

小蘭放下報紙，起身從她的抽屜裏翻出一板先鋒霉素，又倒了一杯水，我吃了兩顆，重又躺下去。

「這是從中國帶來的好藥，」她重又拿起報紙，翻着，「奇怪，新加坡人都不敢吃中國造的藥，好像他們的命就那麼值錢。他們不吃中國的藥吧，你看，每天《聯合早報》上還是密密麻麻的訃告。沒事的時候我就翻這些報紙，別人以為我在關心新加坡，其實我是在看這一天又有哪些人死了。劉光榮英年早逝，沈光榮永垂不朽，張光榮笑貌長存。每次看着，我都忍不住笑。」

「你再笑，人家也是光榮的。我要能在這兒死，我也光榮。」

「我們要死了，只能像螞蟻一樣像蒼蠅一樣地死去，我們還會在報紙上光榮？不過幹嗎要想着死，能夠掙上錢回國那也光榮啊。」

她說着，抬頭看了看牆上的鐘，又看了看窗外的燈光，放下手中的報紙感嘆着說：「要工作了，迷人的夜晚又開始了。」

「小瑩呢？」

「她每天下班就直接去。」她又回過頭，問，「你真的不去了？」「不去。」

「等你病好了，你去哪兒？」

我搖搖頭說不知道。

她換好了衣服，坐到我的床頭上，用手試試我的額頭，又俯下身子說：「看你這樣子還真讓人同情。」

「去找一份當妓女的職業還不簡單嗎？如果連賣X都買不到飯吃，那就恐怕不單單是我們的問題了。我只是盼着病早點好起來。」

小蘭站起身，又對着鏡子照了照，從一個化妝盒裏挑出兩塊綠色眼影抹在眼皮上，然後重又露出牆上某個裸女的笑容。她回過身對我說：「有一個地方我可以介紹你去，那兒又隱蔽又僻靜，遠不像SMILL那樣熱鬧，如果你不嫌錢少的話。」

4

三天後，當小蘭把我領進一條街道時，我發現這正是柳時常要躲避的一條街道。燈光從高處照過來，透過樹葉的縫隙，使這條街斑斑駁駁。

真像小蘭所說的，這裏一切都是靜悄悄的，街道兩邊種滿了鮮花。一面聞着花香，一面跟着小蘭，踏着斑駁的光影移步前行。她說在新加坡成立時，這條街道是最先繁華起來的，你看，每戶人家的門前掛着紅燈籠，不過，現在少些，據說新加坡就是以此發家的。

我看到街道旁邊并排的小樓幾乎完全雷同，因為飄忽的光影，我看不清它們之間的顏色的區分。小蘭居然能如此熟悉地區別出她要找的那一家，她說要在白天來我跟你一樣陌生。

這家門前沒有掛着紅燈籠，而是大門上貼着兩張長條紅紙，像中國春節時的對聯一樣，只是那上面沒有一個字。從緊閉的門裏，有隱約的笑聲傳來。小蘭低着頭拍門。開門的是個頭髮花白的老奶奶，看到小蘭，馬上把我們讓進去。她對小蘭說：

「我說你遲早要回來的，這兒多安全哪，孩子，人生的路長着呢，飯要慢慢吃，路得慢慢走，這樣才能使自己處於溫和的狀態，就像佛教裏宣揚的禪……」

老奶奶滔滔地說着，小蘭握住她，打斷她說：

「婆婆，我不回來，我還沒想通，我給你帶個人來。」

小蘭把我拉到她面前。

我四周環顧着，這是一間長形的屋子，外間有幾張高高的椅子，幾個姑娘坐在上面好像有印度的，有菲律賓的，也有幾個我說不准是從哪裏來的，模樣像是台灣，像是香港或中國南方一帶的。她們看着我，不笑，不驚，臉上是一種中性的表情。

老奶奶用一種富有經驗的眼光看了我幾眼，問：

「會喝酒嗎？」

「不會。」我說。

「怎麼不會，我們中國來的都有敬業精神。」小蘭在一旁又轉過臉來問我，「對嗎？」

我點點頭，抬眼看看頭頂那白色的燈光，渾身像是披着瀑布似的霧。

「形象還行，也比較年輕，好吧。」

我又朝屋子深處看去，那兒光線昏暗，隱隱約約的像有一個走廊，兩邊排列有房間。這時，老奶奶說：「跟我來。」

我緊緊挨着小蘭。陰暗的走廊盡頭有一個彎曲的木質樓梯，我們跟着老奶奶走上去。我心裏既好奇又戰戰兢兢。不一會我們站在一個房門前，老奶奶掏出鑰匙開啟了它，又伸手去摸牆上的電燈開關，擰亮了燈，光線依然很暗。這是一個不大的房間，約十平米，靠在外面是張沙發，旁邊是張桌子，中間隔着一層藍花帘布，掀開帘門，裏面是一張不太寬的床，老奶奶又擰開一張燈，強烈的燈光使我猛然一驚，我微微閉起雙眼，立時感到周圍黯淡得如同黑暗，只有這一張床在燈光下暴露無遺。

「這樣強的光線，人才會變得虛幻。」老奶奶說。

我渾身依然是顫然的感覺，害怕似的盯着那張床。這時小蘭抓住老奶奶的胳膊，對她悄悄說：「我的朋友剛來，她的經濟情況也不好，能不能二八開？」

「三七開我都是看在你的面子上，你看我要應付水電、床具等等費用……」

「我不要我的介紹費嘛，」小蘭向她懇求道，「等她的生意好起來，再三七開，好不好？」

我在一旁不知說什麼好。只見老奶奶拍拍我的肩說：

「那好吧，就看你的本事了，主要要抓住回頭客。」

出了房間，老奶奶指着門框上的幾個字，對我說：

「你就在這玫瑰間裏，你就叫玫瑰了。」

回到那條街上，我問小蘭：「在這個地方每次向客人開口要多少錢？」

「至少是二百塊，如果還有打飛機也就是口淫那就四百，假如還能邊歌邊舞那就起碼是六百到八百。」

我算了算，就算是二百塊，二八開，我可以掙上一百六，似乎也不比那個SMILL低多少。

小蘭說：「只是來這個地方的男人比較少。你剛看到坐在椅子上的那些姑娘了吧，三四天也許還接不到一次客哩，沒辦法，生意淡，就讓那個地方閑着吧，剛好蜘蛛沒地方結網。」

5

實際上情況并不像小蘭所說的那麼糟糕。有許多不願在夜總會拋頭露面的男人，都趁着夜色悄悄到這兒來。他們或有地位或有身份，或老婆子女管得嚴厲。他們悄悄地來悄悄地走，說話聲也盡量壓得很低，然後隨着某個姑娘沉靜地走進房間。這裏隱僻靜謐，走廊裏的燈光有時也白慘慘的，如同時光不聲不響地流瀉着。房間的名稱也各式各樣，紫丁香、勿忘我、常青藤、玫瑰，甚至連這裏的空氣都混雜了中國某種古老文化的氣息。

一個深夜，待我疲憊地走出房間，下樓梯和老奶奶告別。她拿着我給她的錢，對我說：

「明晚雖然是除夕之夜，但有許多不回家的男人，所以千萬別來晚了。」

我應答着，向前走去，走到門口時，看到了芬。我吃驚地盯着她，她卻對我天真地一笑。

「你即使不告訴我，我也能找到你。」

我立即聯想到小蘭和私炎的關係，心中雖無疑惑，但她竟在這兒等我，這使我莫名地升起一股怨氣。

我和她默默地穿過那條燈光斑駁的街道。她說：「現在已是凌晨兩點半，我等你很久了。」

「有什麼事不能明天到教室裏再說呢？非要到這個地方來。」

「為什麼我不能來？」

「我不想在這裏見任何人。」

她沒有說話，待我們拐到大路上，她說：「我們去喝喝咖啡好嗎？」

她望着我，眼睛忽而枯葉般讓我覺得荒蕪。那藏在身體內的玫瑰和梔子花混合在一起的香味似乎已經淡去。於是我說：「那好吧，喝一杯就喝一杯。」

在咖啡廳裏，我和芬相向而坐。她問：

「掙上錢了沒有？」

我點點頭道：「掙上了，付了房租，還買了衣服，吃得也不錯，你看我的皮膚滋潤多了。」

「那我們再喝點生的蘇格蘭威士忌，好不好？」

「反正我不會付錢。」我說。

芬笑了，露出潔白而靈巧的牙齒。

「那我請你喝。」

「他現在給你多少錢一個月？」

芬猶豫了一下，但馬上說：「兩千五。」

比他過去給我的多五百，但衝着芬的那份猶豫，我就知道她在撒謊。

侍者拿來了一大瓶威士忌，給我們各人斟了一杯。我們還要了一盤炸小蝦。我默默端着酒杯，突然產生一種恐懼，正是這酒使我和芬的命運發生了變化。我放下酒杯，讓燈光靜靜躺臥在裏面。我問：

「你現在就住在那套公寓裏？」

「沒有，他的另外一套，你去過嗎？靠近植物園那邊。」

我望着她，什麼也沒有說。我想起了那張蜘蛛網般的大床，又想起了那個晚上他帶我走進去時對我說的話。他說他女兒快要回來了。「你去過嗎？」芬又問道。

「沒有。」我說。這答案彷彿讓芬很滿意。

「那套公寓很大，比你過去住的還要寬敞一些，亮一些，在房間裏四面牆壁全都是鏡子，從各種角度都能看見自己。」

「你看見自己什麼了？」我抬起頭說，想到芬又一次的撒謊，唇邊不禁有了一絲嘲諷的微笑。

芬聽了我的話，臉不覺紅了。她沉默起來，望着空中的某一點，突然湧出一股劇烈的憂鬱。接着她喝了一大口的酒，凝視着我，卻什麼也不說。好像她預感到我和她之間緊密結合的友情出現了無法愈合的創傷。我也不做聲，對着酒杯，不無感慨地想，女人與女人之間真的存在過友情嗎？

少頃，她說：「此刻我想起了你在北京的那間房子，那是你自己所擁有的惟一空間，在那個筒子樓裏，對吧？你過去跟我提過裏面所有的小擺設，包括凡·高的那幅向日葵，它們時常浮現在我的腦海裏。尤其在我今晚的回憶中是那麼美好。」

我只顧喝酒，像沒有聽見她的話一樣。

芬含怨帶恨，嗔目看我，喝了一大口，又忽而一笑：

「你說在你那個房間，除了你那個李輝和分房小組的組長外，有多少男人去過？」

「你這樣問是想表示一種幽默？」無疑她勾起了我的不愉快的記憶。

「其實我也不是真的要你回答。做這種和多少男人睡過的計算也實在無聊。」她吃吃地笑出聲來。

我望着她，和她一起浮出少有的天真的笑來。我想我和她大概也是在這樣的語言裏相互妥協着，出什麼樣的事也不至於貿然地像孩子吵架般彼此分手，我們矛盾的心上包着一層又一層的糖衣。我說：「在那個房間裏或在此之前和多少男人睡過我確實沒有統計過，但統計起來也是很簡單，十個或二十個也沒什麼區別，主要的是裏面存在着性羞恥。有許多都是一些平庸的男人，比如那個分房小組的組長，」我突然停住，低下了頭，「當然我也是個平庸的女人，可是和他們有着某種肉體關係使我覺得自己很可恥。」

「我也有性羞恥，過去有現在也有。」她自己給自己倒了一大杯。「現在？」

她不說話了，只顧喝酒。

「你不能再喝了，再喝你又醉了。」

無意間我說了這一句，她怔怔地看着我，仿佛明白我是在暗示那一晚，從而使那一晚的傷痕清晰地裸露出來。我不再說話。她也端坐不動，低着頭，久久地陷入一種沉思之中。一會她哭出了聲，眼淚啪啪地掉進酒杯裏。

我冷靜地看着她，等待她，我想她不會為我無意的一句話而弄成這樣吧？我們誰也不講話，周圍黯淡的光線允許了這種沉默，門外傳來一陣陣汽笛聲。儘管如此，我望着這個在深夜等我而現在仍在無聲哭泣的女人，不免感到她的身上有着與瘋女相似的地方。一會，她不哭了，說道：

「我不知道我混在他那些眾多的女人裏到底是怎麼回事。每每他和她們歡聲笑語時，我都強作歡顏，或是在他的汽車裏，或是和他們走向某一酒店用餐的路上，或是和他們談笑的某一個瞬間，每次我的眼睛空洞迷茫，我身體裏像擠滿了一千條毒蟲，在吞齧着……我真想躲到哪裏去大哭一場……我還不如像你這樣去做一個純粹的妓女。」

我悠悠忽忽地低下頭盯着桌面，桌面上漸漸地浮起了女人喧嘩的聲響。那絲光一樣的面龐也映現出來，在眾多美人的擁簇中，發出某種病態的笑。他是不是只有在這樣的場景中忘卻自己性器上的不足而衝破那像死亡一樣的包圍呢？呈現在那臉上的笑，緩緩地畫着圓圈，浮動着，在女人肌膚的映照下，放射出帶着光滑的溫熱的光澤。這光澤曾像一場大水從我頭頂處向下滑，一點點流下去，通過肩胛，通過乳房，從腰部漸漸地褪下去……隨之而來的是冰一樣的死亡……

我已多久沒見他了？他如果知道我真的做了妓女會作何感想？我突然也像芬一樣哭起來。一邊哭着，心裏一邊在怨恨自己，該如何向她解釋自己的眼淚呢？

我抹去眼淚，抬起頭朝她一笑。而她似乎竟然沒有發現我的哭泣，那雙端麗的眼睛直勾勾地盯着空中某個毫無意義的焦點。

「我還不如像你那樣去做一個純粹的妓女，妓女沒有性羞恥，妓女只是一架印鈔的機器。」

說着她又一笑，低下頭去，眼淚泉一樣從她臉上匆匆劃過。那一天她為了她男友的負心也如此刻淒涼而絕望地牲畜般地悲鳴。我顫然盯着她，不知有什麼樣的語言可以向她告慰，耳畔只有那如瀑布般的女人哭泣聲。

在酒吧門前，我和她無語告別。

6

回到臥室都來不及清洗，馬上就倒床睡了，但純粹、不純粹、妓女、性羞恥等等像一塊塊雲朵飄浮在我的腦海裏。但又覺這些字眼是那麼無意義。很快我睡着了。

我剛睡着就被小蘭推醒了。我如裝死的狐狸身子全無動靜，心裏升起對小蘭的怨恨。只聽她說：「今天上午有兩個日本朋友要我陪他們去一趟什麼公墓，你陪我一起，好不好？」

「讓小瑩去嘛。」我閉着眼睛說。

「她一大早就上班了。」

我把眼睛睜開一條縫。「去公墓？哪個公墓？我一點也沒有興趣啊。」

「行行好，人家馬上就要來接我們了。況且今天是大年夜，我們也得樂一樂去。」小蘭把我從床上拉起來，推到洗漱間去。

我對着鏡子，看着蓬頭散髮還留有昨夜殘妝的自己，心中沮喪極了。

「樂一樂？」我望了望窗外，那兒明亮的陽光在傾瀉，一刹那我也高興起來。

車裏除了司機，坐着兩個中年男人。他們用英語招呼着我們。一個叫野村，身體各部位都滾圓肥胖，另一個很瘦，叫山本，長得和中國男子沒什麼區別，和野村比起來，那憂鬱的表情給人幾分超現實主義的印象。

車行駛着。

「新加坡這地方，你們覺得好嗎？」小蘭用英語問道。

野村說：「小，據說連踢足球都不能使勁，要不就踢到馬來西亞了，還有就是髒，東京比這兒要乾淨十倍呢。」

憂鬱的山本覺得野村的回答還不能代表他們的個性，於是說：「只是那公墓，牽着我們日本人的魂。」

接着是一陣沉默。「公墓？那是什麼公墓？」我有些困惑，但也沒有詳問。車正沿着蜿蜒而狹窄的公路緩慢地駛着。二十分鐘過後，我們轉彎抹角地來到了一個偏僻而又奇怪的地方，看見了斑駁的小鐵欄。裏面是墳地。一片廣闊的沒有邊際的草地上，密密麻麻地立着深灰色的石碑。在石碑與石碑之間，不斷地飛着一些鳥類。

我先下了車，輕輕走過去，原來是烏鴉。在雜草叢生半明半暗的光線中，它們有的蜷伏在石碑上或是鐵檻上，那灰褐色的羽毛蓬鬆地披在身上，眼睛呆滯，陰森，但隨着山本他們響亮的腳步聲，幾乎所有的烏鴉都大叫着飛到半空中，地面上的陰暗一下懸了起來，在它們與石碑之間有着一條明顯的亮帶。我抬起頭，望着眼前的一切，仿佛是真實與虛幻、影子和光芒在截然分開的一個幻象。它們的叫聲狠狠的，顯得極度的煩躁不安，似乎寧靜的家園受到了打擾。小蘭指着那些墓碑說：

「這是本世紀初日本人在佔領東南亞時而戰敗下來的俘虜，還有日本妓女，你看，妓女的石碑又一律朝着和自己的祖國相反的方向。」

兩個日本人看到這樣的場景，情緒激動起來。他們按日本風俗以一種威嚴得可怕的表情向這些公墓合掌，跪拜，甚至飲泣起來。小蘭走過去，站在他們身旁，臉漲得通紅，兩滴清亮的淚噙在眼裏，眼看就要掉下來了。

我走到她身邊，輕輕對她說：「要不你也跟他們一起去跪下?」

她立即慍怒地看了我一下，什麼也沒有說。但是那可怕的眼淚終於又收回到那眼眶深處。我走開去，穿過那些逐漸安靜下來但依然不肯落下的烏鴉中間來到那些妓女公墓旁，一邊猜測着她們的音容笑貌，一邊細細看着刻在石碑上的中文，都是她們的名字，我一一望過去——「端念信女」、「妙簽信女」、「德操信女」。

日本人掏出照相機在咔嚓咔嚓拍照，在一個叫「幽幻信女」的墓前，我和小蘭也合了一張影。就在按快門的刹那，一只烏鴉突然橫衝直撞過來，嚇得小蘭驚叫一聲。

「討厭。」她說。

在車裏，小蘭對我耳語：「本來我哭一哭，還能拿上日他媽的日元，你那麼一句，完了。這一上午算是白折騰了。」

7

我和小蘭與那兩個日本人在一個陽光微微射入的蒸汽浴室裏裸身坐着。山本從脱下的衣服口袋裏掏出煙，點上，空氣更加模糊。我看到小蘭蹲着身體正給肥胖的野村口淫的輪廓，從那兒微微傳來了輕喚之聲。山本伸出細瘦的手臂摟住我的腰，把縷縷吐出煙霧的嘴湊向我。我一閃身也學着小蘭的樣子與他口交。突然間他大叫起來。

「不，不，我要你躺在地上，我在上面。」

我躺在溫熱的地板上，想到有會談價錢的小蘭在，心裏踏實多了。待山本滿足地喘出一口氣癱軟在我的身上時，他又抽出一根煙點上。小蘭仍然蹲着身子而野村射了她一臉，使得她格格笑出聲。

「你們兩個，互相。」山本突然説道。

「我們兩個？」我和小蘭對望了一眼，驚愕道。

「對，就你們兩，相互用手，我們要在一邊看。」隔着煙霧的山本堅持着説。

「先生，」小蘭用手抹着臉上的精液，一邊説，「這恐怕超出了我們的職業範疇，我們只和男人玩。」

「老子給錢還不成嗎，給多多的。」

「多少都不行。」

「他媽的。」

山本不耐煩地把手中的煙突然刺向小蘭的後背。小蘭啊地一聲叫。山本笑開了。

我戰戰兢兢地留在原地，怔怔地看着山本。山本把煙放入嘴裏抽了一口之後，突然把那發着暗紅色光芒的煙頭按在了我的乳頭上。上面冒出一縷青煙。我疼得大叫起來。這時又聽得小蘭的痛楚的尖叫。野村在一旁向山本責怪道：「你這是幹什麼？」

山本嘿嘿地笑着。

「我就是想聽聽中國女人的叫聲和我們日本妓女有什麼不一樣。」

我慌忙抬起身。這時在我的肚腹上又是一陣火辣辣的刺痛。我尖叫着。只聽小蘭説：「快跑。」

但是一片霧氣騰騰中，我們忘了出口的方向，滿房間裏跑了起來，像兩條亂奔的野狗。間或那暗紅色的煙頭和我們的身體碰觸，一聲聲尖叫蛇一樣地在空中游動。野村拉住發狂的山本，大聲對我們説：

「門在那邊。」

出了門，我和小蘭望着夜色降臨的街頭，像做了一場噩夢。但我們誰也沒哭。小蘭説他們就是以這個方式不付錢。

這一天我們回來得很晚。回到家裏，聽見時鐘在打點，一看十點了，過了一個小時，老奶奶肯定着急了。我還什麼事都沒有做，什麼也沒有準備，我突然手忙腳亂起來，我要洗澡，要化妝，還要換上帶着香氣的內衣，在身體深處抹上香水……

「可你的傷口還在冒血啊。」小蘭説。

第十七章

1

房間裏有些悶熱，我忍着痛脫了衣服，像往常一樣，躺在床上，全身飄溢的香氣和白得幾近病態的燈光糅合在一起。我聽見有人走了進來。他關了門，大概站在那藍色帘子的外面向我窺望。因為燈光我看不見他，他能看見我。我微微一笑，問：

「為什麼還不過來？看不管用。」

男人沒有過來，但也不走開，在一片黯淡裏像是坐到了沙發上，沉默不語。過去也有這樣的男人，想尋找一些新的花樣。我依然躺着，從他那兒發出一聲輕微的嘆息。

「你叫什麼名字？」他的聲音聽起來像是男人的又像是女人的。

我說：「我叫玫瑰。」

「你還叫過什麼名字？」

我笑了。

「我叫過的名字很多，但是記不太清楚，有一段時間我叫海倫，不過那也不是我的真名字，是我隨口編的，大家都這麼叫了，但我知道那叫的不是我，叫的是我的一件衣服，我就縮在這件衣服裏躲起來。先生，其實一個人名字多了，就沒有名字了。」

「喔，有這麼嚴重？」外面的人笑了，「那麼你的真名叫什麼？我很想知道哩。」

「真名？」我思索道，「你看，我頭頂上有這樣強烈的燈光，跟手術室裏的一樣，只要有這樣的燈光照着我，我就像被麻醉師麻醉了一樣，沒有名，沒有姓，沒有年齡，沒有國籍，也不知道自己從哪兒來，到哪兒去，先生，你不願上來嗎？說這些有什麼用？我的活很好，許多客人只要跟我做了一次，都離不開我了。」

「你的活怎麼好法？」

「像被你們解剖了一樣，我就支離破碎了，碎成飄在空氣中的柳絮。真的，你只要上來你就能親眼看到柳絮是如何地飛。何況我們當妓女的跟其它職業一樣也有敬業精神，更講職業道德。」

「不過我今天確實累了，只想坐這裏看，你可以自摸嗎？」

「當然，只要你喜歡。」

我輕輕并且小心地撫摸起乳房，肚腹，但是那兒傳來一陣陣刺痛。我咬緊牙關忍住，最後把雙手放到了兩腿間。我心裏想，小蘭并沒有告訴我這種形式該向客人要多少錢。他會給我多少錢呢？

他不做聲。一片沉默中，只有從下體發出的輕微的摩擦聲。聽起來像黑夜一樣陰沉。我緊緊閉着的眼睛裏感到燈光卻像太陽似的透過白色的雲片，把扇形的折射光線灑在我的頭髮上、臉頰上、嘴唇間。

「你這一生愛過什麼人沒有？」他問。

我停住，情不自禁地向外面看了一眼，那兒黑黑的，什麼也看不見。

「不，別停下，撫摸你自己，說你愛的那個人，就像在撫摸他一樣。」

「真的要我說嗎？這好像超過了我的生意範圍。」

「你做生意不正是為了賺錢嗎？只要有錢，你就得滿足客人的需求，難道這不叫職業道德？」

我把眼睛眯成了一條縫，細細地盯着頭頂的燈。它不僅像太陽，也像月亮，也像是我曾經歷過的那個蒼白的夜晚。我說：

「他就像我身上結的一層薄冰，我只要說出來，它就被融化，就沒有了，我還從未對什麼人說過。」

男人聽了這話便又沉默了。一會，他以一種憂鬱的女人似的口吻說道：「錢會使你解凍的。」

「這跟錢沒有關係。只是這種事情在旁人聽來猶如一杯白開水一樣沒有一點滋味。而且我也沒有時間，下一個客人在等着呢。」

「說吧，今晚只有白開水才能解我的渴。不過我請求你，手別停下來，我還希望你的身子在一陣陣顫動。」

我轉過臉朝他那兒看去，久久地不說話。他耐心地等候在一旁。我心想這是個什麼樣的客人呢？講我愛的人他會得到快感嗎？他好像知道我什麼也看不見，所以并不擔心我的凝視。

我回過頭再一次盯着身體上方的燈。

「那個人是我的父親，先生，講他也要我手淫嗎？只有他是我一生惟一愛的人，他雖然早已死去，可他，你看，」我朝他那個方向看去，「他肯定在這個房間裏看我呢，就像你一樣在看着我，而我看不見你們。」

「他看你做什麼呢？」他不解地問道。

「他在聽我與男人尋歡的喊叫聲。他每天都在這裏看我，我知道，他用他的死和我結合在一起。有時我在路上迷了路，每當這種時候，我都能看到遠處有一絲亮光，我向那邊走去。突然間就發覺自己走出了迷區，這是我父親的指引。前些天當我一個人拎着我的紅皮箱孤零零地走在街頭時，我的父親又一次指引了我。想必你也有這樣的體會？」

他喝了一口什麼，放下杯子，說道：「是的，有時是這樣的。一個人在困惑的時候會莫名其妙地得到一種解脫。」

「實際上我和我的父親還從來沒有說過什麼話，有時我們朝一個方向走去是因為走向同一個家。我和我哥哥每天放學回來，只注意母親的臉色，只和她說話，和她笑。而對於他，對於父親，他明明就在家裏，他坐在椅子上，他就在那裏，但又不在。他的寬容他的沉默使他的密度不夠，致使我們無法看見他。後來，在他死後的十多年的今天，我在另一個人身上又突然看見了他的沉默，他的平和和他的無奈……你在聽嗎？我也可以閉口不言。」

「我在聽着。」

「我父親死的時候我才十二歲。那天晚上，房間的燈光也像這張床上的燈光一樣很強烈，很邪惡。這種燈光使我全身失血，就像你現在看到的一樣，你看我身體跟牆壁一樣白吧？那晚，我的臉我的眼睛乾枯得像冬天裏的樹葉，我想睡覺，想要躺在什麼地方。我的父親，他在咳嗽，可我瞄瞄旁邊的那張空床，趁他不注意，就縮在床上悄悄睡起來。我一下睡着了，一下做起了夢。我夢見自己在一條河流旁奔跑，後面是我的父親在追趕，我跑啊，跑啊，像是在飛……淡藍色的河水潺潺地流着……我突然沒有了實體，只是一片乾枯的落葉在天上飛，就像現在躺在這張床上一樣，沒有名，沒有姓，不知從哪來到哪去。我驚恐地大聲地喊起我的父親……可他死了。」

「他真的死在那一晚了？」

「死了。但我還沒有來得及向他說一句我自己的話，從來沒有，哪怕一聲問候。我沒法再跟他說一句話了，為了這個，我在床上拼命地哭着，我一邊哭一邊回憶着剛才的夢，從此那夢就像那河水從我身上流過，浸在肌膚上冰涼冰涼的……當然這跟我突然有一天對別人說我父親在什麼什麼地方做着大官絲毫不矛盾，雖然這有違於事實，但說他是省委書記就一定意味着謊騙？先生，你說呢？依你的聲音我斷定你還年輕，還沒有老，但總有一些經歷吧？」

「是的，我也曾經撒過謊。和你一樣。」

「我端着父親的骨灰盒站在一個大廣場上。這個廣場很大，四周的空間就像寬闊的水域。我飄浮起來，像那片落葉孤立無援。但我知道，父親生前所有的冷漠與隔閡就像是這個廣場在頃刻間消失殆盡。他以他的死使他無所不在，像這流動的水填滿我的心間，再沒有什麼能把我們隔開了。他透過我身上的衣服，臉上的淚水，透過多年之後我偎着另一個老人的身體他就知道了我對他的深切的愛。」

「後來我遇到了另一個老人，在這塊又潮濕又陌生的土地上我和這個老人的身體相互溫暖着，我真想這一輩子委身於這個老人。這除了我看上他的錢他的富有而外，還有他身上那種平和淡漠的樣子，每次當我跟他獨處時，我就能看到他這種模樣，一看見我的心就像針刺一樣感到疼痛。我還能聞到他身上逐漸衰老的氣息。這種氣息是誘人的，令人欲哭無淚，這種氣息只要吹在身上，那個廣場上寬大的水就將我整個淹沒，使我久久潛伏於水的溫暖之處傷心哭泣。在他身上，我得到了父親所有遺留和沒有遺留的一切……不過，我在他面前撒了許多謊，耍了許多花招，有的被他識破，有的沒有……」

「後來又怎樣了？你還喜歡那個老人嗎？」

「我和他很久不見面了，他喜歡另一個女孩。不過我總在想，在他的身邊，那個女孩有沒有嗅到那誘人的令人心碎的衰老的氣息？她有沒有意識到他的臉，那優美的線條是一個危險的陷阱？她有沒有像我一樣時常悄悄為他哭泣……」

我不說話了，胸腔裏有什麼堵塞着，突然把臉伏在枕頭上竟自哭泣起來，我一邊哭一邊憤憤地對他說：「你走吧，我還有客人在等着。」

「現在是除夕，你還要接客嗎？」

「妓女沒有節假日。」

這個男人掀開帘布走過來，對着我默默看了一會，用手摸起我背上的燙傷。我因為疼而避開了身體。

「你把錢放在外間的桌上，走吧。」

我一邊說一邊從枕上轉過頭來，為什麼要對一個陌生人說這麼多？我不禁膽寒、後悔和自責起來。我還是哭着，淚眼中我突然看到一張臉。我驚駭地從床上坐起，兩手下意識地捂住前胸。

「為什麼是你？」

2

他從頭到腳打量着我暴露在燈光下的裸體，就好像看到了讓他恐怖的魔鬼一樣，他輕輕地撫摸着乳房上的傷口，那兒已起了一個圓形小泡。肚腹上的血早就止住了，沒有泡，但是傷口破裂着，露出紅紅的肉。他又忽地低下頭，恢復了他的真聲，說道：

「我沒有想到你是真的來賣身，芬第一次跟我說，我不相信，第二次跟我說，我也不相信，她第三次跟我說，我還是不相信，即使到現在，我好像也在做夢。」

我突然發瘋般地把他往外推，大聲問道：

「你為什麼？為什麼要到這兒來？你走，走啊。」

他卻把我的兩只胳膊反絞住，把我往床上按。我氣憤地哭起來——他為什麼要跑到我這兒來啊。我不顧一切地要掙脫他。這時他一巴掌打在我的臉上。我捂住嘴巴。

他鬆開我，又猛地拉過我的身體，從旁邊拿過一件衣服裹住我。他弄疼了我的傷口，我不禁呻喚起來。

「回去。」他說。

「回哪？」

「我們的公寓。」

我笑了。

「那麼芬呢？」

「芬？」他一下低下頭去，陰影遮蓋了他的臉。可只一會，他又使勁握住我的手，在燈光下

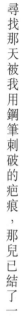

尋找那天被我用鋼筆刺破的疤痕，那兒已結了一個痂。

「還疼嗎？」

「疼的不在這兒。」

「不在這兒，就是在那兒，對嗎？」他指着乳房上的燙傷説，「你就這樣糟踏你自己嗎？走，我們回去。」

説着他要把我往外推。

我止住他，抬起頭問：「回去幹什麼？」

「那你在這兒幹什麼？」

「這兒？我不在這兒，又在哪兒？這兒才是我應該呆的地方。你看，這張床就是我在這個世界上的位置。」

他望着我，嘴唇在打顫，眼睛裏露出慍怒的神色。他又低頭看了看懸在我身邊的被燈光照得徹亮的床，又用手指撫摸着上面的床單。

「你是因為我才到這個地方來的。」

「千萬別這樣想，如果沒有認識你，我早就在這裏了，我本來就應該在這裏。真的，你還是離開吧，像你這樣的人來這兒是要遭這個社會恥笑的。」

「為什麼？為什麼？」他大聲問，臉開始發紅，額上是一些亮閃閃的汗珠。

「你有那麼多女人，你喜歡和她們在一起。」

「我可以不和她們往來。」

我低垂着頭猝然問道：

「也包括芬嗎？」

他突然把臉貼在我的肚腹上，整個身體抽搐起來。我推開他，蹲下身子，對他說：

「別這樣，是我不好，你沒有錯。真的，我不要你改變你自己，也不要你改變我。」

「但是你到這個地方來，我真的痛苦。」

「走吧，你就把今晚當作一個夢吧。」

「可夢是要醒的。」

「下一個客人在等着呢，就因為你，我已經少賺了幾百塊了。」

他抬起頭來，哀切地說道：

「你難道就不再聽我的話了？再不要見我了？」

「我是一個妓女，你要一個妓女去聽你的話？要和一個妓女見面？」 他站起身，掀起帘子又坐回沙發上。我默默地倚立在床邊。只聽他問：「你是妓女嗎？」

「是。」

「誰付錢你就跟誰上床？」

「是。」我再次回答道。

「那麼今天整晚整夜我都把你包了。我給你付錢，你陪我睡覺。」

我思慮着，沒想到他說的這些話使我這樣難以否定。我深深地看着那一片黯淡處。他說：

「妓女不是也有職業道德的嗎？」

3

進了他的公寓，躺在他的床上，就像躺在和玫瑰間裏的床上一樣，望着一如往昔的周圍。清晰柔和的燈光照着，窗外的風隱隱約約地吹動着。胡姬花開着。

他抬起身子，從梳妝台的抽屜裏再次拿出那瓶擦臉油。當他重又覆在我身上時，我緊緊閉住眼睛。但是他說：「把眼睛睜開，望着我，我要你看我，看我的臉，看我的眼睛。」

我按他的話做了。他正用一種新的奇怪的近於病態的目光注視着我，臉上那絲綢一樣的光彩似乎又是我從未見過的。我怔怔地盯着他。

「就在那張床上，你已接待了多少男人？」

「我記不清了。」

「好好想想，從你躺在那床上起，一共有多少？」

我在心裏認真地數起數來。我說：「也許是二十七個也許是二十八個。」

「啪」——他打了我一巴掌。

「到底是多少？」

「如果算上你的話二十八個。」被他打過的臉頰火辣辣地疼痛起來。

「你跟他們在一起舒服嗎？」

我遲疑地把目光移開去。這時他又一個耳光抽在我臉上。

「看着我，你和他們做愛舒服嗎？」他忽然叫喊起來，嚴厲地憤怒地望着我。

「舒服，跟他們一起很舒服。」我同樣大聲說道，「很舒服。」

但是回應我的是一片沉默。

房間裏突然靜了下來，就像沉入了無邊的令人恐怖的黑洞。

「跟我在一起不舒服，是嗎？」

我痛苦地望着他，幾乎喘不過氣來。而他克制着自己，臉部輕微地痙攣着，繼續說，聲音像是一縷縷陰濕的風拂過我的面頰。

「我讓你感到難受是不是？」他的身體在發抖，只見他閉住了眼睛，再不看我，忽而大聲喊道，「抱住我，緊緊抱住我，往你身體裏塞。」

我伸出胳膊摟住他。他說：「對，就這樣，往你那個裏面擠，把它擠進去，快快……」

他大聲喘息，臉扭曲在一起。我拚命抱住他，摟得緊緊的。但是進不去，無論我怎麼努力，他也無濟於事。

他突然大哭起來。臉上的肌肉一塊一塊地顫抖着，眼淚從他臉上迅疾而過。他哭泣着喊着：

「我是個性無能，我是個性無能。」

他絕望地喊着。我緊緊摟住他。把他的臉貼在我的臉上，我還想要説什麼但什麼也説不出，只是眼淚也噴湧而出。我跟着他一起哭着。我們的聲音大大的，混雜在一起，就像恐懼和痛苦交織在一起一樣。

良久，哭聲漸漸沒了。依然裸着身子。我曲起腿坐在床頭上，身上的傷口很痛，使我禁不住發出呻吟。他找出一管藥膏，幫我一點點搽着。

他臉上的淚痕尚在，從那眼睛裏依然湧出悲痛。我望着周圍發黃的充滿了病態的光線，抬起手在他臉上輕輕抹着。我説：

「實際上我離開你，這所有發生的一切，我都是在逗你，要你，像我以往的任何一個花招一樣，尤其是我在那張床上所作的赤裸裸的坦白也是假的。」

我説完這話，微微地笑了。他顫抖着嘴唇，以一種像是受到了創傷似的無防備的表情盯着我，低沉地説：

「我希望你留在我的身邊就這樣逗我，要我，騙我。」

「為什麼？」

「還沒有女人像你那樣把我抱得那麼緊。她們要了我的錢之後，臉上的笑是裝出來的。」

「我也是裝出來的。」

「你和她們不一樣，你不嫌我老，不嫌我沒用。」他憂鬱地注視着我，放下手中的藥，「你還記得我們第一次做愛嗎？那一次我說我射了，我就進了衛生間，在衛生間裏我看到你把我扔在地上的紙撿起來看，發現上面沒有精液，發現我在說謊，於是你到了衛生間就把我摟得緊緊的，在我臉上親，身上親，你在可憐我這個老頭子呢。」

聽着他的話，我轉頭望着窗外，但什麼也看不見。他也沉默了，把頭垂得低低的，但只一會，他又喃喃道：

「在沒有接觸我之前，你肯定也有過男人，而男人都是有毛病的，不光是我，別的男人也都這樣……跟這個女人睡了之後又想跟別的女人睡，但是女人是有差別的。」

「別跟我說這些，好嗎？」

「唉，不管你信不信，我還是要說，你和別的女人不一樣。」

「但我一樣是中國人。你不害怕我？」

「中國女人果真就這樣可怕嗎？為什麼呀？」

我低下頭看到了我裸露的兩腿，在右邊的膝蓋上有着明顯的發紅的燙傷。我發現他正凝視我，於是我說：

「就因為我們太髒了，當我們一踏上這塊乾淨的土地，我就已經是個婊子，是雞，雞婆，妓女，Prostitute。」

聽了這話，凝望着我的眼睛裏又流出淚來。好像那才是他的精液。我不禁伸過手去撫摸着那些液體，輕悠悠地笑開了。我說：

「我哪值得你哭？你就是這樣哭，我也不會少要你一分錢的。」

「你要多少我都會給。」

「我想讓你請我去吃飯。過去我每次都心疼你的錢，但今晚你如果真的請我吃飯，你至少要花五千塊錢，要有樂隊，整個大廳就是我和你兩個人。像我在大學裏所幻想的一樣。只有我們兩個人。五千塊錢也就是人民幣三萬塊了，就算是你玩了一個像我這樣的妓女的代價。」

我懇切地望着他。而他只是顫抖着嘴唇，自己用手抹着眼淚。

4

「這是六星級飯店，你看到了嗎？像一個水晶宮似的，這是新加坡惟一的六星級飯店，」他說，「我們坐在裏面的任何一個窗口旁，都能看到天空、雲彩、月亮，這是法國的設計。」

我望着錚亮的四周，默默地跟着他上了二樓。那兒是圓形餐廳。因為夜深，客人很少，只有兩三桌。

小姐把我們帶到一張台前坐下。他向她說明來意。小姐說：

「樂隊馬上就能準備好，我們也可以不再接待新的客人，但已經來了的，必須等他們用完餐。」

在這樣輝煌華麗的環境裏，他溫情地望着我，握住我的手。我不禁說道：

「許多次你的車都不敢通過紅燈區，打老遠就避開了，以前也聽說，你厭惡妓女，你哪怕是和她一起喝一杯咖啡，你都覺得惡心，覺得髒，而你現在真的和一個妓女不僅喝了咖啡，還做了愛，在這最高檔的酒店裏還要花五千塊錢吃晚餐。告訴我，你現在覺得噁心覺得髒嗎？就連我自己也認為我不配在這兒。」

說到這裏，我的眼裏噙滿了淚。他搖了搖頭，目光裏依然含着溫情。他說：「我沒有感到髒。一點也不。」

「為什麼？」

「因為你不是妓女。」

「為什麼不是？我跟許多男人都睡了覺，拿了他們的錢，我還不是嗎？你不嫌我髒？」

「不管你怎麼去和男人睡覺的，你都不是妓女，」停了停，他又補充道，「我不知道別的和男人睡覺的女人是不是，但我能肯定你不是。」

「她們不是，我是，我比她們髒。」

「她們是，你不是。」

他堅定地說着。

「我真的不是？」我一把抓住他的手。

他的眼睛閃着光，那是浮動的一層淚光。他顫抖着聲音說：

「你不是妓女，你也不髒。」

我用手捂住臉，眼淚噴湧而出。

「我從北京來到新加坡，實際上就是要砸別人飯碗搶別人老公騙你們這些男人的錢的……我甚至在機場上就開始騙麥太太了……」我低下頭嗚咽出了聲，眼淚很快灑滿了我面前的台面。

他抬起胳膊直接用手擦我的眼淚。

「你不是，正因為如此我才會到那種地方找你。其實，我沒有看到比你更美更純潔更崇高的女人了。」

他說了這一句，我渾身顫抖着，哭得更厲害了。

我久久地哭着。

他的手一直沒有離開我的臉頰，輕輕地來回地擦着上面的眼淚。

突然，我止住哭泣，像想起了什麼似的抬起頭急急地對他說：

「我們走吧，我們不要晚餐，不要樂隊，這些對我來說一點也不重要了。我不要你花這筆錢。」

「不能，都跟人家說好了，否則讓我多沒面子。」他為難地說道，拍了拍我的臉。

「可你的面子比我誠懇的請求還重要嗎？」

就在這時，鄰桌的人全部站起來拿着筷子對準一個大盤的菜，一邊翻動一邊齊聲說着什麼。

我嚇得一把抱住他的手。他微笑了。

「這是我們新加坡的風俗，叫撈魚生，每年除夕夜用筷子那麼一撈，就能撈到一年的運氣和幸福，」說着，他又拂去我被眼淚沾在臉頰上的髮絲，「我們要不要也撈一撈？」

「我已撈到了。」我再次淌下淚，用紙巾狠狠擦去，又朝他不加掩飾地笑起來。

我們出來走在清涼的街道上，馬路上不斷穿梭着閃着光亮的鳴叫的汽車。排列着的路燈像是用火點着了似的一路燒將過去。我看着藍瑩瑩的天空，又一次感受到了從大學圖書館走出來時的心情。我的頭仰着，蒼穹無比深遠，望着那些閃亮無比的星星和飄移的月亮，就想和身邊的這個老人這樣一直肩并肩地走下去。我說：

「你知道我現在最想做什麼嗎？」

他轉過身來。我繼續說：「在這個除夕之夜我想跟你再次做愛。」「你不嫌我……」

「我只想抱住你，緊緊地抱着，把你抱着往那個裏面塞。」

他低着頭，眼睛裏有淚光在浮動。

「我打電話讓司機來接我們。」說着，他從口袋裏掏出手機。

「不，不要。」我按住他的手。

「很遠很遠的，我讓我的司機馬上過來。」

「不要，我們就這樣走回去，走回那個公寓。」

他向前走了幾步又低下頭看看自己在路邊的影子。他說：「我走不動。」

他背着光線，臉上是一片頑固的暗黑，完全看不清那上面究竟藏有什麼表情。但他說了那一句，那肉體上確實給人以一種衰弱無力的感覺。我依着他，誠懇而熱切地望着他說：

「走不動我就背着你走。」

我用手輕輕撫着他低着的肌肉鬆弛的面頰。一會，他抬起頭來笑了。

「那樣多不像話。這是新加坡，又不是你們北京。」

聽了這話，就像有什麼東西深深地扎進了我的身體。我盯着他的臉突然感到難過。於是我一扭身就跑開了。

他在後面喊着什麼，我顧不上聽，跑得特別快，皮鞋發出了清脆的嗒嗒聲，像某類牲畜在深夜時的狂躁。我拼命地跑着，不知該朝什麼方向，只是順着一條馬路不停地朝前跑，心裏沮喪極了。我想，這個夜晚如果不是他最後那句話，它將是我一生中最美好的夜晚。

5

我來到一條不知名的河岸上行走起來，從那兒傳來沙沙的流水聲和淡淡的清新的潮濕氣味，河面上燈光閃閃。遠處一只華燈結彩的遊船靜靜停泊着，四周是懸掛的燈籠，是湧動的人群。那兒是克拉碼頭，遠遠看去，就像有一條蜷縮的閃着鱗光的龍體在痛苦地翻滾。我默默走着，不連貫而又模糊地想着各種事情。當我到達行人密集的地方，看到女孩們依然站在人群中間歌唱的時候，我再一次想起芬。在她唐突地闖進那套公寓的那個深夜，她就是以一種絕對淒涼的心情看着四周的一切。在燈光的上方，空氣中籠罩着一片飄忽的紫色，裊裊地融在女孩們快樂的歌聲裏。她們一共三個人，邊歌邊舞，繞她們一圈的是坐在椅子上的男男女女，他們穿着節日新裝，一邊看一邊啜着飲料，守這長長的大年夜。

我擦過這些坐着的人群，向一個名叫「ZOZO」俱樂部朝裏張望。裏面傳來了亢奮的爵士樂，像是黑暗中驟然刮起的旋風，而且夾雜着一股濃重的榴蓮的又腥又臭的氣味。一瞬間，我逃似的離開了。

我又來到挨着它的另一間，裏面有打鼓聲吉他聲，有男人穿着中國旗袍裝成女人的尖嗓子唱歌，十分熱鬧，還有人在跳舞，有人在喝酒，有人在哈哈大笑。不知為什麼我被這樣的場面吸引，也想進去喝一杯，然後哈哈大笑一下。但我身上沒帶一分錢。可那哈哈大笑是什麼感覺呢？

我覺得我探進門裏的臉，有一剎那被裏面的燈光無情地照亮了。這使我突然想起從北京剛下到新加坡機場時那猛烈得像雪崩一樣的光。

我顫然縮回頭去。這時，一輛出租車靜靜地滑到我的身邊。黑臉龐的司機探出頭用英文問道：「要車嗎？」

「我身上沒錢，」我猶豫着說，「但如果你信任我，回到房間取還給你。」

我又告訴他我住在什麼地方。他看了看我，也猶豫一下，便把門打開了。我鑽進去，還沒坐穩，車便飛馳起來。看着反光鏡裏映出的那張臉，那唇上面有一顆黑痣。突然間我感到一陣恐怖。這不是竊我箱子的那個印度司機又是誰？我一下伸出手想抓住他，無奈厚厚的玻璃門橫擋着。我憤怒地喊道：「我的箱子，My bag，My bag。」

他也突然認出了我，一時慌了神，一個急剎車，使我的頭猛地撞在玻璃門上。我抱住頭一陣呻吟，嘴裏仍然喊道：「My bag，My bag。」

我的手上濡濕了。我把手伸到眼前一看，是血。他也看到了。因為痛楚和恐懼，我啜泣起來。「求求你把我的箱子還給我。」因為心急來不及用英文講。我用中文說了這一句後，便又大聲哭開了。

他攤開兩手，聳聳肩，那皮膚的黑色使我無法判斷他是肯還是不肯。

額上的血依然往外滲。他給我拿來紙巾，我便在額上擦拭起來。血止住了，眼淚還在流。他望着我，怯怯地顫動着嘴唇，終於說道：

「你去問小蘭。」

小蘭？他讓我去問小蘭？我推開車門，以一種極度狼狽的姿態站在空無一人的街道旁。遠處依然傳來喧鬧聲。我又多了一層新的恐怖心理。風吹在我的傷口上，使我再度悲鳴起來。

我搖搖晃晃地轉了一整夜，通過了許多不知名的街道和許多狂歡的酒吧。直到玫瑰色的陽光灑滿整個新加坡，我也沒有要回去的意思。在那個房間，在小蘭那張臉上似乎爬行着一種帶着劇毒的蜘蛛。我似乎還聞到了蜘蛛的氣味。它彌漫着我的全身，使我沒有思想也沒有感覺。我像亡靈一樣，懸吊在半空中。走着走着，到了近午，直到我實在沒有了力氣，我才開始往回走。

當我看到那座大廈時，同時我也看到了那輛熟悉的長長的奔馳。忽然間我伏在路邊的一顆大樹下捂住臉哭起來。我哭着，就好像一下掉進一個寬大的水域裏，渾身充滿了溫暖。一會我顧不上抹去眼淚，像個瘋女人一樣迅速朝前跑去，一直跑到他的車前。

他看到我，從車裏走下來，臉上一片荒蕪，上面充滿了亂草一樣的皺紋。他朝我先是苦笑了一下，然後說：

「我等了你整整一夜，現在已是又一天的中午了，你去哪兒了？你的臉怎麼了？」

他驚駭地用手去摸。我一下撲在他的肩頭上，哽咽着說：

「我的箱子被人搶了，我要找回我的箱子。」

他推開我，望着我的臉。

「不必啊，我可以給你買一個更好的箱子，可以給你買十個，看你弄成這樣。我現在問你，你願不願意跟我走？」他又把目光移過去，看着我投在地上的一團濃重的黑影，聲音不覺低沉下來。「老實說，我不要再這樣痛苦了，你只要說一聲不字，我馬上就走。」

我緊緊抱住他，急促地說：「假如當妓女我就做你的妓女，假如當婊子我就做你的婊子，做你的 Prostitute。只要你不嫌棄我，我願意和芬一起陪你，陪你吃飯，陪你睡覺，你還可以和你的許多女人一起哈哈大笑，只要你喜歡，我都願意啊。」

他捧住我的臉，說：「你怎麼說這樣的傻話。」

我垂下頭飲泣着，他給我一遍遍抹着淚。

「我要你現在就跟我走。」

我使勁地點頭。他打開車門。當我要跨進去時，忽然又想起了什麼。我對他說：「我要要回我的箱子，你見過的那只紅色皮箱。我知道它在哪裏，我要把它找回來。明天我自己去你的公寓。我不會不去的。」

「不，不行，我要你立即回去。」他慍怒道。

「可我喜歡我的箱子。」

「你不要它就不行嗎？」他堅持道。

「是的。」

他沉默了，我渴望地盯着他。當他碰觸到我的目光後，便點了點頭。他依戀地拉住我的手，看了我一眼，隨後又無奈地丟開了它。我說：

「不會出事的。我只是要回我的箱子。」

第十八章

1

房間裏空空的，小蘭和小瑩都不在。我在紅腫的額頭上抹上藥，便一頭扒在床上，想着那紅色皮箱。雖然對那個男人的愛意和對未來的希望使我減輕了對她們兩人的憤恨，但我依然對此感到驚悚。她們為什麼要和那個司機聯合起來，為什麼對我一夜的啜泣聲無動於衷？那晚她們熱誠邀請我與她們同住，那只箱子就是她們的目的嗎？為什麼？她們以這種方式還騙過其他女孩的錢嗎？想着這些，又一次受着傷心和憤懣心情的折磨。為了擺脱這個狀態，我站起身給芬打電話。

我向她滔滔地訴説着。最後我說：「她們怎麼這樣可怕啊？」

話筒裏傳來她輕微的呼吸聲。

「你真的覺得她們比我們更可怕嗎？」

她說了這一句，我沉默了，竟無言以對，一時間，臉也有些發熱。我說：「你替我請個假，下午，我不上課了。」

「為什麼？」

「我要等小蘭。我要要回我的箱子，我只想要回箱子，要回衣服，至於錢，給她們好了，我也不怪她們。」

「你怎麼這樣糊塗，這幾天學校一直在放假。」

放下電話，我決定一直在房間裏直到小蘭回來。想到將要離開這座房子，我打開櫃門，把自己新買的衣服一一放進一個簡易袋裏，把小蘭和小瑩曾臨時給我穿的全都疊好，放回去。望着這些衣服，也不能不說和她們在一起是值得懷念的日子。一想起那幽靜的紅燈區，更是離不開小蘭。這是不是她在竭力作出補償？

我焦躁不安地等着她回來，弄得疲乏不堪，額頭也一直在痛。可是直到晚間，不管是小蘭還是小瑩，她們都沒有露面。我決定去SMILL找她們。

我坐了一輛出租，直穿大堂。裏面照例是男人和女人。台上沒有女孩表演，而是一個穿着白紗裙的女人在彈鋼琴。莫非她以這種方式做廣告？我久久地望着她，想起自己兒時就企盼着自己是這樣的形象，坐在鋼琴邊優雅地彈琴。這時一個男人上台給她送花，那粉紅色的花裏夾着一張鈔票。那是五十元還是一百元？正當我做這樣的猜測時，身後有人喊我。

「海倫。」

我回過頭，看見小蘭、小瑩和兩個男人圍着一張台子在喝酒。我的心一下怦怦跳起來，似乎身處絕境。我走過去，坐在小蘭旁邊。

「昨晚上你一夜不回來，我們很為你擔心。新加坡雖是個法制國家，但也常有意外之事。」小蘭嗔怪道，隨後她看到了我額上的傷，驚訝道，「出事了？」

「沒有。我今天等了你們一天。」

「今天剛好和小瑩一道。你找我們有事啊？什麼事？」小蘭關切地望着我。

在她綠色眼影上方的額上還留有兩處圓圓的燙傷，呈紫紅色，我的腦海裏再次響起了我們驚慌的叫喊聲和日本人的嘿嘿笑聲。我訥訥地坐着，又低下頭去。一會我像是走投無路似的橫下心來，小聲說道：「小蘭，昨天我又遇見那個搶我箱子的印度司機了，他讓我問你。我……我只想要回我的箱子。」

小蘭沒說話，只傳來了喘息聲。我不敢抬眼看她，好像難以與她對視。我想她也和我一樣低着頭。沉默中對面一個男人說：

「我們出去到另一個酒吧去，這兒太鬧了。」

小瑩沒聽見我和小蘭的對話，她熱誠地邀請我同他們一起去。兩個男人也以期待的目光望着我。

「不，你們去吧。」我笑了笑。

他們真的站起身，小蘭自始至終沒有再講一句話，低着頭只機械地邁着腳步。我迅速地瞥了她一眼，那兩只貓一樣的眼睛遲緩地眨動着。

我感到有些茫然，若有所失地盯着桌面上的喝剩的酒，心中不無感慨地想，從此這個綠眼睛姑娘是不是就這樣走出了我的生活？我望着這個鬧哄哄的夜總會，心中的傷痕越發讓我感到荒涼和可怕。我站起身來向外走去，突然感到我對小蘭說了那一句話之後，箱子和箱子裏的東西就一點也不重要了。既然這樣，那我還是回他的公寓裏去吧，現在就去。

我很快地走着，剛要走出大門，有三個男人迎面擋在我的面前。

2

他們身穿灰色制服，都以一種嘲弄和戲弄般的冷靜直視我。他們的目光使我一下哆嗦起來，內心像有一根東西斷裂了。其中一個男人說：

「請出示證件。」

「什麼證件？」

「能證明你身份的一種證件，如居住證，工作證，學生證。」

我低下頭。

「我們是移民廳的，我們懷疑你是非法吧女。請出示證件。」

我從口袋裏掏出學生簽證。一個男人接過去，認真地看了一會，便放進一個文件袋裏。我突然哭了起來。我說：

「我沒有，我不是，我來找朋友的。」

「所有的妓女都這麼說。聽候處理。」

兩天後，校長把我叫到辦公室。她說：「你們國家好像有這樣一句古話：好好學習，天天向上。你卻學着學着就像到了夜總會。昨天移民廳下了通知，正式取消你的簽證。兩星期之後你必須離境。」

我低着頭，像根本沒聽見她的語聲似的，只顧哭喪着臉，向她歪起嘴唇，說：「那一晚，我沒做。」

「你，時常撒這樣的謊？難道那一晚你沒做你就不是妓女了？移民廳對你們每一個人在幹什麼都一清二楚，是絕不會弄錯的。你們這些小龍女永遠沒有個羞恥心啊，上次Taxi也這麼說的。」校長以憐惜的打顫的聲音責備道。

我無言以對，低着頭要走出去。走到門邊，我突然回過頭對她說：「我不是小龍女。」

正要低下頭繼續工作的校長猝然盯住我。她笑了。

「你不是小龍女又是什麼？」

「我不是。」

「你當然是，來這兒的中國女人都是。」

「你也是。」我脱口而出。

聽了這一句，校長真正的憤怒了。她走到我面前，那氣惱的眼色，仿佛閃現出她的內心，輝耀着略帶紅色的光。我戰戰兢兢地盯住那兩道紅光，這一瞬間體內卻像喝了毒汁一樣產生一種快感。

「你說誰是小龍女？究竟是你還是我？」

她很平靜，依然寧願相信是我說錯了。我朝她搖搖頭說：

「我不是小龍女。如果說世界上真的有一種女人叫小龍女，那麼不僅我是，你也是，你媽媽是，你姐姐是，你妹妹也是，你女兒……」

「啪」的一個耳光重重地摑到我臉上，腦袋「嗡」地一下，有一瞬間我不知道我身在何處。我費了一點力氣才把臉正過來重新對着她，嘴角似乎有什麼在流淌。

她微張着嘴，臉連同眼睛整個緋紅一片。

「你說你是不是小龍女？」

「你就是把我打死，我也不會承認我是小龍女。」我輕聲回答道，用手抹去唇邊的液體。

蒼白的燈光下，我看到她目光閃爍，鼻翼顫動着。她怔怔地盯着我，盯着我無恨無怨無愛的雙眸，突然嘆了口氣，說道：

「流吧，那都是些骯髒的血，流乾淨了重新去投個好胎。」

3

我木然地來到街道上，又一次抬頭仰望，好像一切都升騰到了淡藍的天空裏，像一縷風，一個夢，全都消失了，沒有了。兩個星期？還有兩個星期我就要離開這裏了嗎？驟然間我打了一個寒顫，一下想起自己又要回到那死氣沉沉的校園，那筒子樓裏黑暗骯髒的過道。我怎麼面對李輝面對分房小組組長以及眾多輕蔑的目光？

天色黯淡下來，黑夜再一次降臨，就像絕望和痛苦攫住了我的整個內心。被校長打腫的嘴角隱隱作痛。我想回我的房間。自從那個晚上之後，我整天睡在床上，沒有跟小蘭她們講過一句話。房間的空氣壓抑而苦悶。我也沒有去那個公寓找他。

我朝我的房間走去，但是一會，我又停下來，向另一個方向走去。

他也許等了我兩天兩夜，也許此刻正在那個公寓裏來回踱着步，他曾幾乎為我斷腸，為我感到絕望，當我要被移民廳驅逐出去，他怎能撒手不管？雖然他怕影響，羞於向移民廳啟口此事，但是他對我的憐憫和愛是可以戰勝這種羞恥心的。頓時我感到愕然，好像剛剛壓在心頭的黑暗消散了，痛苦驅除了。我心中升起了光明，便快步向那兒飛去。

我來到那個門前，氣喘吁吁地敲着門。我敲了很久，沒有人。我瘋狂地繼續敲着。無奈我又來到樓下的公用電話亭。可他的手機已經關了。

一下子我又沉入到了黑暗，怎麼辦？我一邊回到那個街道，一邊想起了芬。我必須見她，她雖然什麼忙也幫不了，但我要見她，告訴她，就像那個深夜她突然絕望地闖進我的房間一樣。我要拉住她的手，把我的淒慘和痛心揭示給她看。我也不會再去跟她競爭誰，我要和她一起成為真正的朋友與他和平相處。

我來到她住的公寓下面，給她打電話，電話響了很久，才有人接。我哭着對她説：

「我現在要見你。」

「現在？」她驚訝道。

「對，就是現在，我要告訴你一件事。」

她沉默着。一會説道：「要不，你明天再來？」

「今晚上不行嗎？我就在你的樓下。」我淒涼地説道。

「不行。」她的聲音很輕，但很堅決。

我放下電話，心裏十分清楚，他就在她那裏，他們正在床上做愛。我忽然臉紅了，聽到心裏有什麼響了一下，好像是斷裂的聲音。我抬頭朝大廈的高處望去，那兒閃爍着一片燈光，在某一個窗口裏面他正脱下他女人似的絲綢內褲，往他那柔軟的生殖器上抹擦臉油。我繼續走着路，雙腿直哆嗦，一絲茫然的笑意悠悠忽忽地飄浮在我沒有知覺的嘴唇上。

過了一個小時，我存着一絲僥幸心理又給他打電話，手機依然沒有開。給芬打電話，她卻不接了。空洞的聲音一次一次響着，像是石子打在冰涼的河面上的水漂。我放下電話，忽而哭泣起來，就像芬那天站在街頭上毫無羞恥的哭泣。區別在於她有一個聽眾，而我沒有。黑暗隱沒了我的淚水。

我漫無目的地走着，望着這充滿了火光的夜空。火光像雨絲一樣密密麻麻地穿梭着，把一切閉鎖其中。夜漸漸深了，惟有這光越來越像要燃燒起來，一切都沒有遮蔽處。我覺得自己的所有的一切都被殘忍地暴露在燈光裏，在這種燈光的照耀下，無論我的腳步是多麼狡猾也全是枉然。我來到一條高速公路上，一輛輛的車飛一樣從我面前掠過。我突然想到自己不是漂亮嗎年輕嗎對男人還有吸引力嗎？眼看到一輛接一輛的車，我突然舉起手，我希望有哪一個男人看重我的姿色而停下車來。我會對他說，只要他幫我想辦法再在新加坡留下來，我就給他洗澡洗腳，給他玩弄。

我把頭髮抹得平平的，把臉上的淚完全擦乾，又從包裏迅速掏出化妝品，在臉上撲粉，塗口紅，小心地把嘴角的傷口掩蓋過去。收拾停當之後，我就露出清純的笑容，每見一輛車，便舉一下手。我的手臂幾乎沒放下來，一直高高地伸展在空中。瞬間我突然覺得自己變了形，舉着的手臂怪怪的，似乎它是多長出來的一根。黯淡藍的天空裏夾雜着暗紅色，零零碎碎的雲塊飄浮着，星星發出純淨的光。一股股熱風吹過我掠向更遠的背後。我期待地望着車輛，每一輛都喚起我無盡的幻想。但它們魚貫地過去了。也許他們看不清楚我的模樣。於是我又來到亮光處，向那些車繼續招手。我的臉被燈光照耀着，臉上浮現出最美好的微笑，似乎我正在到達一個幸福的所在。

這是初春，是在新加坡，那麼在中國北方，春風是不是開始吹動？積雪是不是正被融化？

一個小時之後，沒有一輛車停下來。我哆嗦着，身上直冒寒氣，終於被周圍的汽鳴聲弄得心憔力悴。「不，你要相信自己，要挺住，總會有奇跡發生的。」我以挑戰的姿態不斷對自己說。

相信？相信什麼？

4

在走完一段漫長而痛苦的路程時，我停在了一個緊閉的門前。過去，當我從這扇門走出來時，我以為我永遠也不會再回到這裏。但是此刻我的心中充塞了羞愧之感。不管她是怎樣，我會帶着羞愧和眼淚，把一切都告訴她，請她原諒，請她寬恕，請她無論如何要把我留在新加坡。

我按了電鈴。麥太太一看是我愣住了，那驚訝的神態向我散發出一股寒氣。我膽怯而微弱地喊道：「麥太太。」

她把我讓進去，客廳裏似乎有好多人，在打麻將，其中有私炎。忽然與他的目光相遇，心裏升起一股難堪的愧恧。在他旁邊坐着的是另兩個男人，有兩個不相識的女孩乖巧地坐在他們身邊。

麥太太走着我熟悉的碎步，一邊回過頭來對我說：

「真是今非昔比了，口紅這樣紅，粉這樣白，男人見了還真離不開。不過，我想弄清楚，究竟是什麼樣的一種情緒使得你還來見我。」

我說：「懷舊。」

私炎皺着眉頭，一邊打出手中的牌，一邊不動聲色地觀察着我。這時他讓身邊的女孩替他的位，走過來。

「懷舊？真像個詩人。」他笑了一下，繼續說，「如果真是懷舊，那個東西可能會使你很激動。」

他用手指了指客廳裏的一個角落。我向那兒看去，那不是我的紅色皮箱又是什麼？我問：「為什麼它會在這裏？」

「小蘭讓我轉交給你。」

麥太太一言不發地觀察着我，好像早就在防備着什麼。她的眼睛使我很不自在，甚至很可怕。但我顧不得了。我站起身向箱子那兒走去，心想，如果不是為了它，我……我的心再次痛苦得打抖。

箱子裏的衣服整整齊齊，一件沒少，兩千塊錢也一分不差。在我合上箱子時，又一眼看見麥太太的那件咖啡色長裙。它使我突然想起不堪回首的往事，羞愧又抓着我的心。

私炎走過來，望着我說：「小蘭請你原諒她。」

我嘆了口氣，說道：「原諒或不原諒有什麼用？她已給我帶來了滅頂之災。」

私炎不解地看着我。我拿出那件咖啡色長裙，對麥太太說：

「我想到你的房間去，我有話對你說。」

我誠懇地盯着她。她想了想，又看了看私炎，便站起身來，但那嘲諷的譏笑依然停滯在她的唇上。

來到房間，我忽然哭泣着。這聲音自然而然地從我胸中迸發出來，用任何力量都擋不住。唇邊似乎又流血了。我哽咽着說：

「這裙子還給你，是我偷的，從那個櫃子裏，對不起。但我現在大難臨頭，我要被移民廳驅逐出去了。」

她吃驚地望住我，說道：「怎麼會發生這樣的事情？怎麼了？你看你的嘴角還在流血。誰打的？是他？我早就跟你說過他不會只滿足你一個人，你看你自己把你自己毀了。」

我只顧哭着。她又以憐憫的眼神盯住我，又看了看我手上的衣服，說：

「算了算了，這衣服算是我送給你好了，你穿上確實還挺漂亮。」

我的臉一下發起燙來。我說：

「請原諒我。這衣服必須物歸原主。」

我把衣服放在她的床頭上。我說：

「麥太太，我想搬回來住，搬到那張沙發上。你看可以嗎？」

麥太太凝神看了我一下，笑了笑。她說：

「海倫，我這兒又不是妓院，儘管我會在這件事上幫你想辦法，但也只能是暗地裏，你出去對外人千萬不能説認識我，我在新加坡是個有頭有面的人，你就給我留點臉面吧。」

「既然這樣，你放心好了，我絕不惹你一身臭。」

聽了我的話，她放心似的點點頭，隨即歪起腦袋竭力思考。她説；

「現在我一下子想不出有什麼挽救的辦法，待我慢慢地想，也許能想出一個人來。」

我隨她走出房間。我剛想請她別把我的事對外面的人説，這時她説：「要不你去洗洗吧，看黑一塊白一塊的。」

她又邁着細碎的步子向前走去了。我來到洗漱間，面對那面熟悉的鏡子，聽任淚水橫流，心中體驗着極度的羞辱。她又能有什麼辦法啊？我來這裏實在是自取其辱。我洗了臉，走出來，只聽客廳裏的説話聲壓得很小，生怕讓我聽見。

私炎看見我，便向我試探道：「我們去散會步？」

我望着麥太太，她正坐在桌邊用一種責難的目光盯着私炎。私炎堅持道：「外面現在涼風陣陣，走一走，對心情是有好處的。有什麼問題也得慢慢想辦法。」

「你不玩牌啊？」麥太太道。

我突然對私炎説：「外面的空氣確實很好，我們走走去吧。」

於是我跟着他一起向門口走去。麥太太在身後説：

「要不要把那只箱子帶上？」

我回過頭默默拎起箱子，無意中又看到了掛在牆上的《蝴蝶夫人》。我不禁顫悸起來，猛地想起在飛機上和麥太太的奇遇。我又一次聽到我在過道中向她走去時身上裙裾的窸窸響聲，那絲裙像電影屏幕變了形，也像是我在新加坡將要匆忙降下的人生帷幕。

5

隨着私炎來到大廈面前的街道上，緩緩地走着。

「我的事你都知道了？」

「知道了。她有時也確實是個好人，儘管老了，但也還是女人，有些心態等你老了你也就理解了。不過，剛才，就在剛才，她對我提起了她的那件裙子的事，她說你⋯⋯唉，我實在是有些聽不下去了。」

我的臉又紅起來。我抬起頭，望着私炎的側面，放下箱子，一下抓着他的手，我的身子也軟軟地靠着他。

「雖然你現在身處絕境，我絕不以此為借口要跟你交換什麼。」他也握住我的手。

我又一次看他，心想他雖然有妻子有家庭，雖然他騙了我，我不是也同樣在騙他嗎？

我張開雙臂緊緊抱住他，急促地向他說道：

「假如能交換，你就要了我吧，在今晚，明晚，後晚，你都要了我吧……」我伏在他肩上哭起來，「無論如何我不能離開新加坡，我不能走，不能回去，我要掙扎。」

「假如不能嘗試，你也要嘗試嗎？」

「我情願去死。」

「真的？」

這時一股清晰的榴蓮的氣味傳送過來。我突然對他說：

「你帶我去吃榴蓮，好不好？」

「你不是不愛吃嗎？」他吃驚道。

「我愛的，我從來就愛，我也喜歡聞那股味道。我喜歡了，我就能留下來了。」

他看到我幾乎是懇求的模樣，便把我帶到一條印度街。雖然榴蓮是馬來人的食品，但在這裏也同樣比比皆是。在一個店鋪裏，我指着一個最大的榴蓮，說：

「我就吃那個。」

私炎毫不推諉，把那個大的買下了。就在店內的一張簡陋的木桌上，私炎把青色的皮剝開，露出一顆顆白生生的果實。我拿起其中一個就往嘴裏捂。

「有核，核很大，你慢慢吃。」私炎提醒我說。

我重又坐在一個黯淡的角落裏沉靜下來，不慌不忙地一口一口咬着，我就不相信我不喜歡它。我在心裏強硬着對自己說這真好吃，好吃極了。這時，空中響起了回教堂的鐘聲，隨即誦讀《古蘭經》的祈禱聲又響起了，像是從這條印度街上在每個角落每個瞬間裏飄浮的紗裙。吃着，吃着，實在忍不住了，便在突然間跑到門外的垃圾桶裏嘔吐起來。我一邊吐，一邊哭。私炎跑過來，淚眼中的他變得那麼龐大，我一把抱住他哽咽着說：

「我不能回去，真的，我要留在這兒……」

「那你為什麼不去找他？」

我突然止住眼淚，放開他，眼睛裏流出辛辣的目光。我盯着覆蓋了我和他的一片黯淡的樹影，說：「我不能忍受今晚他和別的女人在一起，儘管他是無意的。」

他也望着樹影，又抬起頭朝我看着：「你的簽證問題我想這樣，先向移民廳上訴，這樣又可以爭取半個月的時間，上訴的過程中，請律師，要走黑道，而走黑道我無能為力，我想把你介紹給一個人，他是專門吃黑道的飯。看他對你是否有意，是否想幫你，這就看你的運氣了。」

「你要把我介紹給另一個人？」

「你生氣了？你覺得受了侮辱？」

「沒有，我本來就是一個妓女。」

說完我欲走回去再吃榴蓮，他一把拉住我的胳膊。

「要知道，我無法救你，走黑道，硬碰硬，需要很多錢，我沒有那麼多，這就看你能否收買他。」

「可他憑什麼會被一個妓女收買？他需要發洩的話，二百塊就夠了，何必跟我費勁啊。」我甩開他的手。

「試一試吧，你不試怎麼知道結果？麥太太也認識他，她會去跟他說，我也竭力幫你，但這些都不能起決定作用，關鍵在你。」

「你為什麼要幫我？」

他低下頭沉思了一會，雙手撫住我的肩頭說：

「我要你真的像榴蓮一樣留下來，和我一起做一件大事。」

說着他又奇怪地微笑起來，他的眼睛在陰暗中發出一道異樣的強光。我不禁打了個寒顫。但是很快那光便熄滅了，底下是一片漆黑。

第十九章

1

「你要去見那個人嗎？」小蘭問道。

我不作聲，對着鏡子，我看見自己的臉跟一塊岩石一般，死灰死灰，像是一個房間突然斷了電。小蘭挨着我也向鏡子裏面看。她說：

「不能緊張，要放鬆，要泰然自若。」

我嗚嗚地哭起來。我說：「我就是怕，害怕……我從沒有這樣害怕過，這恐怕就是一種死亡吧？」

小蘭撫住我肩頭，說：「是啊，看你能不能挺過去。」

我又抹盡眼淚，惴惴地問：「你說，他是個什麼樣的男人？」

「私炎沒告訴你？」

「我全忘了，總在想為什麼倒霉的事會落在我的頭上？」

「當然，只要我們生活在這個美好的世界上，再倒霉的事都會發生，」她站起來，又說道，「我幫你梳頭，穿衣，打扮，好不好？」

她似乎在竭力留住一個快死的人的靈魂似的，輕輕的在我臉上搽粉，描眉，又用手撩撥開脖頸上的頭髮。她說：

「嘴角的傷怎麼還不好啊，都過了三四天了，結的痂還不掉。別這樣怕，好不好？看你在抖。你在大學考過試吧，現在就把它當作一門考試，既然那人的臉是一張試卷，總有規律可循的。這會兒私炎恐怕到了，你快下去吧。」

我的全身又哆嗦了一下，小蘭看了看我，生起氣來。

「你以為你還要向誰撒嬌向誰傾訴你的眼淚？你希望有人可憐你？可憐有什麼用啊？你覺得你面臨的是一樁可怕的事？可現在世界上還有什麼比我們這樣的女人更可怕？」她說着，又用手摟着我的腰，推向門口，「去吧，只要走進那個房門，你的苦難就結束了。」

走到門邊，外面卻響起了敲門聲。

「也許是私炎。」小蘭說。

我拉開門，是芬。她說：「我聽校長說你出事了。為什麼不告訴我？這兩天我天天找你，去了SMILL，去了玫瑰間，最後我找了私炎，才知道你住在這兒。」

「我找過你啊，就在那天晚上你不是拒絕我了嗎？你好像正忙着呢。」

她的臉紅了，但一雙深陷的眼睛看着我。

「你的嘴怎麼了？有人打了你嗎？」

我沒有回答。

「你現在打算怎麼辦？」她又問道。

我低下頭剛想說什麼，小蘭在一旁不客氣地催促道：「你不是去辦事嗎？快走吧。」

芬只得隨我上了電梯。她說：

「要不我跟他說一說，看他能不能出面。」

「誰？」

「柳。」

我望着她，說：「假如要跟他去說，還用得着你嗎？」

芬低下頭，沉默着，臉上是一副局促的神態。我的嘴旁浮上了幾絲譏笑。這時她又說道：

「實際上我說或是你說，都沒有用，以他這樣的身份他不會出來去幫一個妓女說話，和上次殺人的女孩不同。」

我突然發作似的淺笑了一下，眼睛憤懣地盯了她一眼。

「你是不是很高興？」

「我又比你好多少？」

她盯着我的眼睛裏同樣藏着不滿。我緩緩喘出一口氣，懇切地望着她，對她說：

「請不要把我的事告訴他。」

「可以告訴安小旗嗎？」

「誰？」我一驚。

「班上那個寫歌詞的男生。他一直都在向我打聽你。」

「關他什麼事？」我心裏有些憤恨。

下了電梯，走到門口。在一片廣闊的場地上，停泊着兩輛車，一輛是沃爾沃，一輛是奔馳。

我對芬說：

「快走吧，他等不及了。」

芬疑惑地朝那兒看去。

「他不知道我來。」

陽光在兩輛車上閃爍跳躍。我和芬站在那裏，看看這一輛，又看看那一輛，兩個男人同時下了車。私炎靠在他的車上困惑地向這邊注視着。另一個男人卻快步走到我們面前，看了看芬，又把目光停留在我的臉上。我的心雖然怦怦直跳，但倏忽之間定下神來。他對芬說：

「回車上去。」

芬的臉再一次紅了，她看看我，又看看他。柳對她溫存地一笑，那雙微微上翹的丹鳳眼向兩旁無限止地延伸。她聽話地離開了。這時我的臉也紅了起來。他注意到了我的唇邊的傷。

「為什麼我總是看到你不斷地出現新的傷口？」他的聲音低低的，仿佛生怕被芬聽了去，「不是說好你要回公寓的嗎？」

我望着芬的背影，也低低地說：「你不是喜歡我騙你嗎？」

聽了我的話，他因憤怒而漲紅了臉。我朝私炎那邊看了一眼，便朝他走去。而私炎的眼睛正盯着我身後的男人，他的目光中再次閃耀着異樣的咄咄逼人的光芒。

2

我們輕輕地慢慢地往上走。這段樓梯不長，不久就到了頂上。這是緊靠大海邊的一座舊式別墅。私炎的胳膊緊緊摟住我的腰，因為他感到我在往下滑。

「他不可怕，一點也不。」他竭力鼓勵道，但我聽出他的聲音既深沉又壓抑。

來到一扇寬大的門前，私炎看了看我走開了。遠處，海水不斷拍打着礁石，發出怒吼的聲音。門自動開了。裏面很昏暗，從外向裏看去很難看得見任何東西。我走進去，門又自動關上了。裏面完全沒有一絲光亮。

「看起來你好像很害怕。」一個微弱的聲音像從遠處傳來一樣。

「是的，我怕。」我顫抖着答道，用眼睛尋找着那個說話的人。

「是不是怕黑？要我把燈打開嗎？」

「是的，不過，對於黑暗，我能忍受。」

終於，待我眼睛適應下來，我看到了一個陰影，一個不高不矮的男人輪廓。好一陣，他沒有說話，也沒有移動腳步，像幽靈似的站在高大的立櫃面前。

「你是誰？」他問，但馬上又說道，「不，不，別回答，麥太太說你模樣又美又嬌，這符合她一貫誇張的本性，私炎說你很聰明，也很可憐。我也沒覺得他講得對。老實說，我以前見過你。事到如今，我認為你既不聰明，也不可憐。」

「你見過我嗎？那是什麼時候？」

「女人就喜歡追究這些小事。我沒有時間向你解釋，聽說你最近出了麻煩，是不是這樣？」

我凝視着那個陰影，說：

「先生，你幫我這個忙嗎？我全部的指望在你身上了……」

「不對，你全部的指望在金錢上。」

「你是什麼意思？」

「我會幫你找人打官司，但你給我的傭金必須是兩萬元坡幣，三天內給我，否則這官司就打不成了。」

「先生，你能把燈打開嗎？」

「你剛剛還講你喜歡黑暗。」

我捂住臉哭起來，但好像是對沒有回聲的屋子對空氣哭泣一樣。一會，我像想起了什麼似的，動手脫自己的衣服。我說：

「我能不能以這樣的方式向你付款，分期付款，我每天會到你這兒來，你會很喜歡我的，真的。」

「小姐，你不認為這是一種卑劣的行為？」

「可我不能回去，絕不回去。」

「那就準備兩萬塊錢。我要的是現錢，懂嗎？況且我是個基督徒，不近女色。」

「基督徒為什麼要那麼多錢？」

「這你又不明白了，你的錢一分也不會落在我的手上，我要打發移民官。」

「新加坡也會跟中國一樣，有這一套？」

「幸虧我們在某些方面和你們中國人一樣，否則你根本沒有機會留下來。你看我是不是向你解釋清楚了？你還要說什麼嗎？」

我默默轉過身去。後面的聲音又說：「三天後，還在這裏，我等着你送錢來。不過當初你如果聽了我的話，讀了那本《聖經》，你就不至於落到這番地步。」

我猛地回過頭去，問道；「你到底是誰？」

「對你來說，重要的不是這個，而是錢。」

私炎正在海灘上等我。我哭泣着對他說：「他要兩萬塊哩。」

「兩萬塊？」他一把抓住我的手臂，「難道他果真是刀槍不入？」

他幾乎是叫着，像真的感到了疼痛，聲音久久地在海面上迴蕩。我抹掉眼淚，默不作聲。望着那一片海洋，我說：

「不過，算了，實際上這一切我也早就預感到了。回去，就去吧。」

我忽而露出笑容，挽住他。他盯着我突然說：

「找他去要錢吧。」

「他……」

我看着沙灘，眼前出現了柳的眼睛，裏面充滿着怨恨和憂傷。就在中午當我避開他時，他那迷離恍惚的臉和陽光一樣蒼白。看到我走向另一個男人，他還會再想見我嗎？私炎摟着我的腰，在夕陽下走。海面上金光閃閃，升騰起一股溫暖的色彩。一會，私炎說：

「我好像跟你講到過我的童年，你還記得嗎？那時我每天夜裏三點鐘起來跟我父親去山上割橡膠。我父親跟你一樣是中國人，小時候跟着他的叔叔偷渡到馬來西亞去，先是打漁，結了婚之後就做橡膠生意，很能弄到些錢。在我十歲的那年，突然有一天他想要回家去，回中國去。我母親和我哭得跟狼叫的一樣。那時我弟弟剛生下不久，他也哭個不停。可我父親還是執意要走，他說他三五天就回來，但是到現在也沒回來過。有人說他一回中國就死了，是得的一種什麼急病。所以我弟弟幾乎是我把他帶大的。你看又說到我弟弟了，你是不是很煩？」

我轉過頭望着他，伸出手撫摸他發出聲音的頸喉，那兒溫熱，裏面像有翅膀在扇動。他抓住我的手，望着無垠的海面，繼續說道：

「你說，我弟弟現在究竟去了哪裏？他的話語好像從未離開過我耳畔。比方說，他學小提琴時發出的枯澀難聽的聲音，他和我吵架時又突然奇怪地笑起來，他每晚一邊洗澡一邊大聲唱歌，我找不到領帶時，他就說：『用我這條好了，我剛燙過。』他的身材比我還高，臉比我黑，笑起來有兩顆虎牙，還有，說話的時候有些口吃。我每次出國他就幫我打點行裝。可現在他的床一直空着，上面雖然鋪着他慣常用的床單，枕芯，但他再不睡在上面了。他衣櫃裏的衣服也和他生前一樣掛得整整齊齊，裏面有各種顏色的西服和襯衫，你看，我現在穿的就是我弟弟的。」

我停住，盯着他，他身上是一件藍格襯衫和一條白西褲。馬上一種陰暗和死亡的氣息如同絲絲細雨飄在我的臉頰上。他痛苦地撫住我的下頜：「你害怕了？」

我聽見大海仍然在吼叫，洶湧的潮水奔騰而來，撲上沙灘，又被強大的力量吸回去。一會我說：「并不比我回中國更可怕。」

「我不會讓你回去。」他放下他的雙手，垂落在身旁，又一邊緩緩向前走去。我在他身後跟着，細細琢磨他的話。轉瞬之間，夕陽消失了，夜幕降臨。

3

夜晚的天氣很好，風不大，但很涼爽。遊人也相當多。私炎帶着我又到了我們第一次約會吃飯的餐廳裏。裏面播放着一首英文歌。我們坐在一靠窗的位置，遠遠看着外面的夜景。由各色人種匯成的年輕人依然站在街兩旁，吹着口哨。

「為什麼你不怕你的太太盯你的梢？」我問。

「她這時候在飯店彈鋼琴掙錢呢，沒有空。」他向我詭秘地一笑。

小姐端來了螃蟹。昏黃的燈光照着那鮮紅的顏色。私炎在一旁說着什麼。我吃着，幾次在瞬息間，想到了柳的公寓，想到了玫瑰間，甚至想到麥太太家的那張放在遺像邊的長沙發。最後我的思緒停留在今天那光線幽暗的別墅裏。這一切多像是夢。我奇怪地微笑起來。

「你幹嗎要這樣笑，你沒有聽我說話？」他突然中斷他的談話，生氣起來。

「沒有。你剛才在說什麼？啊，我聽着呢，你在說你的弟弟，你說的時候，我總覺得好像他又要活過來了，他很調皮是嗎？」

私炎的唇上漾開了笑意。

「他有時確實是這樣的。」說着，他盯着我，但他并沒有看到我，慢慢地他把目光移過去似乎全身全緊張起來。隨即他又低下頭，用手抓起螃蟹的一只腿。我拍拍他的手背，朝他溫柔地笑着。他也衝我一笑，但是只過了一分鐘，他忽然迅速而又焦灼地朝剛才看的那個方向看過去，似乎在尋找什麼。我立即也跟着他一起看過去。

在我們這個窗子的對角，有一張桌子上，至少有七八個人。坐在中間面向我們的是那兒惟一的一個男性，正是柳，美貌的芬緊緊挨着他。

「中午剛剛見了他，現在又同在一個餐廳裏，還真有緣。」

我紅了臉，心裏驟然一陣疼痛。不管身後的那個男人在說什麼，哪怕是最無聊最下流的玩笑話，在我聽來，都散發出令人欲哭無淚的氣息。那張臉，那張曾發出金銅般光彩的臉，那一雙丹鳳眼，它們究竟在過去的一個什麼時刻滲透到了我的肌膚裏？

私炎向我伸過頭，悄聲說：「要不，你也過去？」

「你一點也不同情我？」我看了他一眼。

「所以你現在過去也還來得及，至於簽證，他也會幫你辦妥。」

「他根本不知道我的事。」

「你會羞於向他啟口？」

「我只是不想讓他知道。」

「你在顧及他的名譽？到了現在你還想以這種方式維護他？」私炎吃驚地盯着我。

正當我還要說什麼，那個人已經站到了我的面前。

他穿着中午我曾見過的白襯衣，兩手插在褲裏，輕輕鬆鬆地盯着正困惑而又有些茫然的私炎，然後，看了看我們面前的那一盤螃蟹。

「就要了這麼點菜？」他對私炎說。

私炎立即也微笑起來。他說：

「你還是坐下來說話吧，站着挺累的，這樣的年紀了。」

我下意識地挪了挪身子，真的站起身給他拖一把椅子來。他望着我的臉，眼睛裏發出苦澀的光。

「既然他這樣年輕，那就跟他吧。只是吃這麼一點菜，我就覺得他可憐。但只要他真的愛你，倒也沒什麼。」

「你看你那邊有一桌子的女人，而我只有她。」私炎說。

「他說得對嗎，寶貝？」他把臉俯向我，一絲茫茫的淡淡的笑意悠悠忽忽地飄浮在他略顯蒼白的嘴唇上。

我低下頭，心想，他還從未叫過我寶貝。也沒有任何男人叫過我寶貝。當一對情侶相互叫着這個字眼時，我曾認為它俗不可耐而深深地瞧不起。可此刻，像有兩片輕柔的羽毛溫暖地覆蓋在我的心上。我的眼淚輕輕湧了上來，喉嚨裏不禁發出微弱的壓抑的聲音。

我抬起頭來，回望着他的眼睛深處。他的軀體在戰慄，此刻彷彿知道自己的軟弱無力，忽而又把眼帘耷拉下來了。

私炎冷笑了兩聲，他的聲音像一把鐮刀從我們中間掄了過來。

他搖晃着，轉身走了。

聽着他離去的腳步聲，我重又看着桌面，但我無法抑制自己，無聲地哭起來。

私炎把剝好的螃蟹放到我面前。他說：雖然只有一盤蟹，你還并沒有吃多少。」

我抬起淚眼，懇切地說：「我們走吧。」

私炎搖搖頭說：「快，把眼淚擦掉。」

他拿了一張紙巾給我。看着這雪白的紙巾，我一下想起吃冰淇淋的那一晚，我就是這樣哭着，而他拿着紙巾替我輕輕地抹去眼淚。此刻我扭過頭去，臉對着窗口，任憑眼淚灼燒的雙唇。

「他正看着我們呢。」私炎憂鬱而憤懣地說道。

我握住他放在桌上的手，說：「對不起。」

我又向後面掃了一眼，他和原先一樣，臉上蕩着歡樂的笑。只有芬那雙漆黑的眼睛若有所思地盯着別處。私炎說：

「求求你，別去看他們。」

「我沒有，」我囁嚅道，「反正我和他們任何一個人都沒有關係了。」

「不，你至少跟他們當中的一個不僅以前有關係，以後也有關係。」

「什麼意思？」

「你就會明白的。」私炎的眼睛又露出奇怪的光芒，它使我恐懼。我欲又要向後看，只聽他又說道，「別回頭，他們已站起身向外走了。」

「出去了？」

「出去了。」

我大膽地環顧了整個餐廳，那張桌子上的人一個也不剩，空蕩蕩的。我深深地喘出一口氣說道：「我要回中國了，不會再和他們見面。這樣也好。」

「我會幫你籌錢。這三天之內我替你交給那個人，兩萬塊錢。」

「為什麼你會這樣幫我？」我終於說出一直盤旋在我心裏的疑問，雖然聲音很輕，但私炎的臉上變了色。

「我上次說，我不會讓你就這樣回中國，我要你留下來和我做一件大事。這事只要成了，我還會花錢找人幫你辦永久居民證。」

我的眼睛放出光來。

「什麼大事？」

他望着我，只是不斷地冷笑。一會他又心事重重地盯着我，說：

「跟我合作是你惟一能留在新加坡的機會。」

4

「雖然私炎幫我我很高興，但夜裏常常為他奇怪的眼神驚醒，嚇出一身冷汗，總有一種不祥的預感從我心裏掠過。他所說的大事值得他花兩萬元坡幣？他究竟要我做什麼？不過，他就是讓我殺人放火也比回去強。」

「對，先把簽證辦下來再說。」芬說。

「你的簽證也快到期了，他有沒有為你去辦就業准證？」

「去了電視台，去了報館，但我英文過不了關。」

「那怎麼辦？」

「他還在想辦法，不過沒關係，他是單身啊。」她輕輕地仿佛自言自語地說道。

我猛地停住腳步，心裏隱約有一種刺痛。我望着芬，感到她在此刻是那麼恐怖。遠處的大海顯得異常安靜，有節奏地慢慢地拍打着堤岸。芬坐在那張綠色長椅上。

「那晚，我們從餐廳裏出來，也把他拉到這裏坐了一會，他先是不肯，他說他見了水就害怕。可那晚在這兒坐下來之後，他一點也不怕，只是哀傷，好像一只喪家之犬，我好像從未見過他這個樣子。」說着，她緊緊盯着我，「你知道他為什麼會那樣嗎？」

「男人的心思我也不明白，何況我離開了他那麼多天。」

「你一天也沒有離開過他。」一芬不勝傷感地嘆息道。忽而她又揚起頭，問，「世上有沒有女人為某一個男子去決鬥的？」

「我根本就沒有跟你去爭他。儘管你并不像我愛他。」

「你怎麼知道？你以為他只在乎你嗎？」她以一種打了顫的聲音説道。我心中黯然，舊傷口上又漫漫滲出新的血液。

我坐在她的身邊，風吹起她的長髮不斷觸着我，我躲避着。在相互的沉默中，只感到那血一直在流。我説：

「那今晚你為什麼不睡在他的身邊？」

她安謐地閉着雙眼，耳聽潮聲，對我的嘲弄一點也不介意。一會她笑了一聲説道：「你真的覺得睡在他身邊有多快樂？」

「是的。」

「我每天用他的擦臉油擦臉。」

「那不是很幸福嗎？」

「你還恨我嗎？」

我轉過頭望着她，她的眼睛忽閃了一下。我説：

「小蘭說過我們只要在這個美好的世界上生存，什麼樣的事都能發生，就像我們的靈魂中間哪兒出現了一個洞口一樣。我只是感到害怕。但是恐怖是人生正常的瞬間。」

「你知道嗎？」這時芬把她的手放入我的手中，這使我感到一陣不自然，「一到晚上，房間裏只要有他在，我就把燈關得黑黑的，窗帘拉得緊緊的，不讓一絲亮光透進來，一切都在黑暗裏發生。黑暗裏的一切，仿佛與我無關，就連我自身的肉體也屬於外部。這是逃避恐怖的最好的方式。你和他在一起時是不是也這樣？」

她用手指捏了捏我，但我的手僵硬，沉默着沒有任何反應。

「我和他……」我轉頭望了她一眼，只見她憂愁地盯着亮光閃閃的大海。面對她赤裸的獨白，我低下頭去，回想起那無奈而又衰弱的肉體，那肉體在這個感到恐怖的女人身邊快樂嗎？我身體上仿佛有什麼東西一下飄了起來。我知道正是這個女人的恐怖使我像回到了子夜時分的海邊那樣，我再次看到了青銅般的色彩。我抬起頭，如釋重負地舒出一口氣，眼睛卻在一瞬間濕潤起來。

芬說：「真想再一次去裸泳。」

「我也想能哪一天再把衣服脫了，直接泡在海水裏，這感覺就好像是從羅網中解脫了自身一樣。」此刻我的心情竟被無謂地煽動起來，一時望着大海這樣陶醉地說道。

「別忘了海裏面有深淵，一不留神就栽進去了。」

「你是說那個陡坡？」

「不過，你要真的栽進去了，你就永遠留在了新加坡，而我不得不回中國，你如果有什麼事我一定幫你完成。」

我笑了。「為什麼栽進去的是我而不是你？」

「我會游泳，而你不會。」

在一片海浪聲中，從身後的樹林裏傳來了烏鴉的鳴叫聲。我一下抓緊她的手。我說：「我倒沒有什麼事要你幫忙，只是就這樣上路太孤單了。」

芬把臉湊過來看着我的眼睛。「我完全是在開玩笑啊，為什麼要這樣深沉？」

我不說話，芬看我這樣，也沉默着。我閉上眼睛，在一片黑暗中，在烏鴉和大海混合的聲音中，我似乎又一次看到我在一條河流旁奔跑，後面是我的父親在追趕。我在前面，他在後面，淡藍色的河水潺潺地流着……

5

半夜三更回到房中，小蘭和小瑩剛剛回來。小瑩在洗漱室裏把水弄得嘩嘩響。小蘭盤腿坐在床上又在翻報紙。室內燈光蒼白得像置身於一片沙漠中。

我一邊整理着床鋪，一邊問小蘭今天掙上錢了沒有。小蘭用手慢慢抹了一下她的濕髮，咂了咂嘴說：「很少，我今天就掙了八十塊，小瑩掙了一百塊，我現在很同情那些男人。」

她繼續翻報紙。

「想找一個我所熟悉的人的名字，可就是沒有，」忽然她又抬起頭激動地説道，「前天死了一個特有錢的男人，是一個大公司的老板，你看他整整佔了一個版面的位置，這兩天每天都是他。他的家產值六十個億的坡幣。這些家產平均分給他的四個兒子。我要能搭上其中的一個兒子就好了。」

「不知是哪四個女人有了這樣的福分。」

「但肯定不是我們倆。」

「肯定不是我們倆。」我笑着重復道。

「六十個億啊，」小蘭的眼睛裏放出了光，忽又把這種光射向了我，「你不是也認識一個有錢的老頭嗎？他不是叫柳道嗎？」

「他是叫柳道，但我又不是他太太，也不是他女兒，他如果不死我還有點希望弄上些錢，死了，我更是一個子兒拿不到。」

「那你就讓這個關係合法化，很簡單，去婚姻公證處領個證成為他老婆，等他一死，財產不都是你的了？」

「好，」我一邊躺到床上去，一邊説，「等哪一天合法了，他不死，我也要把他殺死。」

小蘭哈哈地笑着。

我蒙着頭卻在想着明天，明天是期限的最後的一天。

第二十章

1

恍惚中，我來到一座大鐵門前，透過縫隙，我看見裏面的一座寬寬的兩層樓的住宅，門窗都關得緊緊的。我又看了看我來時的路，蜿蜒曲折，兩邊依然是低垂搖曳的樹枝。我一時迷惑不解。私炎說：「這是我的家，我從小和我弟弟生長的地方。」

「你還在這兒住嗎？」我想起了他那可怕的太太。

「不，但我時常是回來的，」他一邊開鎖，一邊說，「回來看我媽媽，也看我弟弟，我父親去世早，我媽媽把我們撫養大，不容易。」

「實際上我有一個晚上來到過這兒，我還看到你弟弟的靈台了。」我跟着他走進去，門在背後砰地關得很響。我們從外面的白色樓梯拾級而上，梯旁的牆壁貼着上好的小方塊馬克地。上了梯，穿過鋪着同樣白色的花紡大理石的大廳後，私炎停在一個房門前，灰暗的光線中，他的臉有些蒼白。他對準我的眼睛注視了一會，用幾乎聽不出的聲音說了一句：「跟我來。」

我的心莫名其妙地一顫。

他拍了拍門，一面色黯黑的菲傭給我們開了門。這是一個光線略暗的房間，但隨處都清潔乾淨，古老的家具陰森而冷峻。私炎帶着我往台上走。這是一個封閉陽台，牆上安有空調，所以空氣非常清涼。挨着牆壁的是一把老式藤椅，裏面坐着一個瘦小面色蠟黃的老太太，從年齡上看和麥太太一般，但頭髮已經全部花白。私炎蹲下身子，握住她的手，說：「媽媽，我帶一個朋友來看你。」

老太太仰起頭朝我望着，明亮的陽光透過玻璃照着她的臉。她藹然地笑着，問他的兒子，是從哪兒來的。私炎回答說從中國來的。 老太太臉上的笑刷地凝固起來，兩眼發直，目光驚恐，嘴唇也顫抖起來。她忽然把蒼白枯瘦的手指着我。

「快把她帶走，她就要殺人了。」

於是她把頭碰在陽台上的窗子上，發出很響的聲音。

我恐懼地站着。私炎抱起他媽媽的頭，用手輕拍她的背說：

「她是好人，她還會為我們做好事呢。」

他在說這話時，眼睛裏射出強烈的目光。而她媽媽依然驚恐地望着我。

私炎帶着我離開這個房間，在那大大的空間裏，時而繞行，時而拐彎，最後才又打開另一扇門。

這房間因為百葉窗的緣故，光線黯淡，擺滿了各種家具，有辦公桌，抽屜台，衣櫃，靠牆是一張又寬又厚的床鋪。牆壁上貼着許多張照片，都是同一個人，三十歲左右，一雙眼睛很大，深陷進去，留着小平頭。

「這是你弟弟？」我問。

私炎帶着隱晦而憂愁的笑意回答：

「是的。你看，這是在紐約拍的，那時他在那裏讀書。這張是在舊金山，那張在加州。他去了許多地方。」

私炎拉過我走到衣櫃前，打開門，裏面都是衣服。

「你能想象這些穿在他身上的模樣嗎？女孩們都很喜歡他，他的牙齒雪白，亮閃閃的。你看那是他的床。」

他摟着我的腰來到床前。

「那天晚上他就死在這張床上，床上都是血，一直流到地板上，那個菲傭擦了很久血跡才淡去。我給他換的床單，也是他以前用過的。你想在上面睡一會嗎？」

他望着我。我毛骨悚然。我問：

「為什麼你要帶我到這兒來？」

「他的床很舒服，你不妨在上面躺一躺。」

他把我使勁一按，我一下撲在了床上。隨即他挨在我身邊躺着。我愕然地盯着他。這時他的臉變得刷白，眼睛緊緊閉起，睫毛打着顫。

他不知從哪兒拿來一疊錢。都是一千塊錢一張的。他睜開眼睛一張張數着。

「這是兩萬塊，給你，或者我幫你交給周先生。條件是我要讓你給他吃一點東西。那東西是我從印度搞來的。」

「給誰吃？」

「姓柳的男人。」

驟然間他又笑起來。聲音撕裂成無數片。

我驚恐地盯着他。

「這就是你所說的大事？你是要他死啊。」

「不，只是讓他變得跟我媽一樣，整天恍恍惚惚。」

「你讓他得癡呆症？」

「對。」

「為什麼不乾脆把他殺死？」

「那是要犯罪的，不值得。只要他喪失理智就行了。人一沒了理智，就不是人了，跟死是一回事。」

「你不覺得讓我跟你達成這樁事是一種幻覺？」

「不，」他側過身子伸出一只手撫摸着我的臉，他的手很燙，說，「不會，我們正睡在我弟弟的床上呢。」

「如果我不合作呢？」我扭過臉去。

「那你就得滾回中國。」

「我不怕。」

他盯着我的眼睛。

「你還記得你剛開始跟我交往的情形嗎？」他問了一句，忽而又附加道，「你是主動把腿叉開跟我睡的，當我的太太出現之後，你知道我已結了婚，我不可能再跟你結婚了，你站在黑暗裏大哭着，那情形你還記得嗎？」

我沉默着。

「就是一點藥，放在他的茶杯裏。就是這麼個輕巧的動作，你不僅能有這一次的簽證，我還會幫你做長期居住證，萬一不行，我去買一本西歐某個國家的護照，你可以滿世界跑。」他的目光死死盯住我，一會他又補了一句，「而他還有芬呢。」

「你就這麼恨他？就因為是他幫那個女人找的律師？」

「對，正是他，那個女人逃脫了法網。」

「怪不得你這樣幫我，你早就在策劃這件事。你就那麼恨他嗎？可是你恨他，我不恨他。」

「但你恨簽證。」

「那麼事情一旦敗露，他完了，我完了，你也會完。你不怕我把你說出來嗎？」

「你以為現在還會有人相信你們這些中國來的小龍女？沒有人相信，全新加坡的人一聽說小龍女這三個字都恨得咬牙切齒。況且因為這種藥性的特徵，你也會很安全。」

我欲從床上坐起來。他按住我。

「你知道嗎？我是個工薪階層的人，僅有的積蓄和麥太太在中國做生意全都虧進去了，本指望你爸爸能幫我們的忙，沒想到你是個……唉，我要養家養孩子，每月餘不下什麼錢，我為了籌這兩萬塊錢，一是動用了我媽媽的養老金，二是像乞丐一樣向朋友借。」

我再次要坐起身，但他按住我的手死死不放。他繼續說：

「我身上穿的衣服還是我弟弟的，你把它貼在臉上試試，很柔軟，是嗎，你有沒有感覺到我就是我弟弟？」

我感到他的眼睛裏發出了綠光，而他的牙齒雪白，確實是亮閃閃的。我一下用手捂住臉，大聲喊道：

「我求你別說了，什麼也別說了，我答應就是了。」

他倏地從床上坐起來，從口袋裏摸出一張紙。

「這是我們倆之間的合同，我幫你辦妥簽證，你替我投藥。我們新加坡人做什麼事都要簽合同，信守諾言。」

「還簽什麼合同，難道你不相信我？」我氣憤道。

「快簽，現在，也就是此刻，周先生正等着送錢呢。」他用古怪的目光瞅着我，嗓門壓得低低的，像是在耳語。

我坐直身子簽了字，扔掉筆，沒有再看他一眼，重又躺下去。望着白白的屋頂。我想我這是在哪裏？

我又夢見了他。我夢見自己站在那大鐵門外，他先在裏面盯着我微笑，忽而又跨進靈台上的遺像裏，目不轉睛地盯着我。我朝他呼喊着，從那生鏽的鐵條裏想擠進身子，但鐵條使得我全身的骨頭咔嚓咔嚓響。我哭泣着向他伸出手臂。他卻在鏡框裏……私炎把我推醒。屋子裏有盞燈。

我問：「還是在你弟弟的床上？」

他帶着不快的笑意向我點頭。

「現在已是深夜了。」

「你把事辦妥了？」

「辦妥了。」

我又閉上眼睛。他用手抹着我的臉，我感覺那兒一片濡濕。他一遍遍抹着，沉默不語。一會他說：

「我看你流到現在的眼淚了。你做夢都在哭，你就那麼喜歡一個老頭子？」

「我只是捨不得。」我的眼淚又一次滾落下來，「我和他第一次見面就是在你家的大圍牆邊，他穿着黑西服，站在台階上，燈光像薄霧一樣打在他身上，他的臉像絲綢光滑，他在朝我微笑。我望着他，就像有一片大水使我潛到了深處……我說這些你難過嗎？」

私炎稍稍低下頭，他說；「我難過。但想聽你說，就像我總不停地跟你說我的弟弟一樣。」

我偏過頭去，黯然地盯着牆上的照片。照片上的人在昏黃的燈光裏，半張着嘴，露出亮閃閃的前齒。他用手摸我的頭髮，忽又把我緊緊擁住：「我是不是讓你為難了？」

「我們都簽了合同，還有什麼為難不為難的？」

他緊緊摟住我，把頭放在我肩上，哭了起來。他的身子一顫一顫的，我不禁伸出手撫摸他的頭髮。這時，他突然放開手，把我狠狠摔在一旁，眼裏噴出狂怒的光。

「你知道就好，你這個婊子，還會真的去心疼男人。你好好看看我牆上的弟弟，他在朝你笑呢。」

2

當私炎把一張延期三個月的簽證交給我時，我就像他身上的一根肋骨重又被他創造了。他拉住我的手，小心地將一小瓶藥水交在我手上，周圍是嘰嘰咕咕的説話聲，彷佛是被摔碎的殘片飛揚在空中。我東張西望，在茫茫虛無中尋求着什麼。私炎把目光緊緊盯在我臉上，我感覺他像一片樹葉一樣在哆嗦。只見他又撫住我的雙肩。

「明晚我在我弟弟的床上等你。你一定要有好消息告訴我。」

「明晚？為什麼要這樣快？」

我像一個臨死的人掙扎着，語聲不免喑啞。

「合同是這麼要求的。」他冷冰冰地説道，臉上卻浮着笑容。

這是一個約有食指長短的玻璃瓶，裏面是一種淡淡的藍色，我把它小心地放在書包裏。和他告別之後，我回到了闊別一個月的教室。坐在芬的身邊，聽着老師的聲音，久久望着窗外發白的陽光。這時芬突然小聲對我説：

「我在想，我這麼大了，無論在中國還是在新加坡，我好像從未成就過一件事，我每一次在努力的時候，總有意想不到的困難出現。你不在時，我在這個課堂上經常發呆，有時竟睡着了。可在思維迷糊的時候，我心裏企盼一覺醒來就變成了新加坡人，我真希望這樣，也算是成就了一件事。可是醒來之後我還是我，我真想我就不是我了。你看我是不是已經癡呆了？」

她轉過臉來，一副哀傷的模樣。她的皮膚雖然依然透着光亮，但她的眼睛黯淡了許多。我問：

「如果一個人真的癡呆了，會怎麼樣？」

「蓬頭污面，對着人傻傻地笑。」

她笑了。我說：

「我在跟你說真的，一個人真的癡了傻了，會是什麼樣子？」

「如果是小時候，那我就往他身上丟石子。」

我悠悠忽忽地低下頭去，恍如陷入了無邊的令人顫栗的沉默。

一會，芬用胳膊碰了碰我。

「安小旗也有幾天沒來上課了，他是不是頂不住回中國了？」

「安小旗？」這是一個離我遙遠的名字，我怎麼也想不起來。耳畔似乎只有那個男人發出的傻笑聲。我也用胳膊碰了碰芬，問道：

「晚上他來接你嗎？」

「和過去一樣只是去吃飯。」

「我想跟你一起去。」

芬卻皺起眉頭，用一雙可怕的大眼睛觀察着我，就這樣望了我很久。我臉紅了。我說：

「跟你開個玩笑，還當真嗎？」

「即使不是開玩笑，恐怕他也不會見你。」她越發呻吟似的虛弱地說，「你不會讓我感到害怕吧？我說過每當我在努力的時候總有困難會出現，你不會是我的困難吧？」

我不作聲，準備再次陷入沉默，落到深處不上來。

放了學。芬在我前面走着，我在後面。在樓下的大門旁，一輛奔馳靜靜停泊着。芬估摸着我正在後面巡視，突然轉回身，用奇怪的眼神凝視着我。她說：「遲了。」

我像沒有聽見似的帶着微笑朝前看去。就在芬打開車門時，那個男人卻從裏面鑽了出來。他身穿白格襯衫，黑亮的頭髮伏於腦後，露出亮晶晶的額，那黃銅般的色彩仿佛正是從那兒向整個面龐流瀉。我就站在他面前，但他卻沒有看我。我的臉頓時紅了，低着頭像一只受了傷的動物沉浸在被獵的事故中。

他對芬說着什麼，芬點點頭握住他的手向另一個方向走去。司機獨自開車走了。芬又回頭倉促地向我看了一眼。我站在原地，遲遲鈍鈍地彷徨在人群中。我離他這樣近，他不會沒看見我，難道真的像芬所說的一樣他不再想見我？我想起在那玫瑰間裏他傷心的眼神，想起他睡在車裏的一整夜的等待，而現在如何來理解他對我的置之不理呢？我的眼眶裏充盈了淚水。

夕陽淡淡地照着，我訥訥地邁着腳步，仿佛受於某種事物的追逐，致使我必須沿着他們的方向。他們走進一家附近的餐館，在進去之前，芬好像猛然記起了什麼，不安地四顧張望。我恰停於一個拐角前。一會，我便在惶惑和緊張中隨他們走了進去。

因未到用餐時間，餐廳裏的人不太多。我坐在一個偏僻的角落裏，和他們遙遙相對。因為角度的差異，無論是他還是芬都沒有發現我。我點了一套炸魚簡易西餐，目光卻一刻也不離開他們。他們點了菜，還要了飲料，興緻勃勃地談論着什麼。我一邊吃着，一又用手摸了摸已轉移到我的口袋裏的藥水，心卻迫不及待地跳個不停。那麼把它擠進他的飲料杯裏，我的痛苦、疑慮和不安將告平息？

我垂下目光，怔怔地看着盤中的食物。但卻覺得這時他突然朝我望來，就像和他第一次見面，在那個大鐵門前我發現他的目光射到我身上一樣。我明知這是一種幻覺，但渾身忍不住灼熱起來。我又抬頭看了看窗外，夕陽似乎完全消失了，天空已蒙上了一層濃濃的陰影。我又看到了我自己，總是在我對自己模糊的時候，只要向天空看上一眼，我就能夠認出自己，認出自己在這一生中的某一個定位。我現在的確要做一件實實在在的事，就像芬所說的她無論在新加坡還是在中國還都沒有成就過一樁事。我也沒有，但是我現在要做一件大事了。我再次看了看他們桌上放着的兩只精美的玻璃杯。他們喝的什麼？

就在這時，芬拎起包站起身向洗手間走去。

望着那張空空的椅子，幾乎是一種誘惑，一下子我的全部意志變得麻痺。我從我的椅子上站起身來向他走去。我的雙腿哆嗦起來。我心裏清楚這次不是什麼信心問題。我向他邁出的步子實在輕飄飄，像走在雲霧裏，我已不知道我究竟要幹什麼了。我輕而易舉地忘了自己。這時我突然看到了從大門口射進的光亮，於是我飛也似的向那兒逃去。但我確實無疑地感到此時他正盯着我的背影，盯着前方的天空，那兒空氣悶得厲害，甚至能聽見遠處的雷鳴聲……

華燈再次把夜托浮起來，但是我走在人群中，呼吸不到一絲新鮮空氣。我如在病中感受着病痛的一次次折磨。我的背像被針一樣地刺着，那是他的目光，像浸滿了傷感的沒有定形的一種物體陰森恐怖。我一面走一面望着前方，當雨終於一滴滴落在面頰上時，我忽然產生一種念頭，即在我回頭的時候，我一定可以看到他，他正悄悄地跟隨着我，在人縫中，對着我的背影長久地望着。這樣一幅景象突然非常鮮明而清晰地在我腦中浮現。我要不要回頭證實一下？我緊張地思忖着。時間慢慢地過去了。但實際上如果沒有這樣一幅圖畫，我也應該回過頭去，重新找到那家飯店，找到他，把移民廳的事情對他說，把什麼都告訴他。只要告訴了他，我想，我就能夠跳出這個牢籠……

我轉回身去，這時雨突然大了，迅速而猛烈，人群紛紛躲往街旁的商店裏。我不怕雨，兩手抱着頭向前跑去，我甚至忘了去注意人群裏有沒有他。我想只要他知道了我的所有事情，他就會像魔術師一樣會使我把過去的一切，這一個月來所經歷的一切全都忘得乾乾淨淨。

當我重又抵達那個飯店時，雨停了。我濕漉漉地站着，抱緊雙臂，以抵擋雨水所帶來的寒氣。但是我沒有找到他們。

「明天，我明天給他打電話，明天會把什麼都告訴他。也就是明天，我會煥然一新，以新的力量重新開始……」

第二十一章

1

第二天上午，我被一種渴望和信念驅使着，來到了我曾住過的那套公寓前。我沒有給他任何電話，但假如他在這裏呢？我敲了敲了門，裏面沒有任何回音。我背朝着門站着，覺得自己真笨，他怎麼會在這裏呢？初升的陽光非常柔和地照射過來，但我的心情一下抑鬱起來。

我在門上又叩打着，心想如果他不在，那麼過一會我就去他的辦公室。我總會見到他的，我總有機會向他說明一切。想到這裏，我又輕鬆起來。我準備轉回身去，但就在這一瞬間，門已輕輕開了，我迅速回過頭，站在我面前的是個十八九歲的女孩。我驚叫了一聲，便衝着她的臉長久地膽怯地看着。她也看着我，驚訝得呆若木雞。一會，她又輕輕把門開得更大，并且向後退了幾步。我按她的意思走進去，依然一言不發。

她關上門在我面前站住了。她穿着一件藍花睡衣，一直拖到地上，身材矮小，臉色消瘦蒼白，這使她的眼睛又黑又大。我們就這樣站了一兩分鐘，彼此凝視着對方。

「他在嗎？」我終於問道，聲音是嘶啞的，幾乎聽不見。驀地我渾身顫慄，像害怕聽到她的回答似的。

「他？哪個他？」女孩的唇上浮上了一絲譏笑。

我垂下眼帘，不再看她，準備離開這兒。她卻說話了。

「怪不得我爸爸會把你的照片放在這個公寓裏，我一眼就把你認出來了，看來我爸爸喜歡你也是有他的理由的。」

聽到她這樣說，我的神秘的恐怖立即煙消雲散。我臉上漾着笑意，問：「你什麼時候從美國回來的？」

「我爸爸沒告訴你？他難道很少向你提我？」

「不是的，我和他很久不見面了。」

「吵架了？」

「沒有。」

「不過你不要傷心，我爸爸把你的照片一直放在梳妝台上。你是不是曾經住在這兒？」

我沒有回答她的問題，只是悄悄瞄了她一眼。她正舒展着臉龐，仿佛要努力掩飾她的激動。

隨着日光逐漸明亮，這個房間越來越寬敞，似乎在不斷地擴展。我感到窘迫和難堪。然而她背朝着門仿佛要擋着我的去路。這時，她衝着我，忽然聽不見聲音地笑起來，笑得渾身顫抖，像是被一陣寒氣所襲擊一樣。

「原諒我，原諒我，原諒我。」她止住笑聲，說道，「我是禁不住要笑的，也許實際上不應該這樣⋯⋯可是，我只要一看到你們這些女人，我就要笑，好像從天上掉下來一幫神奇的乞丐，那衣服，那神情，那目光似乎并不是我們人類的一種。對了，也許小龍女根本就不算人。」

「那麼在美國人面前，你是不是很痛恨你的父母給了你黃皮膚，黑頭髮？」

「住嘴。」她氣憤地喊道，「我是說在這片國土上，你們全都是些畜牲。」

我大為驚駭。這是她的天使女兒？我問：

「誰教你學會罵人的？」

「我在說一種事實。」

「事實是我們中國人是你們的祖宗，不信你去問你爸爸。」

但我沒說完，一只消瘦而嬌嫩的手突然向我的臉上摑來。我立即感到那兒火辣辣的。我捂住臉，怔怔地盯着她。她又大聲笑起來，說：

「你也可以來打我，也可以找我爸爸告狀去。我只告訴你在這塊土地上究竟誰是誰的祖宗。」

沒等我作出任何反應，她走進臥室，砰地一下關上門。我跑上前去追她，但門關得死死的。

我走出了公寓，我要找他。

2

在他的辦公室時，秘書說他正在和別人談事，很重要。

「什麼時候結束？」我問。

秘書看了看表說，「大約還要兩個小時。」

我徑自向裏面走去。我不相信他有什麼事情比我更加重要。女秘書着急了，攔住我，但我鄙夷地把她推開。我來到那個厚重的門前，先是在上面敲了敲，然後旋開把手，推開。只見他站在室中央，驚詫地看了我一眼，然後滿臉厭煩地說道：

「先出去，我在談事。」

我走回來，臉色刷白。那鄙夷的神色已出現在女秘書的眼睛裏。她說：「要不你下午再來。」

我沒有回答，固執地沉默着。看到靠窗邊有一張椅子，便坐了上去。我的眼前盡是他女兒那譏諷的笑容。我為什麼沒有還她一巴掌？我為什麼沒有這個膽量？要是這事不是出在我身上，而是落在芬的頭上，她會怎樣？她會像我一樣毫無自尊心地怯懦嗎？想到這裏我潸然淚下。恐懼像冰一樣包圍了我的內心。

但早晨是溫暖的，清新的，爽朗的，陽光輕輕地灑向每個角落。我望着窗外，只想在這一個上午把與他所有的結解開，在這之前，我不願見任何人，不願去任何地方。

兩小時後，女秘書把我引進他的房間。我站在門口。

他坐在他的辦公桌裏，抬起眼睛說：「要不出去，要不進來。」我盯着他走進去，把門關上。

「莫非你還沒有看出來，海倫，假如你叫這個名字的話，你已經永遠走出我的生活了。」

我怔了一下，但馬上說：「我不是來跟你說這個，今天早晨，你女兒打了我。」

「打了你，她會打人？」

「她不但會打人，還會使用世上最骯髒的語言。」

「怎麼個髒法？」

我低下頭，耳邊又一次響起了她女兒的高揚的笑聲。

「說不出來了吧？我才不會相信我的女兒會說髒話，她可是在新加坡出生和長大的。」他緩緩地說，「在你們之間我當然相信我的女兒。」

「你不相信我？」

「為什麼要相信你？你已永遠走出了我的生活。」

「那為什麼還要把我的照片放在你那個公寓裏？」我低着頭憤憤地說。

「你看見了？」

「不，是你女兒說的。」

「那麼是你找的她？」他猛地從桌旁站起身，走近我，「你找她幹什麼？」

「我不是找她，我是找你。」我發狂地叫道，「我要告訴你，我離開你後遇到的所有的事情，我不想再瞞着你，我要你知道。」

他懷疑地瞟了我一眼。

「你要我知道什麼？讓我知道你和那個私炎是怎麼睡覺的，你又是怎麼感到舒服的？以前我真的不覺得你是個妓女，但妓女就是妓女，你聽到了嗎？我說你從裏到外都是妓女。」

我鎮定地看着他，他的嘴唇在顫動。我低聲說：

「你女兒連妓女都不如。」

「你說什麼？」他嚴厲地問。

我突然大聲地吼道：

「你女兒連妓女都不如，她比我還要髒。」

他驀地揪住我的頭髮，把我一下摔到地上。我掙扎着爬起來，要把他的辦公桌掀倒，但是太沉了，我又發了瘋地拿了一把椅子撞在桌上的玻璃上。嘩的一聲，玻璃全碎了。他舉起拳頭向我撲來，但還沒等他到達，先我就自己打起了自己。我瘋狂地擂着自己的頭，臉，和身子，直到他猛地撲過來緊緊抓着我的胳膊。

「為什麼？為什麼？」他緊緊抱住我，發狂地喊道，「為什麼要來找我、找我女兒？攪得我生不如生死不如死。你們這些女人那麼荒唐，包括你們的哭泣、害怕、恐懼、慾望，你們到哪裏，哪裏就有災疫。」

「既然我們是災疫，為什麼還要跟芬在一起？那是怎麼回事？」他放開我，和我一樣渾身乏力地坐在地上。他的臉色一片荒蕪，發白的嘴唇在哆嗦，陰沉的眼睛裏冒出怨恨的光。

「芬？你要跟我談她嗎？昨晚她對我說，她在國內結過婚，還有一個孩子，你和她一起瞞着我，對嗎？我現在想，你是不是也結過婚生過孩子？」

「對一個愛你的女人，她自己的私事是告訴了你或瞞着你，對你來說重要嗎？」

「那麼什麼對你們來說是重要的？金錢嗎？我可以對你說，我快要破產了。剛才我的律師給我看了所有文件。我的房子一幢也賣不出去。銀行現在在逼債。」

我懷疑地盯着他，從他的面部表情看不出有沒有玩笑的成分。

「金錢對你來說重要嗎？」他望着我問道。

我猛地打了一個寒噤，忽然不知道該怎樣回答。他立即冷笑着，從地上站起來，走到窗口，那兒傳來一陣悠揚的歌聲。

他在傾聽着，委靡不頓，衰老在他的側面加濃了。他輕輕地用一種虛弱而嘶啞的聲音和外面的歌唱和起來。我理了理頭髮，抹掉臉上的淚痕，走到門口，又驀地回過身來望着他的背影。

「以後，無論是喝水，還是飲料，千萬要注意，」我發出了低沉而有力的聲音，這聲音猶如獵槍對準他的歌聲粉碎了一樣，這使他不得不合上嘴巴回過頭來盯住我，「我的意思是，你要提防別人，尤其是你身邊的人。」

3

外面正是正午，正是該上課的時候。但上課兩個字只在我腦中一閃，迅速消失了，像我呼出的一口廢氣。我拖着緩慢無力的腳步走着。

「終於分手了，不會有一點牽連，」我突然用低沉的但是清楚的嗓音自語道，「那麼芬呢，也要和她告別了？」

這時一個男人從身後冒出來。他說：

「很遠就把你認出來了。」

我一看是安小旗。他像個新加坡人一樣穿着潔白的襯衫，打着領帶，頭髮黑光光的。我站住，問：

「為什麼會大老遠把我認出來？周圍是密密麻麻的人，他們乾淨，漂亮，在這樣明亮的陽光下他們的笑容……」

「雖然你沒有那樣的笑容，但是你氣質高雅，而且在我新加坡的夢裏經常出現。」說着他自己咧開嘴笑了。

空中吹來一股清涼的風，使他光光的黑發有些淩亂。他依然朝我笑着。我望了望他的紅白相間的領帶——他居然還打領帶，便問：

「你還在那家餐館打工嗎？」

他搖了搖頭。

「你身上裝錢了嗎？」

「錢？」他不解地望着我。

「有嗎？」

「你沒有錢嗎？我當然可以借給你。」他把手插到衣兜裏。

我死死盯着他的臉說：

「我們去包一個房吧，當你把你的精液射在我臉上時，看你還認不認為我氣質高雅。」

他一下低下頭去。他的影子短短的，只蓋住了他的腳。沉默了一會，他抬起頭望着我的眼睛，說：

「你說這種話，我心裏難過。」

他轉身走了，臉上蒙着一層難以察覺的灰影。望着他快要消失的背，我迅速走上前，拉住他的胳膊。

「在新加坡這塊土地上，你如果真的認為我氣質高雅，那你就一定要出錢包一個房間，否則你那樣說說有什麼用?」

「你為什麼要這樣做呢?」

「因為我氣質高雅，你說過的。」

「你確實氣質高雅。」

「跟我說這個有什麼用?我是個妓女。」

我跟着他順着道一起向前走着。他卻又停住，看住我的眼睛，說:

「在我看來，我感覺有些女人是妓女，而你不是。」

「你是說那些成天成夜在夜總會泡着的女人?她們都是被社會壓的，被生存逼的，她們本來都是好女人。」

「那你呢?」他的黑眼睛盯着我，嘴角卻不經意地笑了一下。「我?」我同樣也盯住他，也笑了一下，「我從一生下來就是壞女人，就是糟女人，而你居然還說我氣質高雅，這不可笑嗎?」

「那你為什麼不說你也是被這個社會逼的?」

「我?」

他沉默了，低着頭向前緩緩走動。我從側面盯着那被一片陰影遮蓋的臉龐，不禁想起我和這個歌詞作者之間有什麼關係呢?和他單獨見面也不過是兩三次。

這時，他抬起頭來看了我一眼，又向遠處望去。他說:

「你的話使我吃驚，你知道嗎？剛才我最怕你說你也和她們一樣是被生存壓的，被這個社會逼的。」

「我也想說，只是說不出口，不好意思說。」

「就因為你不好意思，所以你比那些自稱被逼的妓女乾淨，比不承認自己是妓女的女人乾淨，也比那些在家裏只守着一個男人的女人乾淨。」

我忽然笑了，搖搖頭，說道：

「你說這話對有類似於像我這樣生活經歷的人來說不是自欺欺人嗎？」

「問題的本質不在於一個女人和多少男人睡過覺，而在於她們都撒了謊，而你沒有撒謊。」

他的臉漲紅了。

「你怎麼就知道我在你面前是講的實話，我在別人那兒也照樣撒謊。」

「但我感覺你在我面前沒有。」

「難道這就叫氣質高雅了？」

我停下腳步，發現旁邊就是一個酒店，於是告訴他那裏面就可以包房間。

「這裏可以開小時房，兩小時一百元，不算太貴吧？」

這是一間充滿了花香味的牆壁貼有凡·高《向日葵》的房間。我望了望那幅畫，感到臉有些發熱。它曾懸掛在我北京的房間裏，此刻彷彿再一次聽到了它們快樂的吟詠。我沉默地把目光移至旁邊的鏡面上，在溫暖的燈光下，我的頭髮已不再像剛來時那麼黑了，而有些發黃，像是秋天的茅草密密麻麻地披散在頭上，又像是早晨細碎的陽光在鋪展。我抬起胳膊脫去身上白色的衣衫。身後的安小旗驚愕地看了看我的乳房。他彷彿沒想到瘦弱的我能有這樣雪白的顏色和挺拔的乳峰。他從口袋裏掏出兩百美金，放在桌上。

「夠嗎？」說着他坐到床上，從鏡子裏凝望着我。我看了看桌上的錢，說：

「這玩藝確實是好東西，它輕而易舉地就消除了我們之間的隱秘。」

說着我又脫了內褲。而他依然是進來的模樣，只是斜斜地躺在床背上，甚至連鞋都沒有脫。我坐到他身邊。他伸出手撫摸我的頭髮。我問：

「它們是不是金黃色的？像不像那幅畫的顏色？」

他沉默着，不說話，手指輕輕觸在頭髮上。這種輕微的碰觸使我突然對他說：

「如果一個妓女此刻想要跟你朗誦一首詩，你會不會覺得可笑？」「詩歌就真的那麼美好？」

他低下頭去，手垂在床沿上。我替他一個一個地解開衣服的鈕扣，直到他全身和我一樣裸露在這個陌生的房間裏。我無言地坐到他身上。

他看着我，臉上現出害怕的表情。

「我又沒有真的朗誦詩歌，你為什麼要害怕呢？」

說到這裏我對自己不勝厭惡起來。我究竟是想跟他朗誦一首什麼樣的詩歌？女人為什麼會對一種類似向日葵的東西感到沉醉？過去一個女人如果要在一個男人面前朗誦詩歌，那是為了獲得這個男人的情感，現在是為了騙出錢來。如果我真的在他面前朗誦了，他會不會一時衝動而多給我錢？我低下頭，感到臉再次發燙，我并不是怕面對自己這些卑下的想法，而是因為騙男人錢的事情在整個大地上像野草一樣無止無境，永遠沒有終結，猶如人類綿長的詩歌。

我從他身上滑下來，他的臉孔顯得異常疲憊。這使我聯想到我的經紀人周某那副營養不良的模樣。他在穿衣服，脖頸被太陽曬得黯黑。我問：

「你在新加坡住在哪兒？」

他沒有回答。我忽然又說道：

「唉，算了，你剛才給我的兩百塊錢我不要了。」

我拿起桌上的錢要往他口袋裏裝。

「這是你自己掙的，為什麼不要？」他阻止我。

我握住他的手，說：

「雖然我的臉上沒有笑容，但不管怎麼說，我在新加坡有飯吃，還有地方住，說不定還能嫁一個老頭子。」

他低下頭看了看我手中的錢，嘆了嘆氣，什麼也沒說。

我默默看着窗外，耳邊又一次響起柳那顫抖的聲音——金錢對你來說重要嗎？我回過頭去，看到安小旗在往脖子上套領帶。不知為什麼這領帶引起了我的仇恨。我笑嘻嘻地對他說：

「確實你還真的肯為我包房子，還真的肯出錢了，而且給我的是美金，是不是有個新加坡的老太太喜歡上了你？看你穿得這樣乾淨。」

他突然漲紅臉，抽出打領帶的手要打在我臉上，但胳膊只是揚在半空中。我向前迎着他。他說：

「我真想狠狠抽你一耳光。」

我笑了。

「你為什麼笑？」

「挨打是一件很輕鬆的感覺，你完全可以打我，不要緊，你為什麼不打了？」

他望着我，嚅囁着嘴唇。

「你的臉長得那麼美，我怕把它打壞了。」

這彷佛是他的另一只手，我一聽，便哭了。

「我又沒有真的打你，你哭什麼？」

我低着頭哭得更凶了。

這時，我聽到了他離去的腳步聲，我突然衝上前抱住他的腰，哽咽着對他說：

「可不可以不走，別這麼快就走……」

我把臉貼在他的背上，他回過身來，用手輕輕拂去我的淚。我緊緊抱住他。在我向他哀求地看去時，他卻抽開身子打開門走了。

空空的房間裏，那可怕的孤獨像是嚴冬的冰霜裹住我的身軀。我抱緊兩臂，走到那面鏡子跟前，裏面的頭髮依然發出淡淡的柔和的光澤，而那雙眼睛卻哭泣着。我低垂下頭，卻又看見放在桌上的兩百美金。

我抹去眼淚，久久地看着。

這時桌上的電話響了。

我拿起聽筒，一聽是安小旗的聲音。他說：

「我給你打這個電話就是想跟你說，你仍然氣質高雅，而且仍會在我今後的夢裏出現。」

「你是不是真的發財了，盡管你那一巴掌沒有真的打下來。」

「恰恰相反，我現在在新加坡已經是彈盡糧絕了，我恨不得明天就回中國去，只是我沒有足夠的錢買一張飛機票。其實你剛才還我兩百塊的時候我還真有些猶豫呢，這些錢加上我口袋所剩的錢正好夠我買一張飛機票。」

我握住話筒不禁再次哭起來。我說：

「那你現在在哪裏？我把那兩百塊錢送給你，我要還給你。」

他沉默着，不說話。一會說道：

「我好像聽出你是不是又哭了？」

我沒有說話，只是哭泣不止。

「真的，你一定要記得你是一個氣質高雅的女人。」

他把電話放下了。

房裏只有我無聲的哭泣。

走出房間，來到大堂，一陣悅耳的鋼琴聲傳了過來。我循望過去，只見一個女人披着一頭長髮坐在鋼琴邊。那個女人有些眼熟。我便停下腳步，細細看過去，發現那竟是私炎的太太。她彈的是肖邦的作品第十號。我傾聽了一會，待她一曲終了，我走上前去。

她吃驚地盯着我。我說：

「我很小的時候就羨慕你們彈鋼琴的女人，你們身上穿的紗裙，你們飄動在肩上的長髮，還有你們優雅而高貴的姿態。不過現在看看你雖然是彈鋼琴的，但實際上和我一樣，都在以各自的方式出賣自己。」

她突然笑了，不解地問：

「我怎麼就跟你一樣呢？」

我也笑了，用手拂了拂頭髮，說：

「別人給你一百元彈一曲，我現在也給你一百元，讓你彈一曲中國民歌。」

她搖搖頭。

「那就兩百。剛才就在樓上的房間裏我掙了兩百元，我把這錢全部給你，你就彈一首中國民歌。你要知道這是美金，比你們的坡幣值錢。」

說着我把美金掏了出來。她望了望我手中的錢，說：

「我鄙夷你們中國民歌就跟鄙夷你們一樣。」

我把錢收回去，放進口袋。看了看門外明亮的陽光，便轉身向那兒走去。

「站住。」身後的女人突然大聲喊道。

我停下了腳步。

「你要記得女人和女人是不一樣的，永遠都不一樣。」

我回過頭，看着她因漲紅而顯得姣好的面龐，說道：

「你既然連一首中國民歌都不會彈，你為什麼還要無恥地說中國話，還無恥地長着一副中國臉呢？」

4

我把美金兑成了坡幣，在一個商場裏漫游起來。我想買一件漂亮的衣服，或者一管高檔口紅，但是不知不覺間，我看見一雙小皮鞋，那正是芬幾次想買而終於下不了決心的那雙鞋。有許多次她像一個孩子一樣貪婪地盯着它，眼睛裏發出異樣的光。只有母親才會有這樣的光，她結過婚，有孩子，那是個男孩還是女孩？我伸出手去把那雙鞋拿起來，掂量着，能穿下這雙鞋的起碼也該有四歲了吧？小姐走過來說：「這是意大利的名牌。」

我說我知道。

「需要為你包扎嗎？」

我連忙放下鞋走開了。走了很遠，便又折回身，把那雙鞋買了。

回到街道，我看時間還早，芬興許還沒有下課。我一路飛奔，來到那座熟悉的大廈面前。還沒有學生下來。我在門前踱來踱去。如果那奔馳開來了我就走，如果沒有，我就把這鞋送給她。我心裏打定主意，一邊瞄視着四周。約莫過了十分鐘，我看見放了學的學生中間有芬。芬看到我并沒像我一樣露出興奮的神色。我問：「怎麼，他要來？」

「不，今天他不來。」她疑惑地盯着我，「你又要見他？」

我把拎在手中的鞋遞給她。

她驚異地望着包裝袋裏的那雙精美的鞋，急促地問：「是送給我的？」

「是的。」

她難為情起來，臉紅着，眼睛撲閃撲閃的，像要使勁忍住要落下的眼淚。她說：「我只是喜歡，其實并沒別的用處。」

「就因為你喜歡，我也不知道你有別的用處。」

芬拿着鞋，把頭扭向另一邊去，那兒夕陽淡淡地映照着，光線十分虛弱，好像一會就要被淹沒了。芬那蒼白的臉頰再一次漲得緋紅，眼裏露出傷感的神情，她問：

「是他告訴你的？」

我隱隱地知道她指的是什麼，便低下頭去不做聲。

「買鞋的錢也是他給你的？」

「誰？」我抬起頭。

「這鞋很貴啊。」

她低下頭去，和我并排隨意而又緩慢地向前走着。她是指那個男人給的我錢？我的心慢慢沉下去，想表示什麼，想説話，想稍稍辯解一下。這時，她突然抓住我的胳膊，往一個商店走去。這是個婚禮服店。牆上掛着許多件款式不同顏色不同的長長的婚禮服。我仰着臉看着，竟一時陶醉起來。我説：

「我從沒有幻想我穿婚禮服究竟是什麼模樣。」

「我幻想過，你還記得我在這兒的第一次戀愛嗎？我曾對你説過我要和他去教堂結婚，結果他跑掉了。現在我又幻想了，而且這次的幻想很快要成為現實。」

我們身子挨着身子。我轉過頭看着她的側面，她的凝注的燃燒般的目光正盯在一件婚服上。一陣奇怪的感覺，一種什麼想法，像一個暗示似的在我心裏一掠而過。

「現在你明白了吧，昨晚，也就是昨晚我和他商定了婚事。」

「你和他要結婚？」

我的聲音在發抖，臉也像死人一樣變得僵硬起來，只覺腦袋嗡嗡作響，像是剛剛蘇醒在春天裏一只反應遲鈍的蒼蠅。

「你說我穿那件白色的、款式是典型歐洲風味的那件怎麼樣？」她熱烈地說，臉被燈光照得徹亮，「這次我真的要親身體驗一下在教堂裏結婚的感覺，我要看看在我和他親吻的一剎那，是不是真的有許多人在鼓掌。到時候你會來嗎？」

「當然，為什麼不？我不僅會為你們鼓掌，興許還會給你送一束胡姬花哩。」我低聲地喃喃道，像完全沒有意識到自己在講什麼話一樣，然後獨個從婚服店裏走出來。

「怎麼了，你難道不為我高興嗎？」芬從後面追過來緊緊地攥住我的手。我又一次聞到了她身上那玫瑰和梔子花混合的香味。

此刻我望着她那閃爍的眼睛說：

「憑什麼我要為你高興？」

「因為在我們中間至少有一個人真的能得到胡姬花，我是幸運的。」

「那你就幸運好了。」

「這還得看你。」她的目光隨着每一秒鐘越來越尖銳，直射我的心窩。

「你要我怎樣？」我低聲說，眼裏射出怒火。

「別再見他。其實昨晚我看到你在跟蹤我們。」

我笑了笑，可又不像是笑。我說：

「都快結婚了，還不自信？」

「別再見他。」她重復着，眼睛直勾勾地盯着我。我也回望着她，面對我一言不發的冒着寒氣的雙眸，她的臉紅了。

「你難道不跟我握手告別嗎？就這麼想一個人悄悄溜掉？」她的語聲有些幽咽。

我看了看四週，不知道什麼時候開始，夜光重又籠罩了新加坡。天空再次呈現出淡淡的藍，星星亮閃閃地親切地俯視着大地。我沉默了一會，也沒有朝她再看一眼，只是笑了笑。這種無可奈何的淒涼而痛楚的微笑持續了五秒鐘。芬不安地等待着。我們恍如陷入了無邊的沉默。這時一個女人突然從身後走過來說：「要不要算一算命，你交着桃花運呢。」

我朝她搖搖頭，她走開了。芬問：「她在說誰？」

「當然是在說你。」我說。

「我今年二十六歲，而他六十二了，這算不算是桃花運？」芬像被澆了一瓢冷水顫抖着說。

我躊躇地垂下頭去，兩旁的摩天大樓在我低頭的瞬間忽又像要傾斜下來。臉如白紙的行人不斷飄動着。我畏懼地縮起身子，轉頭向另一個方向走去。我渾身空蕩蕩的，好像連衣服都沒有穿。這時，只聽芬在後面喊道：

「謝謝你的鞋。」

回到房中，已是深夜了。小蘭和小瑩一起在翻報紙，看訃告。一看那黑壓壓的密密麻麻的訃告，雙臂掩着胸部的我突然說：

「有完沒完？」

「我們想要有完，可這些死人沒完。」小蘭頭也不抬。

「整天看訃告，沒完沒了，你們究竟要幹什麼？」我低沉地責備道。

小蘭的臉突然紅了起來。她抬起頭毫不示弱。

「我就是想找一個我所認識的人的名字，那又怎麼了？」

「總有一天會把死人帶進來的。」

「還真希望死一回呢，那樣就可以自由出入了，魂是不需要簽證的。」

小蘭對着我憎恨地說。

她又在說什麼，我不再聽了。我背過身去，用手捂住臉，讓眼淚無聲地順着手指滴落下來。

我今天究竟過了怎樣的一天啊？耳畔只聽小瑩說：

「海倫，私炎今天打了許多次電話來，他說他在等你哩。」

第二十二章

1

我睡了很久。有時也醒過來。醒來的一刻，我發現屋裏空無一人，四周靜悄悄，正午的陽光從窗口擁進來。我在床上仰面躺着。這時突然一陣刺耳的電話鈴聲尖厲地響起來。我一躍而起，一剎那工夫，我認定這是私炎打來的，他正在某個陰暗的角落裏像他弟弟的亡靈一樣窺視着我。或許他就在門外？

我赤着腳跑到門邊，把耳朵貼在上面聽了聽，然後輕輕地把門反插上。一陣持續一陣的電話鈴聲像一頭野獸衝撞着房間。我害怕地盯着它，我清楚地看到這頭野獸的雙眼發出恐怖的綠光……

鈴聲終於中斷了。我又蜷縮起身子躺在床上，又一次陷入神思迷糊的狀態，直到一陣猛烈的敲門聲使我再次睜開雙眼。

只聽小蘭用拳頭砰砰地敲門。

「你是不是還活着？你不在嗎？不是你又是誰把門反插上了？」

我下了床，打開門。

小蘭用奇怪的而又充滿了挑釁的目光打量了我一眼。

「那麼你一直睡到現在？外面已是黑夜了！」

我看到她的腋下又夾着一打報紙，便厭惡地皺起眉頭，想了想，穿上衣服，到芬那裏去。一想起這個女人，我的心再次隱隱作痛。我為什麼要找她去？我思索着。正當我開門時，電話鈴突然又響了。我全身哆嗦起來。聽着那一陣陣鈴聲，小蘭生氣地說：「連電話也不會接。」

她拎起話筒，一會遞給了我。

「找你的。」

我小心地拿起話筒，裏面傳來一個男人的聲音，由於過度的緊張，使我喪失了對聲音的判斷力。

「我是李輝，從中國打來的。」

「誰？」

那個聲音又說了一遍。李輝？不是私炎？真的不是私炎？一剎那我輕鬆起來。但李輝是誰，我竟一時想不起。

「你過去曾參賽的一篇好新聞獲獎了，三百五十元的獎金，我幫你領了。」

李輝，這個差點做了我丈夫的男人。我竭力回憶着他的面孔，心想他打這個嚇人的電話來就是要跟我說這個？我寫的一篇什麼樣的新聞稿獲了獎？我沉吟着。

「另外，報社又開始分房了，你看我們是不是去領個結婚證再去申請一套房？」這個聲音說到後面時變輕了。顯然他有些膽怯。

「你是說把那張退了的結婚證再領回來？」

「為什麼總是提過去，為什麼不向前看？前方總是有着希望的。」「我正在向前看，而且也別跟我談什麼希望。」

說完這一句，我重重地放下了電話。

來到樓門前，眼睛四顧着，生怕私炎會突然出現，但一個人影也沒有，風吹得旁邊的樹葉颯颯響。可是空氣還是很熱。

我朝前走去，芬此刻在幹什麼？我找她是去安慰她還是讓她來安慰我？亦或是幫她去挑選她將成為新嫁娘的婚服？我想起她昨天站在街邊沐浴在夜光之中的情景，那大而空的眼睛裏閃着奇妙的光。她真的得到了胡姬花？

我拐到一條大路上。這時，暗淡的空氣中忽然閃出一個人影。我以痛苦而驚恐的心看着他，驚叫了一聲。

「怎麼，是你？」

2

「是我。」柳微微笑着，他穿着一件紅格絲綢衫，頭髮在腦後均勻地覆蓋着。他的臉有點浮腫，沒有血色，眼睛裏閃出若有所失的光。

「你的車呢？」我問。

「我是走過來的。我今天打過電話給你，你不在，你還生我的氣嗎？」他抬起手臂，絲綢衣衫發出細微的窸窣聲。「我想讓你陪我繼續走走，算是在那個晚上我沒有能和你一起走路的賠償。」

我默不作聲。他不是要和芬結婚了而且昨天不是任憑他女兒打了我和我斷絕關係了嗎？

「現在陪你走路的人不應該是我了。」我痛苦地說道，又一次想到了芬在婚服店裏燃燒般的目光。

「你的男朋友呢？」他問。

「我的男朋友？你說的是私炎？」我低下頭去，心裏想要不要回到房裏把那瓶淡藍色的藥水拿上？「他，他正在等我哩。」

「他在等你？」他失落地盯着我。

我依然低着頭。

「如果你還記恨我，記恨昨天，那麼我向你道歉。」他憂鬱地沉思了半晌，才說了這麼一句，又皺着眉頭，不安地望了望我。

「可以陪我走走嗎？」他再次懇求道。

我不作聲，迴避着他的目光。一會我對他說：

「我忘了一樣東西，我想回房去拿。」

他牽住我的手，用勁地握了握，然後放開它。

「你去吧，我等你。」

我轉過身子，渾身熱燙起來。我的手指間清晰地留有他的體溫。我向前走了幾步，忽又回來，說：

「算了，不拿了，我感到熱。」

「我也覺得熱，不如我們去海邊吹吹風吧。」他的眼裏閃着幽光，但是即刻便消失了。

「去海邊？你不是不喜歡嗎？」

「今天我真想去走走。」他看着我，又看了看我身上的衣服，說道，「你這條裙子很漂亮。」

我低頭一看，卻發現我穿的是我從北京來新加坡時穿的那件淡黃色長絲裙。我對他說：「這件是我自己的。」

他笑了。

我們沉默地走着。他的臉上沒有一絲光彩，上面佈滿了鉛灰色的陰影，他的額頭已開始謝頂，腦後的頭髮也稀疏了。在他的鼻翼兩側夾雜着幾絲汗水，在路燈下發出難看的光點。他的身體也有些佝僂，而腹部微微前挺，正低垂着頭，踏着自己的影子前行。

「你生病了？」我問。

「今天我一整天還沒有吃東西，只覺身體一陣陣發熱。」

「那就去吃飯吧。」

「你看我身上什麼也沒有帶。」

我低下頭去，走了幾步，一會對他說：

「我有錢，如果你不嫌髒的話，我真想請你去吃一頓。過去，總是你請我。」

「不，今天我只想看看你。」他說着和善而憂鬱地朝我笑起來。

「你的生意沒有好轉了？」

「很難頂過去，但總有辦法。」他用手去抹頭髮，就像喪家之犬舔着自己的手掌。

3

海風颳得很緊，浪濤陣陣。空氣中彌漫着一股濃烈的海腥味。他把一只灼熱的手掌搭在我的肩上。我默默地想，他為什麼不去找芬？「你知道我為什麼今天一定要見到你嗎？」他問。

我困惑地搖了搖頭。

「昨天夜裏我做了一個夢，我夢見你赤身裸體地跑遍了整個新加坡。就在那個晚上我們從酒店出來你忽然跑了的那一晚。那是個除夕之夜啊。」他說着，朝大海的方向看去，那兒黯黑一片，「你斜側着身子，全身一無所依，為了不讓人看見，你趕緊跑到一個人行道上。可是人行道上還是有很多人，他們望着你的赤裸的身體，卻不讓路。你又緊貼到街邊，躲着來來往往的車走，路邊做工的工人望着你的身體在笑，有一個小男孩手裏拎着一個紅氣球，張着紅嘟嘟的嘴，他的氣球劃過你的身體，你又羞恥又膽怯，兩手捂着自己，卻又回過頭來盯着小男孩手裏的氣球。」

「為什麼在你的夢裏都讓我這樣羞恥？」我不禁顫抖地責備道。

「你盯着那紅氣球的眼神好傷感啊。我醒過來後發現枕邊都濡濕了。」他回過頭盯着我的臉，「可是沒有我，你似乎過得很好哩。」

「我？」剎那間我像白癡般茫茫然地凝視着他，我的腦中飛快閃過了許多畫面，其中有一幅是我想回身拿藥水的情景，那個閃現出藍色光波的藥瓶。我笑了笑說，「你不是也一樣很好嗎？」

「我好嗎？」他向我反問道。

我不作聲，咬了咬嘴唇。

「我給你增加了痛苦，騙你，向你撒謊……」

「你不覺得我也是在利用你？」他猝然打斷我，撫在我肩上的手拍了拍，「我需要你，尤其是我心情不好的時候，我就想讓你抱着我的身體，聽我的呼吸聲。」

「可在你的夢裏我是赤裸着身體走遍了整個新加坡。我也覺得自己很羞恥。」

「我也是。我也有羞恥感。」

「為什麼你也會有？」

他略作沉思之後，輕輕地搖了搖頭。手又把我摟得更緊些，我的裙裾窸窸地裹到他的腿上。

「和你一樣，我也騙過人，也偷過別人的東西。」

「那你為什麼還……」我想問他既然這樣為什麼還要跟芬結婚，但我說不下去了，心裏泛起一陣陣絞痛。

他放開我的肩，又把我的手握住，握得很緊。我們來到了那個綠色長椅邊。他沉甸甸地坐下去，佝僂着背，仿佛沉重的心思壓得他抬不起頭來。我挨着他。在遠處一片虛光裏，在月光下，他的皮膚重又隱隱發出亮光，從他的身體裏傳出一股熟悉的氣息。這氣息立即使我像置在火上的冰塊瞬間被融化了。我含着渴念望着他的眼睛，那裏面的光顫動着，卻慢慢走出一個女人來。我認識她，而且熟悉到痛苦的程度，那張臉上充滿了恐怖，已經變形，好像她是他體內的一個妖怪，正穿着寬大的白色婚禮服，眼睛裏含着淚，向我揮手告別。我的心往下一沉，她很快就能成為新加坡人，而眼裏會含着淚水嗎？我不相信她竟會含着淚。我向她伸出手去撫摸。碰到一張濡濕的臉。他正哭泣着把另一只手也放到我手裏。我抓住這雙手緊緊握着。

他垂着頭無聲地啜泣。望着他這無奈而傷心的模樣，我忽又把他的頭拉向我的懷。

「你原諒我嗎？我們今天走到這一步都怪我不好。」他說，耷拉着眼皮。「我把你的照片放在公寓裏，常常一看就是好幾個小時。」

我的身體一陣戰慄。就是這個男人，以後他就是芬的丈夫了。他將在玫瑰和梔子花混合的氣味中死去。我心裏忽然湧出一股毀滅性的悲痛。我低下頭去哭泣。

「你是不是很痛苦？」他輕輕捧起我的臉。

「你結婚我也高興啊。」

「結婚？和誰？」他笑了，仿佛我在說一句玩笑話。

我盯着閃現在他瞳眸中的自己，掙脫他的手，重又低下頭——到了這時候了，難道還想騙我嗎？

大海深切地呼喚着，發出陣陣濤聲。淚眼朦朧中，我看到在大海的另一側，在遠處，整座城市重又被一片虛渺的光托浮着，向空中升騰起來。但在我遠望的須臾之間戛然止住了，那片光亮也像幕落一樣突然漆黑下來，仿佛一個人終於咽了氣。這就是結局嗎？我怔怔地望着，突然附近的樹林間發出一聲烏鴉的可怕的叫聲。叫聲顫巍巍的，就像是尖厲的爪子在空中劃了一個弧形的口子。我和他同時哆嗦了一下，身子害怕一樣地緊貼到了一起。我望着他一時顯得迷惘的眼睛，抹去眼淚對他說：

「我要到海裏去。」

我想到了芬所說的那個陡坡。

我站起身脫下薄絲長裙，然後背向他往大海裏跑。

大海正咆哮着，仿佛那兒藏着無盡的恐懼。後面的烏鴉又叫了。我一時站住，透過被月光照射的海水，我又看見了那張發出絲光一樣的親切的臉龐和那雙微微上翹的丹鳳眼。他看着我拖着緩慢的步子向他走近。在我們的頭頂上方正是烏鴉在鳴叫在撲稜着翅膀飛翔。我轉過身，跑回來，站在他面前。他恍惚地望着我雪白的身體，用手在肌膚上摸了摸。他的手指很熱。我望着他的臉，用手抹去那上面的淚痕，低聲說道：

「我叫王瑤，這是我的真名。」

我的聲音恍如被風吹着的一根羽毛，輕輕地向周圍的空氣飄去。

「王瑤，王瑤，王瑤……」

他快速重復着，像要抓住那根瞬間即逝的羽毛似的，然後像孩子一樣笑起來。我也笑起來，伸出手去摸他衣服上的紐扣，像第一次在他的房間裏一樣，我把它們一個個解開，直到他的身體完全暴露在空氣中。我撲倒在他面前，用舌尖嘗試着。這個衰弱而又有些枯瘦的身子在發燙。我說：

「我們一同去，好嗎？海裏面有我們需要的東西。」

4

一輪皎潔的明月映在海裏。當冰涼的海水從腳踝處漫上來時，他驚慌失措地看着我，那眼神傷透了我的心。我問：「你怕嗎？」

「我不會游泳。」

說着他明顯地顫抖起身體，眼裏分明含着恐懼。

「我和芬也曾這樣讓自己直接泡在海水裏，」我捏住他的手，一邊向海深處移去，一邊鼓勵他說，「你看，這是海水，這樣柔軟，像綢緞一樣裹着我們的身體，這個時刻正是子夜時分，也是我最喜歡的時刻。在這時候，你看，整個海面悄然發亮，滲透出青銅一樣的色彩。」

海水從腿部漫到腰部，他停住，凝神望着前方。我全身哆嗦起來。這時一個浪頭撲過來，全身都被打濕了。他一把將我扶住。

「你冷？」他問。

海浪一陣陣拍打着，好像我從未感覺到它們是如此的邪惡。我忽而捂住臉哭。髮上的水珠一顆一顆地滴在脖頸上，像墨汁似的流淌下來，冰涼冰涼。

「你冷？」他又問道。

「不是冷，是怕。」

我抬起頭讓他看我臉上的淚水，但在我的眼睛裏射出一道幽幽的綠光，那是私炎眼裏的光。

他又顫了一下身子，我把臉貼在他的肩上。他的身體隨着呼吸微微地起伏，灼人的體溫使我抱住他突然就像抱着一把屍骨，我看到他重又跨進靈台的鏡框裏，向我回身注視。我死死地抱住這個身體。月光把我們的肌膚洗成了青白色，使我們沉浸在靜默之中。只聽他虛弱地說道：

「對，就這樣抱着我，別放手，像你以往任何一次一樣，你一抱着我，我就不恐懼了。你在跟我做愛時你是可憐我的，你那麼可憐我，我都知道，只有你才會是真心地對我……我們第一次做愛我假裝射精，可你發現後就又抱我又親我，那個場面我一輩子也忘不了，當時我就想我要對這個女人好，你知道嗎，我已有二十年沒有射過精了……」

我突然眼淚滾滾，像夜雨一樣落着。他還在說着什麼，但我聽不下去了，只覺他的臉蒼老而又呆滯，便急忙用發顫的手輕摩他的臉頰和頭髮。他還在一邊喃喃着什麼，因為浪濤，我聽不清楚，我猜想那是他在輕聲呼喚我的名字——王瑤。這時又一個浪頭猛地撲過來。

5

他下意識地驚叫一聲，回過身來，把我緊緊抱着，我驚慌地伏在他的懷裏。我的頭髮散亂地貼在他的有些乾癟的胸上。

「不要緊，不要緊。」

他吻着我光滑的皮膚，那柔軟而濡濕的唇在我胸上一點一點游移。月光下這衰老的肉體上佈滿着難看的陰影。我突然哭泣不止。當我抬起頭，發現他也正朝我看着，此刻月光好像把我們過去的所有不幸都滌蕩得一乾二淨。他抹去我臉上的淚，咧開嘴朝我笑起來，臉上全是皺紋。我從未發現他像今晚這樣的衰老。聲音盡管溫柔，但也乾枯得沒了一絲水分。

「我們走吧，上岸吧。」他用那個聲音說。

我把頭埋在他的懷裏。

「再向前走一走，好嗎？我覺得今晚真好。」

「我也這樣覺得。」他抬頭看了看天空，忽然不自然地大聲笑起來，「過去我竟那麼怕水，我為什麼會怕水？」

他在我前面向前走着，一邊將兩旁的海水往自己身上澆。一片水花中，我盯着那個瘦弱而蒼白的背，一種陌生的淒涼的感覺揪住了我的心。水已漫及他的胸。我忽又撲上前去緊緊摟着他，他的身子明顯地哆嗦了一下，又惑然地看了我一眼，可他仍然在笑，笑聲輕輕蕩漾開去，像海面上的漣漪。我說：「我們上岸吧。」

他用手繼續撩起海水，似乎沒聽見我說的話，單獨向前走去。他越往前走，周圍的氣氛就越顯得死一般寂靜，我甚至聽不到了海浪的撲打聲。就在這時，他站住了。月光下我只看到他的雙肩和一個剝了皮一樣的鳥的頭顱。我定定地望着他，突然感到這不是一個人的臉，是一個陌生的物體，一個肉塊，一種組織。

「確實不能再走了，你看水要把我漂起來了。」他向我這麼説着，咧開嘴，臉上重又布滿了皺紋。他又雙手合抱在胸前，回轉身來，「明天我們再來。」

明天——一提明天，就像有兩把鋼針刺穿了我的心。我又回頭望了望那遠處的燈火。明天我將怎麼辦？

就在這時身後忽然傳來他驚恐的聲音。他喊了一聲：王瑤。

我回過頭去，發現他真的掉海裏了，再沒有發出任何聲音。我下意識地伸出兩臂，但海面上就我一個人。我驚奇地站着，望着水茫茫的四周，欲向後退去，但又想看個究竟。他不至於就這樣沒有了吧？我直直地盯着水面，這時在我前方的海面上咕咕地翻起水泡，緊接着他漂出水面，白白的裸體跟魚似的翻了一個筋斗。間隙露出水面的臉，兩只向上的大大的眼睛，嘴巴張得很開，仿佛仍想呼喊。

我似乎又一次擁有了和他一起分享的秘密。這才是我們最後的也是最初的真正的秘密。

這時一個浪頭把他捲進去。又一個浪頭又來了⋯⋯

他再次沉沒到海裏，隨着海浪的不斷翻滾，他離我越來越遠。我用手抹去濺在臉上的海水。

我側過頭去，卻驚訝地發現四周亮如白晝。不知哪裏又傳來了回教堂當當的鐘聲和詩歌一般的祈禱聲。我又望了望天上的月亮。月亮重又像一只眼睛，露出空洞而孤獨的神情，懇切地尋找着另一只……我回到岸上，穿上自己的衣服，把他的衣服往大海裏扔去。海浪衝擊着沙灘上的圓卵石，發出一陣陣低沉而悲愴的錚鏦聲。我扔完了衣服，此刻，洶湧的潮水又奔騰而來，撲上沙灘，我拔腿就跑，仿佛它正追趕我。

6

我來到芬的公寓前，在門上敲了很久。空洞的聲音恍如某類牲畜發出的哀鳴，顯得有些荒涼。芬神色慌張地打開了門。我一頭鑽進去，看到臥室裏有燈光，便急急地向那裏走去。芬卻一把攔住我。她說：「他在裏面。」

她心煩意亂而又責備地望着我，又走回去把臥室門關緊。待她再回來時，她問：

「這麼晚到我這裏來幹什麼？」

她沒有開客廳的燈，外面有路燈虛幻地飄進來，貼在身後的牆上。

「難道說攪了你的好夢？」我看了看緊閉的臥室門，又拿目光緊緊地盯着芬，雖然光線昏暗，但我還是能看到她的睡臉，「誰在裏面？」

「柳。」她的蒼白的嘴唇像兩片飄飛的樹葉碰撞在一起竟然發出了這個音，像是在說，更像是在嘆息。

我吃驚地站着，又問了一遍是誰在裏面。

「柳。」她仍然這樣回答道。

「不，不是他，」望着芬幽暗的不動聲色的面龐，我悠悠忽忽地笑起來，「他不會再來了，你的床上躺着的是另一個男人。」

「你胡說什麼。」她突然氣憤道。

「這不是胡說，他死在海裏了。」我收起笑容，認真地說。依在牆上的芬突然向前挺直身子，一縷光正好打在她的臉上。「真的，所以你那件婚禮服還是穿不成，無論是白色的還是紅色的，無論是中式的還是西式的，你都穿不成。你也沒辦法能親身體會人們為你鼓掌時你是什麼心情了。」

她皺緊了眉頭，沉思着，眼睛慢慢地睜得很大，使瞳孔邊的白雲無限止地漫延——這使我想起柳的模樣，我的心臟突然抽了一下。

芬望着我，又快速走過來聞聞我身上的海腥味。她笑了：「你把他殺了？你是怎麼弄死他的？」

她的聲音在暗淡的空氣裏顯得格外輕柔，她的笑使我很不安。「你為什麼要笑？」我問。

她依然在笑。

我回望着她的眼睛深處。我知道那裏曾閃爍過奇妙而快活的光。而這光將被我掐滅。我低沉地說：

「就因為他跟你結婚而不是跟我結婚。」

芬倏地收起笑容，來來回回地聞着我身上的海腥味，幾乎把頭整個地俯在我身上。

「你真的是從海邊來？」

「他現在還在海裏面呢，死了。」

「就因為我昨天跟你開的玩笑？」她從我身上抬起頭來，那邪惡而可怕的笑又回到她的臉上，「其實，你錯了，他不跟你結婚，也不跟我結婚。我昨晚只是想刺激刺激你。」

她又笑了，聲音在空中魔幻似的揭示了這笑的本質。

我一把抓住她的衣服。

她用力甩掉我的手，走回到那個有着亮光的地方，用手向後撩了撩散在額前的頭髮，眼光簡直像一道閃電。我不禁膽怯了，那兩片顫動的嘴唇仿佛獨立於半空中。

「他怎麼會跟我結婚呢，他對你比對我好。既然這樣，我就要把你打垮。你知道他跟我在一起談論什麼嗎？他談論的就是你，他從不顧及我的感覺，而是一會說你這一會說你那，如果把移民廳的事告訴他，他肯定會出面幫你。對這一點我深信不移。所以我死死地守住這個秘密，當然這也是你的意思。你不是交代我千萬別告訴他的嗎？」

那張潔淨的臉上重又煥發出夢幻一般的光彩。我久久盯着她，想，我們是不是都在做夢？但是她的聲音又一次粉碎了我的妄想。

「你殺他的時候，為什麼不叫上我一起？我也恨他哩。」她的眼裏重又射出一種刺人的幽光，「現在你帶我去那裏，讓我也看一看他，你一定帶我去。」

已是深夜兩點了。我和芬站在海邊。海邊的風依然颳得很緊。

我怔怔地盯着大海深處，突然想起他在一生中是最怕水的，我怎能把他一個人留在海裏？不，我要把他拖到乾燥的沙灘上來。這時芬吃吃笑起來。

「就在那天晚上在咖啡廳裏，他說男人淹死了臉朝下，女人淹死了身子朝上。現在他的臉是不是真的朝下？」

說着她動手脫衣服。

我也脫了衣服，向海裏走去。無論如何我還要見一見他。

海濤洶湧，芬向深處游了很遠，又來來回回地仔細看着。但最終沒有找到他。大海把他藏在了哪裏？我不甘心地向前走去。

「停住，難道你也想掉進去？」

芬在後面響起了她的驚叫聲。

我繼續往前走。

她從後面把我拽住。面對翻滾着黑色浪濤的渺茫的大海，我忽地捂住臉，彷彿又一次聽到了「王瑤」的絕望的呼喊，這驚恐而嘶啞的呼救聲彷彿正是從黑暗深處發出的哀婉的嘆息。在那一瞬間，除了王瑤這兩個字，他再說不出別的話喊不出別的名字了。他深信除了他熱切地喊着的叫「王瑤」的女人，那個在他夢裏行走的羞恥而又傷感的女人，這個世上沒有人能夠拯救他。

芬把我拖回到岸上，回到那綠色長椅前。她穿好衣服，問我：「還記得前幾天我們在這裏說的話嗎？」

我搖搖頭。

她望着大海，向前走了幾步，風拂弄着她的長髮。

「那天也是在這張椅子上，我對你說如果你掉進大海裏你就永遠留在了新加坡，現在雖然死的不是你，但你也能如願地留在這裏了。在這塊土地上，你還真的實現了你的希望，而我要回中國了。」

我不說話。只聽她又說道：

「你打算是去自首還是等着他們來破案？」

「你是去自首嗎？」她又問了一遍。

我想了一想，點點頭。

「在中國你如果有什麼話要傳給什麼人，我一定會幫你。」她回過頭來向我投來憐憫的目光。

「海倫，為什麼不把我叫上？我很想看看你是怎麼把他殺死的，那個場面一定很壯觀。」

「我不叫海倫。」

「但是我的願望你幫我實現了。」

我低下頭再一次沉默了。那是個什麼場面？只有那剝了皮的鳥一樣的頭顱在無限止地擴大，漫延，像這無邊無際的黑暗把我團團包圍住。我抬起頭望着芬，望着那張幽暗的面龐，驚慌地像我第一次請求她帶我去學校時一樣，我說：

「芬，你能陪我一起去嗎？明天我去自首的時候，我害怕一路上就自己孤單單的一個人，你肯陪我去嗎？」

我又一次清晰地聞到了她身上那玫瑰和梔子花混合的香味，就像第一天我赤着腳站在她的門前，我看到有陽光輕柔地橫臥在地上。這時她從長椅上拿起她的包，背在肩上，扭身就走。走了幾步，又靈巧地回過身來，她說：

「你在去做妓女的時候，我還猶豫着是不是陪你去，但你這次去自首，我連猶豫也沒有，我不能陪你，你還是一個人去吧。」

說完，她一步一步地向前走去。我望着她的修長的背影，心中顫然一驚。正是這個女人奪走了我的一切。她奪取了我的所有，正是她使我成了一個失敗者。

我突然衝過去，就像直覺有生命危險的動物而要求生一樣向前躥去。沉重而迅速的腳步聲使走在前面的芬發出一聲意外的尖銳的恐怖的叫喊，肩上的包滑落下去。

她回過身子，我死死地發了瘋地抓住她，抓住她的頭髮。她依然尖叫着，但立即從半丟魂的狀態中張開兩手也朝我打來，那快速扭動的身體似乎也有驚人的強韌的力量。我又放開她的頭髮，用手抓住她的衣襟，另一只手向她的臉上狠狠地抓去，我聽到指甲在她肉裏劃動的輕微聲。可同時她也用尖利的指甲撕破我的裙子，劃破了我的胸部。她又抬起右腳向我的腹部狠狠踢來，憤怒中我抓着了她的手，對準那手背咬了一口。她一驚，脱手向肩胛刺去。我重新抓住她的頭髮使勁向後拽着，她的腳又向我踢來，但是一不小心身體失去平衡，以至於我和她一起滾到地上。她像要掙脱我，但我緊緊抱住她的大腿。我抱着那溫熱的大腿，突然把臉緊緊地貼在上面，眼淚滾滾而落。

芬怔怔地站着。

空中傳來了烏鴉的鳴叫。我鬆開手抹去淚站起身跌跌撞撞地向着大海走了幾步，又全身癱軟在沙灘上。

她沒有離去。過了一會，在離我不遠的地方也坐了下來。

前方是咆哮的大海，他的身體還在翻滾着，做出各種各樣的姿勢，那雙驚恐地盯住我的眼睛是不是還在驚恐着？我又想到了綠眼睛小蘭。明天她將真的能在密密麻麻的訃告欄裏看到一個她所熟悉的名字。

天漸漸地亮了。太陽雖然沒有升起，但在我們面向的東方，天空紅紅的一片。我畏懼地盯着那片紅色，脖頸一陣寒冷，繼而全身顫抖起來。我怎樣度過這新的一天？

我扭過頭看芬。芬正從包裏掏出一個化妝鏡。她看着鏡子，忽然哭了，聲音很大。她的臉上有一道深深的血印子，遠遠看去，就像有一根青草橫臥在上面。我站起身，走過去，傾聽了一會，便對她說：

「他死了沒見你掉過一滴眼淚，而為了這張臉你卻哭成這個樣子。」

她依然哭着，把臉埋進雙膝間。我回憶起昨晚她回身去關緊臥室門的那副慌張的模樣，便問：

「你床上的男人還在等你嗎？」

她從膝間抬起滿是眼淚的臉，用怨恨的目光盯了我一眼，微微地顫動地張開嘴巴，卻沒有聲音。左頰上的傷口發出了微帶黑色的光澤。

「那個男人……」我謹慎地說道，繼而心裏又想，她是什麼時候有了別的男人？

「他說好要在今天把我介紹給另一個男人，我還指望那個男人會給我一些錢，可我這個樣子……」

沒說完，她就又把臉埋進去傷心地哭起來。我望着那被海風飄起的長髮，沉默在一旁。聽着她的哭泣聲，我不禁在想這是她在我面前的第幾次哭泣了？

這時我感到胸前被撕破的衣服裏面火辣辣一陣刺痛。我低頭一看，上面也充滿了橫七豎八的傷痕。我用手掩着胸部。這時，芬停止哭泣，站起身來，用手抹去臉上的淚，那手背上并排列着

幾個浸着血色的深深的牙印。

她沉默着，小心地仔細地撲了撲身上的沙土，背上包，看也不看我，低垂着頭沿着沙灘一步一步向前走去。

在她身體的另一側，在大海的那邊，紅紅的天空中，我忽然覺得那兒盛開着千萬朵胡姬花——但沒有一朵是為我們而開的。

我猛地捂住臉哭起來。

也許，我們和你們不一樣，我們都是些很壞很糟的女人，世界上任何一朵花都不會為我們開放的。

我久久地哭着。

血一樣的色彩使這個早晨提前降臨了。樹林間發出嘩嘩的響聲，許多只烏鴉飛出來，響亮地叫着，還有一些蹲在樹枝上不安地啁啾，在我向它們望去時，忽而大叫一聲，也撲稜撲稜地扇動起翅膀，歡快而輕盈地向着又一個白天飛去了。

烏　鴉——我的另類留學生活

作　　者／九丹
出 版 者／生智文化事業有限公司
發 行 人／林新倫
登 記 證／局版北市業字第 677 號
地　　址／台北市新生南路三段 88 號 5 樓之 6
電　　話／(02)2366-0309　2366-0313
傳　　真／(02)2366-0310
網　　址／http://www.ycrc.com.tw
E-mail／tn605541@ms6.tisnet.net.tw
郵撥帳號／14534976　揚智文化事業股份有限公司
印　　刷／鼎易印刷事業股份有限公司
法律顧問／北辰著作權事務所　蕭雄淋律師
ISBN／957-818-316-X
初版一刷／2001 年 10 月
定　　價／280 元

總 經 銷／揚智文化事業股份有限公司
地　　址／台北市新生南路三段 88 號 5 樓之 6
電　　話／(02)2366-0309　2366-0313
傳　　真／(02)2366-0310

國家圖書館出版品預行編目資料

烏鴉：我的另類留學生活／九丹著. --
初版. -- 台北市：生智, 2001[民 90]
面；公分

ISBN 957-818-316-X

857.7　　　　　　　　90013762